光文社文庫

毒蜜　七人の女

決定版

南　英男

光　文　社

この作品は、二〇〇六年十月に刊行された
『毒蜜　七人の女』に著者が大幅加筆修正した
ものです。
この物語はフィクションであり、登場する人物
名および団体名、事件名などは実在するものと
一切関係ありません。

目次

第一話　脅迫者　7
第二話　悪意の罠《わな》　60
第三話　透明な棘《とげ》　116
第四話　殺意の裏側　165
第五話　破滅の連鎖　215
第六話　導火線　265
第七話　奈落《ならく》の底　315

毒蜜　七人の女

第一話　脅迫者

1

悲鳴が耳を撲《う》った。

若い女の声だった。南青山《みなみあおやま》の裏通りである。

多門剛《たもんごう》はボルボXC40に乗りかけていた。車体は、メタリックブラウンだった。

八月中旬のある夜だ。

十時を回っていた。ひどく蒸《む》し暑い。大気は熱を孕《はら》んだまま、澱《よど》み果てている。微風さえなかった。

多門は夜道を透《す》かして見た。
二十六、七歳の女がセミロングの髪を逆立《さかだ》てながら、懸命に駆けてくる。裸足《はだし》だった。目鼻立ちは整っていた。プロポーションも申し分ない。

白いスーツ姿の美人は、二人の男に追われていた。男たちは柄《がら》が悪かった。堅気《かたぎ》ではなさそうだ。

多門は車から離れ、道路の中央に立った。人通りは絶《た》えていた。

「救《たす》けて、救けてください！」

女が縋《すが》るように言って、多門の背の後ろに隠れた。

多門は大男である。身長百九十八センチで、体重は九十一キロだ。全身の筋肉が瘤《こぶ》のように盛り上がり、体毛も濃い。そんなことから、〝熊〟という綽名《あだな》がついていた。〝暴《あば》れ熊〟と呼ぶ者もいる。

逞《たくま》しい巨身は他人に威圧感を与えるが、顔は厳《いか》つくない。やや面長《おもなが》な童顔だ。笑うと、きっとした奥二重《おくぶたえ》の両眼から凄《すご》みが消える。三十八歳だった。

二人の男が路上にたたずんだ。

ともに肩で呼吸していた。どちらも二十代の後半だろう。

「失《う》せな」

多門は男たちを等分に睨《にら》みつけた。

すると、髪をオールバックに撫《な》でつけた男が三白眼《さんぱくがん》を尖《とが》らせた。

「粋《いき》がってると、怪我《けが》するぜ」

「くそ暑いのに、汗かく気かい？　上等だ。相手になってやろう」

多門は左目を眇《すが》めた。他人を侮蔑《ぶべつ》するときの癖だった。

オールバックの男が気色《けしき》ばみ、相棒の角刈りの男に目配せをする。角刈りの男が懐《ふところ》から、白鞘《しらさや》を抜き出した。鞘ごとだった。短刀である。

女が驚きの声をあげ、身を竦《すく》ませた。

多門は少しも怯《ひる》まなかった。荒っぽいことには馴《な》れていた。多門は二十代の半《なか》ばまで、陸上自衛隊第一空挺団《くうていだん》のメンバーだった。その後は武闘派やくざとして、新宿《しんじゆく》で暴れていた。

三十三歳のときに足を洗い、いまは組員ではない。始末屋だ。交渉人《ネゴシエーター》を兼ねたトラブルシューターである。

「心配するな」

多門は女に優しく言い、麻の白い上着を手早く脱いだ。

角刈りの男が白鞘を水平に持ち、匕首《あいくち》を引き抜いた。刃渡りは二十数センチだった。

多門は、せせら笑った。挑発だった。

「てめえ、腸《はらわた》を抉《えぐ》ってやる！」

男が野太く吼《ほ》え、短刀を斜めに薙《な》いだ。

風が湧《わ》いた。白っぽい光も揺曳《ようえい》した。多門は麻の上着で刃物をはたき落とし、前に跳《と》んだ。

着地するなり、足を飛ばす。チノクロスパンツの裾《すそ》がはためき、丸太のような脚が躍《おど》った。

三十センチの茶色いローファーは、相手の腹に深くめり込んだ。

角刈りの男が前屈《まえかが》みになって、その場に頽《くずお》れた。仲間の男が足許《あしもと》の匕首に目をやり、それを拾い上げようとした。

多門は冷笑し、オールバックの男の背に強烈な肘《ひじ》打ちを見舞った。

筋肉と骨が鈍《にぶ》く鳴った。男が呻《うめ》いて、這《は》いつくばる。

すかさず多門は、相手のこめかみを思うさま蹴《け》った。オールバックの男は獣《けもの》じみた唸《うな》り声を発し、路面を転げ回った。

「救急車の世話になりたくなかったら、とっとと失《う》せるんだな」

多門は二人の暴漢に言って、上着を羽織《はお》った。

男たちは目顔《めがお》でうなずき合い、瞬《また》く間に逃げ去った。刃物は路上に残したままだった。

「ありがとうございました」

美女が深々と頭を下げた。

多門は、改めて相手の顔を見た。飛び切りの美人だった。ことに黒曜石《こくようせき》のような大きな瞳が魅惑的だ。やや肉厚な唇もセクシーだった。好みのタイプだ。このまま別れるのは、いかにも惜《お》しい。

「家まで車で送るよ」

「いいえ、そこまで甘えるわけにはいきません。あのう、お名刺をいただけませんでしょうか。今夜のお礼をさせていただきたいのです」

「礼なんか必要ない。おれは当然のことをしただけだよ」

「救けていただいて、心から感謝しているんです」

女が、また頭《こうべ》を垂れた。

「それで充分だって」

「でも、そういうわけにはいきません。申し遅れましたが、わたし、逸見麻衣《いつみまい》といいます。北青山で、『バンビ』という小さなブティックを経営しています」

「そう。おれは多門、多門剛だ」

「お強いんですね。何か格闘技でも？」

「昔、柔道をちょっとね。それより、さっきの連中に、また追っかけられるかもしれないぞ。とにかく、家まで送ろう」

多門は一方的に言って、ボルボの運転席に入った。すぐに助手席のドアを開け放つ。

麻衣が短く迷ってから、助手席に坐《すわ》った。彼女の自宅マンションは、ＪＲ目黒《めぐろ》駅の近くにあるという話だった。

多門は穏《おだ》やかに車を発進させた。青山霊園の脇を抜け、西麻布《にしあざぶ》方面に向かう。

「警備関係のお仕事をされているのかしら？」

麻衣が遠慮がちに問いかけてきた。多門は、返事をはぐらかした。麻衣は詮索《せんさく》しなかった。神経は濃《こま》やかなようだ。

多門は裏社会専門の揉め事解決人だった。

世の中には、表沙汰《おもてざた》にはできない各種の揉め事が無数にある。多門は体を張って、さまざまなトラブルを解決させていた。

「さっきの二人組は、消費者金融の取り立て屋か何かなのか？」

「いいえ、そうではありません。おそらく、あの二人は桑名梢《くわなこずえ》さんに頼まれて……」

麻衣が溜息《ためいき》をついた。

「何か事情がありそうだな。実はおれ、探偵みたいなことをやってるんだ。よかったら、力になるよ」

「ぜひ、お願いします。わたし、困っているんです」

「桑名梢という女性は何者なのかな？」

多門は訊《き》いた。

「お店の元従業員です。半年前まで、桑名さんに仕入れを任せていたんです。ですけど、ちょっと問題を起こしたので、辞《や》めてもらったんですよ」

「もう少し具体的に話してくれないか」

「はい。桑名さんは去年の秋にイタリアでミッソーニのセーターを買い付けてくれたのですけど、仕入れた商品は本物そっくりのコピー物だったんです」

「現地の業者に偽ブランド品を摑《つか》まされたってわけか」

「いいえ、そうではありません。彼女はわざと安いコピー商品を仕入れて、浮かせたお金を着服してたんです」

麻衣が言った。

「そういうことか」

「桑名さんは解雇されたことに腹を立てて、お店の弱みを恐喝材料にして……」

「弱みというのは？」

多門は訊《き》いた。いつしか車は、天現寺橋《てんげんじばし》交差点に差しかかっていた。

「わたし、ミッソーニのコピー商品に気づくまで、二十着ほどお客さまに売ってしまったんです。気づいた時点でコピー商品を回収すればよかったのですけど、お店のイメージダウンになると考えて、そのままにしてしまったの」

「わかるよ、その気持ち」

「桑名さんは偽ブランド品を売ったことをお客さまに触れ回ってほしくなかったら、三百万円の口止め料を出せと言ってきたんです」

「それは、いつのこと？」

「今年の四月のことです。わたし、さんざん迷いました。結局、お店の信用を失いたくなかったので、脅《おど》しに屈《くっ》してしまって……」

麻衣が下唇を嚙《か》んだ。

「桑名梢に三百万円を渡したんだね？」

「はい」

「盗人猛々《ぬすっとたけだけ》しいな」

「よっぽど彼女を横領罪で訴えてやろうと思いました。ですけど、商売ができなくなるのも困りますので、お金を渡したんですよ。それで片がつくと思っていたのですけど、六月の上旬に、また無心《むしん》してきたんです。今度は五百万円でした」

「困った女だな」

多門はステアリングを操《あやつ》りながら、複雑な気持ちになった。

彼は無類の女好きだった。といっても、単なる好色漢ではない。すべての女性を観音さまのように崇《あが》めていた。それも、老若《ろうにゃく》や美醜《びしゅう》は問わなかった。惚《ほ》れた女には、物心両面でとことん尽《つ》くす。

それが多門の生き甲斐《がい》だった。そんな女性観を持つ彼は、これまで幾度も女たちに煮え湯を呑《の》まされてきた。

それでも、自分を裏切った女性を恨《うら》んだことは一度もない。それどころか、逆に男を騙《だま》さなければ生きていけない彼女たちに同情してしまう性質《たち》だった。

桑名梢という女性も、男運が悪かったのだろう。何か切羽《せっぱ》詰まった事情があって、ミッソーニのコピー商品を仕入れ、店の金を着服してしまったにちがいない。そんなふうに女性を追い込むのは、たいてい屑《くず》のような男だ。

「またお金を渡してしまったら、際限《さいげん》なく強請《ゆす》られると思いました。それで、わたし、二度目の要求は突っ撥《ぱ》ねたんです。そうしたら、彼女はいろんな厭《いや》がらせをするようになりました」

「どんなことをされたのかな」

「最初のうちは、真夜中に無言電話がかかってくるだけでした。ですけど、七月に入ってからはお店の前に野良猫の生首が転がってたり、ショーウインドーにカラースプレーで卑猥《ひわい》な落書きをされたりするようになりました」

「悪質だな。ふつうの女が、そこまでやれるわけない。桑名梢の背後には、誰か男がいるようだな。心当たりは?」

「思い当たる人はいません。桑名さん、私生活のことはあまり喋《しゃべ》らなかったので」

麻衣が言った。

「そうなのか。桑名梢は、いくつなの?」

「ちょうど三十歳です」

「ついでに、きみの年齢《とし》も教えてもらおうか」

「二十七歳です」

「その若さで、ブティックのオーナーとはたいしたもんじゃないか」

「父から開業資金をそっくり借りたんですよ」

「いい親父《おやじ》さんだな。それはそうと、逃げた男たちは店の前で待ち伏せしてたの?」

「ええ、そうです。彼らは、わたしを強引に車の中に押し込もうとしました。それでわたし、ハイヒールを脱いで夢中で逃げたんです」

「そうだったのか」

「多門さん、桑名さんのことを少し調べていただけませんでしょうか。もちろん、できるだけの謝礼はさせていただくつもりです」

「謝礼はともかく、こうして知り合ったのも何かの縁だろう。桑名梢を裏で操ってる脅迫者の正体を突きとめてやろう。きみの部屋で、詳しい話を聞かせてくれないか」

多門は言った。

麻衣が快諾《かいだく》し、道案内しはじめた。すでに上大崎《かみおおさき》の邸宅街に入っていた。

数百メートル走ると、南欧風の洒落《しやれ》た白いマンションが見えてきた。そこが麻衣の住まいだった。

今夜は無理でも、近いうちに何かいいことがあるかもしれない。多門は舌嘗《したなめず》りしながら、ボルボを地下駐車場に潜《もぐ》らせた。

2

インターフォンを鳴らした。

だが、応答はない。代々木上原《よよぎうえはら》にある桑名梢の自宅だ。ワンルームマンションだった。

多門はベージュのスチールドアに耳を寄せた。

室内に人のいる気配はうかがえない。どうやら部屋の主《あるじ》は、外出しているようだ。午後三時過ぎだった。

もっと早く来るべきだった。多門は少し悔《く》やんだ。

昨夜、麻衣の自宅マンションを出たのは十一時半ごろだった。多門はなんとなく代官山《だいかんやま》にある自宅マンションにまっすぐ帰る気になれなかった。渋谷《しぶや》の馴染《なじ》みの酒場でつい深酒をしてしまい、きょうの正午過ぎまで眠りこけていたのだ。

多門は念のため、ノブを軽く引いてみた。

と、ドアは呆気《あっけ》なく開いた。多門は素早く周りを見た。人の姿は見当たらない。

多門は部屋の中に忍び込んだ。

室内が乱雑に散らかって、足の踏み場もない。誰かが部屋の中を物色したことは明らかだ。

多門は靴を脱ぎ、部屋の奥に向かった。ベッドマットが捲《めく》られ、チェストの引き出しがことごとく引き抜かれている。

空き巣の仕業《しわざ》か。

多門は屈《かが》み込んで、フローリングの床を見回した。小さな流し台の下に、彫金《ちょうきん》のイヤリングが片方だけ落ちていた。そのそばには、裏返しになったピンクのスリッパが転がっている。梢は何者かに拉致《らち》されたのか。そうだとしたら、部屋の主は麻衣以外の人間も恐喝していたのかもしれない。

多門は立ち上がって、玄関に足を向けた。

ハンカチでノブの指紋を手早く拭《ぬぐ》い、静かにドアを閉める。多門はやくざ時代に、傷害罪で刑に服したことがある。事件性のある現場に、自分の指紋や掌紋《しょうもん》を遺《のこ》すわけにはいかなかった。

梢の部屋を出ると、多門は隣室のインターフォンを響かせた。

待つほどもなく、二十一、二歳の化粧の濃い女が現われた。

「隣の桑名梢さんのことで、ちょっと話が聞きたいんだ」

多門は言いながら、模造警察手帳を短く呈示《ていじ》した。相手の顔に緊張の色が拡《ひろ》がった。

「一〇三号室の女性、何か悪いことをしたんですか？」

「そういうことじゃないんだ。詳しいことは話せないんだが、桑名さんがある事件に巻き込まれた可能性があるんだよ」

「そうなんですか」

「桑名さん、部屋にいないようだが……」

「そういえば、静かかね。一昨日《おととい》の夜は、テレビの音声がうるさかったんですよ」

「そのとき、隣室で人の争う物音は？」

「男の怒鳴り声がして、女性の悲鳴も聞こえました。それから、誰かが倒れるような物音も伝わってきたわ」

「桑名さんの部屋に客はよく出入りしてた？」

「めったに訪ねてくる人はいなかったわね」

「そう。金回りはどうだった？　最近、急に生活が派手になったなんてことは？」

「挨拶《あいさつ》を交《か》わす程度のつき合いだから、そういうことまではわからないわ」

「そうだろうな。どうもありがとう」

多門は礼を述べ、ドアを閉めた。

そのとき、梢の部屋を覗《のぞ》き込んでいる三十代半ばの男と目が合った。多門は会釈《えしやく》して、男に話しかけた。

「失礼だが、桑名梢さんのお知り合いなのかな」

「梢の兄です。あなたは？」

「代々木署の者です」

「妹が事件に巻き込まれたのでしょうか？」

梢の兄と称した男が、不安顔で問いかけてきた。

「なぜ、そう思われたんです？」

「実は、一昨日《おととい》の夜から妹と連絡が取れなくなったんですよ。それで心配になって、ここに来てみたわけです。そうしたら、部屋の中が荒されてたんで、何か梢が事件に巻き込まれたのではないかと直感したんです」

「なるほど」

「刑事さんは、妹のことでこのマンションに聞き込みに？」

「まだ内偵の段階なんだが、妹さんに恐喝容疑が……」

多門は誘い水を撒《ま》いた。

「そんなばかな！　梢は、妹はそんな悪いことのできる女じゃありませんっ」

「しかし、三百万円を脅し取られたという被害届が出されてる」

「きっと妹は悪い奴に唆《そそのか》されて、片棒を担《かつ》がされたにちがいありません」

「思い当たる人物がいるようだな」

「はい。妹は、フリーのビデオジャーナリストをやってる橋爪昌也《はしづめまさや》という男と三年ほど前から交際してるんですが、そいつがどうも問題の多い奴なんです」

「問題が多い？　それは、どういう意味なのかな」

「橋爪はあまり仕事に恵まれてないらしくて、時々、他人のスキャンダルを暴《あば》いて強請《ゆすり》めいたことをしてるようなんですよ」

梢の兄が言った。

「その話は妹さんから聞いたの？」

「ええ、そうです。その話を聞いて、わたし、妹にすぐ橋爪と別れろと忠告しました。しかし、梢は橋爪に未練があるようで、その後もずるずるとつき合ってたんです」

「妹さんは橋爪と何かで揉め、どこかに拉致されたんだろうか」

「わたしは、そう思ってます。刑事さん、橋爪のことを調べていただけませんか」

「橋爪の住まいかオフィス、わかる？」

多門は問いかけた。

梢の兄がうなずき、上着の内ポケットから黒いアドレスノートを抓《つま》み出した。

多門は模造警察手帳に、橋爪の自宅兼事務所の住所を書き留めた。東中野《ひがしなかの》の賃貸マンションの一室だった。

「妹の部屋に入っても構いませんか？」

「別に問題はないだろう。しかし、部屋の中は片づけないでもらいたいな」

「わかりました。一日も早く妹を見つけ出してください。お願いします」

梢の兄が深く腰を折り、妹の部屋の中に消えた。

多門はワンルームマンションを出ると、自分の車に乗り込んだ。ボルボのエンジンを始動させ、冷房を強める。

多門はロングピースに火を点《つ》け、グローブボックスの中から桑名梢の写真を取り出した。

前夜、麻衣から借りた写真だ。

梢は十人並の容貌《ようぼう》だった。兄と名乗った男とは少しも似ていない。しかし、別におかしくはなかった。女性は父親に似ることが多く、男は母親の面立《おもだ》ちを受け継ぐケースが少なくない。

多門は一服すると、ボルボを発進させた。

目的のマンションを探し当てたのは、およそ三十分後だった。多門は車を路上に駐《と》め、マンションに足を踏み入れた。

オートロック・システムではなかった。管理人もいない。

橋爪の自宅兼事務所は五階にあった。あいにく留守だった。多門はエレベーターで一階に降り、集合郵便受けに歩み寄った。

橋爪のメールボックスには、前夜の夕刊ときょうの朝刊が入っていた。郵便物も何通かあった。

ダイレクトメールと水道料金の受領葉書が各一通ずつ入っていた。残りは、某ケーブルテレビ局制作部からの礼状だった。橋爪が取材したビデオの放映予定日も記されていた。

多門は礼状を抜き取って、ボルボに戻った。

懐《ふところ》からスマートフォンを取り出し、武蔵野《むさしの》市内にあるケーブルテレビ局の制作部の直通番号を押す。

ややあって、若い女性が受話器を取った。

「関東《かんとう》テレビの者ですが、橋爪昌也さんの居所をご存じでしょうか？　緊急取材をお願いしたいと思ってるんですよ」

多門は、もっともらしく言った。

「東中野のご自宅には？」

「いらっしゃらないんです」

「それじゃ、どこかに取材に出かけられたんでしょうね」

「見当、つきませんか？」

「さあ、ちょっとわかりません」

相手が済まなそうな表情になった。

多門は謝意を表し、電話を切った。ほとんど同時に、着信音が響いた。多門は、すぐにスマートフォンを顔に近づけた。

「多門さん、すぐお店に来て！」

麻衣が叫ぶように言った。切迫《せっぱく》した様子だった。

「何があったんだ？」

「きのうの二人組がここに来たの」

「しつこい奴らだ。で、何かされたのか？」

「男たちはお店にいたお客さまを外に追い出すと、マネキン人形を蹴倒したり、商品をカッターナイフで切り刻《きざ》んだりしたの。わたし、恐ろしくて声もあげられませんでした」

「わかるよ。それで、奴らは何を言った？」

「わたしが五百万円を用意しなかったら、ダンプカーごとお店に突っ込んで、商売できなくしてやるって。やっぱり、あの男たちを差し向けたのは桑名さんよ」

「いや、そうじゃないかもしれないぞ」

多門はそう前置きして、梢の自宅マンションが何者かに荒されていたことを手短に話した。梢の実兄と称した男から聞いた話も、そのまま伝える。

「桑名さんは自分が犯人じゃないと思わせるため、わざとそんな偽装工作をしたんじゃないかしら？」

「そうなんだろうか。とにかく、大急ぎでそっちに行くよ」

多門はスマートフォンを上着の内ポケットに収め、ボルボを慌《あわ》ただしく走らせはじめた。

まだ渋滞の時間帯ではなかった。三十分そこそこで、麻衣の店に着いた。『バンビ』は小粋な造りだった。

多門は店内に駆け込んだ。

麻衣が大きな半透明のビニール袋の中に、無残に切り刻まれたブラウスやジャケットを詰め込んでいた。マネキンの一体は、なんと首がなかった。片腕の捥《も》げたマネキン人形もあった。

「もう心配ないよ」

多門は麻衣の肩を包み込んだ。

「怖かったわ、とっても」

「しばらくそばにいよう」

「ええ、お願い！」

麻衣がそう言い、子供のようにしがみついてきた。多門は麻衣を強く抱きしめた。

そのすぐ後、店の固定電話が鳴った。

「おれが出ようか？」

「いいえ、わたしが出ます。大事なお客さまかもしれませんので」

麻衣が多門から離れ、店の一隅まで歩《ほ》を運んだ。

受話器を取ると、みるみる整った顔が強張《こわば》った。血の気もなかった。

脅迫者からの電話だろう。

多門は大股で麻衣に近寄った。足を止めたとき、麻衣が言葉にならない叫びをあげて、受話器を放り出した。

多門は片腕で麻衣を支え、もう一方の手で受話器を摑み上げた。

「おい、最後まで話を聞けよ」

男のくぐもり声が多門の耳に届いた。口に何か含んでいるのだろう。あるいは、ボイス・チェンジャーを使っているのか。

「話は、おれが代わりに聞こう」

「だ、誰なんだ!?」

「この店のオーナーの知り合いだよ。そっちこそ、何者なんだっ」

多門は声を尖らせた。

「桑名梢の代理の者だ。一週間以内に本当に五百万円を用意しないと、彼女は逸見麻衣を殺すと言ってる」

「梢と直《じか》に話をさせてくれ」

「それはできない。言うまでもないことだが、警察に泣きついたら、即刻、麻衣は殺されるぞ」

電話が切られた。

多門は舌打ちして、受話器をフックに戻した。麻衣の体は小刻みに震えていた。

「わたし、怖いわ。今夜は、ずっと一緒にいて」

「いいよ」

多門は、ふたたび両腕で麻衣を抱え込んだ。

少し経つと、麻衣の震えは熄《や》んだ。

3

目許《めもと》がほんのり赤い。

黒々とした瞳は、潤《うる》んだような光をたたえている。酒気を帯びた麻衣は、一段と妖艶《ようえん》に映った。

チャンスがあったら、口説《くど》いてみるか。

多門は胸底《きょうてい》で呟《つぶや》き、高級ブランデーを呷《あお》った。麻衣の自宅マンションの居間だ。

十五畳ほどの広さだった。家具や調度品は、どれも安物ではない。

「どんどんお飲みになって」

麻衣が、多門のチューリップグラスにブランデーをなみなみと注いだ。

午後七時過ぎだった。差し向かいで飲みはじめてから、すでに一時間が経つ。

「酒、強いんだね。きみは、もう五杯目だよ」

「それほど強くないんですけど、飲まずにはいられないんです。だって、怖くて怖くて……」

「そんなに怯《おび》えることはない。脅迫者の狙いは、どうせ銭《ぜに》なんだろうからな」

「最悪の場合は五百万を払ってもいいと思っていますけど、お金が無尽蔵《むじんぞう》にあるわけじゃありません。払うお金がなくなったら、わたしは殺されることになるかも……」

「そうはさせないよ。それから、五百万を渡す前に必ず犯人を突きとめてやる」

多門は誓った。

「わたしをなんとか護《まも》って。あなただけが頼りなんです」

「もちろん、きみを護り抜く」

「ありがとう。お店に脅迫電話をかけてきたのは、きっと桑名さんの彼氏の橋爪昌也という男ですよ」

「その疑いはあるね。なんとか橋爪を捜し出して、少し痛めつけてみよう」

「でも、捜し出す手がかりがないんでしょ？」

「東中野のマンションを張り込んで、橋爪を取っ捕まえるつもりなんだ」

「そう。早く脅迫者と接触できるといいですね」

麻衣が不安顔で言い、またグラスを傾けた。

「こっちは、桑名梢が消えたことがどうも腑《ふ》に落ちないんだよ。梢がきみ以外の人間を強請《ゆす》って、逆に拉致されたんだとしたら、共犯者と思われる橋爪は平静ではいられないはずだ。少なくとも、いま、きみに五百万円を都合しろと脅迫電話をしてくる余裕はないと思うんだがな」

「桑名さんと橋爪の仲は、うまくいってないいんじゃないのかしら？　それで、橋爪は恋人の安否《あんぴ》よりも早くお金を手に入れる気になったんではないでしょうか」

「そうなのかな」

多門は曖昧《あいまい》に答えて、煙草《たばこ》をくわえた。

釣られて、麻衣も細巻き煙草に火を点けた。深く喫いつけたとき、彼女の上体が不安定に揺れた。

「どうした？」

多門は、すぐに声をかけた。

「強く喫いつけたとたん、めまいがしたの。少し酔ったのかもしれません」

「横になったほうがいいな」

「そうさせてもらいます。あなたは、好きなだけ飲んでくださいね」

麻衣が煙草の火を揉み消し、深々としたソファから腰を浮かせた。立ち上がりきらないうちに、彼女はよろけてソファに倒れ込んだ。

「いやだわ。足まで取られちゃったみたい……」

「ベッドまで運んでやろう」

多門は喫いさしのロングピースを灰皿に捨て、素早く立ち上がった。

コーヒーテーブルを回り込み、軽々と麻衣を抱き上げる。両腕で捧《ささ》げ持つ恰好《かっこう》だった。

「恥ずかしいわ、だらしのないところを見せてしまって」

「喋らないほうがいいよ。喋ると、余計に酔いが回るからな」

「そうね」

麻衣が素直に応じ、軽く瞼《まぶた》を閉じた。

寝室は居間の向こう側にあった。十畳ほどのスペースだ。ほぼ中央に、セミダブルのベッドが置かれている。

多門は麻衣を仰向《あおむ》けに寝かせ、ナイトスタンドの灯《ひ》だけを点けた。

「氷水でも持って来ようか？」

「ううん、いまは欲しくないわ」

麻衣が首を横に振った。

多門はうなずき、ベッドから離れようとした。そのとき、麻衣が急に多門の腰に抱きついてきた。

「行かないで。お願い、ここにいて！」

「だいぶ酔ったようだな」

「わたし、怖いの、怖いのよ。一時《いっとき》でも恐怖を忘れさせて！　抱いてください」

「女性の頼みなら、断れないな」

多門はベッドの際《きわ》に両膝を落とし、麻衣と唇を重ねた。据膳を喰《く》わなかったら、女を傷つけることになる。

すぐに麻衣が舌を絡《から》めてきた。貪《むさぼ》るようなキスだった。多門は麻衣に斜めに覆《おお》い被《かぶ》さり、服の上から体の線をなぞった。

乳房は豊かに実り、ウエストは深くくびれていた。腰の曲線は、たおやかだ。長い太腿《ふともも》には、ほどよく肉が付いている。

多門は頃合を計《はか》って、唇を麻衣の項《うなじ》に移した。吸いつけ、舌を滑走させる。

たちまち麻衣の息は弾《はず》みはじめた。耳の中を舌の先でくすぐると、彼女は身を揉んで悶《もだ》えた。感度は悪くなさそうだ。多門は期待に胸を膨《ふく》らませながら、麻衣の衣服を一枚ずつ剝《は》いでいく。愉《たの》しい作業だった。

ほどなく熟《う》れた裸身が露《あらわ》になった。

二つの乳首は、早くも硬く痼《しこ》っていた。淡紅色だった。なだらかな下腹が美しい。逆三角に繁った飾り毛は艶《つや》やかだ。むっちりとした太腿は透けるように白かった。

多門は半身を起こし、急いで全裸になった。すでに欲望は昂《たか》まっていた。

麻衣が多門の猛《たけ》った性器を見て、驚きの声を洩《も》らした。サイズが並よりも長大だからだろう。

多門は麻衣と胸を重ね、改めてディープキスを交わした。

舌や唇を吸いつけるだけではなかった。麻衣の上顎《うわあご》の肉、舌の裏、歯茎《はぐき》をちろちろと舐《な》める。そのつど、彼女は喘《あえ》いだ。喉を甘やかに鳴らしもした。

多門は体をずらして、乳首を口に含んだ。

その瞬間、麻衣が反《そ》り身になった。色っぽい痴態《ちたい》だった。

多門は愛らしい蕾《つぼみ》を啜《すす》り、舌の先で優しく転がした。そうしながら、脇腹や下腹をソフトに撫《な》でる。絹糸のような和毛《にこげ》を五指で梳《す》くと、麻衣は嫋々《じょうじょう》とした声をあげた。

多門は、木の芽を想わせる部分を探った。

小さく尖った突起は張り詰めていた。芯《しん》の塊《かたまり》は、くりくりとよく動く。

抓《つま》んで圧《お》し転がすと、麻衣は啜り泣くような声を洩らしはじめた。時々、短い呻き声も発する。

多門は双葉に似た合わせ目を下から捌《さば》いた。

秘めやかな場所は火照《ほて》りに火照り、熱い蜜液に塗《まみ》れていた。多門は長くて太い指をベーシストのように動かしはじめた。

麻衣が腰をくねらせ、切なげな声を切れぎれに響かせた。

「女《おなご》の体は、まんず美しいな。一種の芸術品でねえべか」

多門は、われ知らずに口走っていた。

極度に興奮すると、必ず生まれ故郷の岩手弁が口をついて出る。情事のときだけではなく、喧嘩《けんか》の場合も同じだった。

「いやよ」

「え?」

「こんなときに、ふざけないで」

麻衣が顔をしかめた。

「別に、ふざけてんでねえ。おれはエキサイトするど、なじょか、田舎《いなか》の方言が出てすまうんだ」

「ほんとに？」

「んだ。だがら、気にしねえでけろ」

「わかったわ」

「いいのけ？　もっと感じたいべ？」

多門は訊いた。

麻衣が返事の代わりに、多門のペニスに手を伸ばしてきた。指遣《づか》いは巧《たく》みだった。

多門はそそられ、愛撫に熱を込めた。

いくらも経たないうちに、麻衣は極《きわ》みに駆け昇った。裸身を間歇《かんけつ》的に硬直させ、憚《はばか》りのない唸り声を放った。ジャズのスキャットのような声は長く尾を曳《ひ》いた。

「ナマでいいのけ？」

多門は確かめ、麻衣の両脚を大きく開かせた。

「待って」

「途中で抜ぐから、安心すべし」

「ううん、そういうことじゃないの」

麻衣がむっくりと上体を起こし、多門の股の間にうずくまった。

数秒後、多門は陰茎をくわえ込まれた。

麻衣の舌が閃《ひらめ》きはじめる。卓抜な舌技だ。多門は蕩《とろ》けそうな快感を覚えた。

長くこげなことされたら、爆発しちまうんでねえべか。

多門はそう思いながら、仰向《あおむ》けになった。

それから間もなく、麻衣が体をターンさせた。男根《だんこん》を頬張《ほおば》ったままだった。麻衣はせっかちに腰を落としてきた。

珊瑚《さんご》色の亀裂《きれつ》は、わずかに綻《ほころ》んでいた。複雑に折り重なった鴇色《ときいろ》の襞《ひだ》は濡れ濡れと光っている。猥《みだ》りがましい眺めだった。

多門は白いヒップを押し割り、舌を使いはじめた。湿った音が欲望を掻《か》き立てる。

数分が流れたころ、麻衣が二度目の絶頂に達した。愉悦《ゆえつ》の声は高かった。

二人は一息入れてから、体を繋《つな》いだ。

正常位だった。麻衣の内奥《ないおう》は、吸いついて離れない。

多門は六、七回浅く突き、一気に深く沈んだ。そのたびに、麻衣は息を詰まらせた。多門は後退するとき、腰を捻《ひね》ることも忘れなかった。そうすることによって、とば口の襞《ひだ》が捲《めく》れる。そのあたりはGスポットに次ぐ性感帯だ。

「た、たまらないわ。またよ、わたし、また……」

麻衣が上擦《うわず》った声で囁《ささや》き、腰を旋回させはじめた。大胆な迎え腰だった。

多門もダイナミックに腰を躍動させた。肌のぶつかり合う音が刺激的だ。

やがて、二人は相前後して果てた。

射精感は鋭かった。埋めた分身をひくつかせると、麻衣は腰をくねらせた。

二人はたっぷり余韻《よいん》を味わってから、結合を解いた。

「ずっとわたしの味方になってね」

「もちろんさ」

「頼もしいわ」

「疲れたろ？　少し眠ったほうがいいよ」

多門は麻衣に添い寝し、豊かな髪を撫でつづけた。
五、六分後、麻衣は小さな寝息を刻みはじめた。
多門は静かにベッドを降りた。床から自分の衣服を拾い上げ、そっと寝室を出る。

浴室に直行し、ざっとシャワーを浴びる。多門は身繕《みづくろ》いをしてから、居間のテレビのスイッチを入れた。

ニュースが報じられていた。

多門は、ぼんやりと画面に目を向けた。交通事故のニュースが終わると、画面に顔写真が映し出された。

なんと桑名梢の写真だった。多門は身を乗り出した。

「きょうの午後六時半ごろ、登戸《のぼりと》の多摩《たま》川で夜釣りをしていた男性が河川敷《かせんしき》で女性の撲殺《ぼくさつ》体を発見しました。殺された女性は渋谷区西原《にしはら》の無職、桑名梢さん、三十歳とわかりました。そのほか詳しいことはわかっていません。次は放火事件です」

中年の男性アナウンサーの顔が画面から消え、板橋《いたばし》区内の火災現場が映った。

多門はテレビの電源スイッチを切り、紫煙をくゆらせはじめた。

梢は、いったい誰に殺害されたのか。麻衣の強請《ゆすり》の件で、恋人の橋爪と意見の対立があったのだろうか。橋爪は麻衣を自分だけの獲物にしたくなって、邪魔になった梢を拉致して撲殺してしまったのか。

あるいは、梢は麻衣とは別の人間を恐喝し損《そこ》なって、命を落とすことになったのだろうか。

いずれにしても、何か裏がありそうだ。

橋爪をマークしていれば、何かが透けてくるだろう。

多門は煙草の火を消すと、長椅子に身を横たえた。

4

尾行されているのか。

多門は、後続のメルセデス・ベンツが気になりはじめた。麻衣をブティックに送り届けた直後から、ブリリアントシルバーのベンツは追尾《ついび》してくる。

多門はボルボXC40の速度を落とし、ミラーを仰《あお》いだ。怪しい車を運転している男は、時代遅れのレイバンのミラーグラスをかけていた。

まだ正午前だった。

多門は東中野に向かっていた。橋爪の自宅兼事務所を訪ねる予定だった。山手《やまて》通りを走っている。初台《はつだい》の交差点を通過したばかりだ。

しばらく直進し、中野坂上《なかのさかうえ》交差点の少し手前でボルボを左折させる。住宅街の割に細い道だった。不審なドイツ車は追走してくる。

多門は幾度か路《みち》を折れ、わざと変則的な走り方をしてみた。それでも、ベンツは執拗《しつよう》に尾《つ》けてくる。ミラーグラスの男をどこかに誘い込もう。

多門は住宅街を走り回った。

数百メートル進むと、大きな石材店が目に留まった。店舗の横の広いスペースに、各種の石材が堆《うずたか》く積み上げられている。身を隠すには、もってこいの場所だ。

多門は石材置き場の脇にボルボを停めた。

ミラーを覗くと、ベンツは三十メートルほど後方の路肩に寄っていた。

多門はさりげなく車を降り、石材置き場に足を踏み入れた。好都合なことに、人の姿はなかった。

真夏の陽光は刃《やいば》のように鋭い。

寝不足気味の瞳孔《どうこう》をまともに射る。明け方、多門は麻衣とふたたび濃厚な情事に耽《ふけ》ったのだ。麻衣は裸身を惜しみもなく晒《さら》し、女豹《めひょう》のように唸りつづけた。

多門は額に小手《こて》を翳《かざ》しながら、煉瓦《れんが》の山の陰に身を潜《ひそ》めた。

数分待つと、ミラーグラスの男が石材置き場に入ってきた。石材の山の間を、しきりにうかがっている。

多門は煉瓦を一個摑んで、男に投げつけた。

煉瓦は相手の肩口に当たった。男が呻いて、前屈《かが》みになった。弾みで、ミラーグラスが足許に落ちた。あろうことか、梢の兄と称した男だった。

「おい、どういうことなんだっ」

多門は躍《おど》り出た。

ほとんど同時に、男が懐から自動拳銃を引き抜いた。中国製トカレフのノーリンコ54だった。

とっさに多門は身を屈めた。

その隙《すき》に、男は身を翻《ひるがえ》した。多門はすかさず追った。男が急に立ち止まり、銃把《グリップ》を両手で握った。

多門は、そのまま突っ走った。白昼、発砲できるわけがない。単なる威嚇《いかく》だろう。

男がうろたえ、ふたたび駆けはじめた。

その直後、前方から黒いワンボックスカーが猛然と走ってきた。車内には、先夜の二人組が乗っていた。ハンドルを握っているのは角刈りの男だった。

ワンボックスカーは、多門をめがけて突進してくる。

多門は近くの生垣《いけがき》にへばりついた。ワンボックスカーは多門のすぐ横を走り抜けていった。風圧が重かった。

多門は道路の中央に飛び出した。

ちょうどそのとき、ベンツが勢いよくバックしはじめた。多門は怒号を放ちながら、全力疾走した。走りながら、ベンツのナンバーを読む。

ベンツがいったん停止し、じきに脇道に入った。

多門は四つ角まで駆けた。だが、ベンツはだいぶ遠ざかっていた。走って追いつく距離ではない。

多門は歯嚙《はが》みして、自分の車に乗り込んだ。

石材店から少し離れたとき、懐でスマートフォンが鳴った。多門は車を路肩に寄せ、スマートフォンを手に取った。

「クマ、生きてるか？」

発信者は杉浦将太《すぎうらしようた》だった。やくざ時代からの知り合いである。

プロの調査員だ。杉浦は四十六歳で、かつては新宿署生活安全課で刑事をしていた。依願退職に追い込まれたのは、何年もの間、暴力団から金品を脅し取っていたことが発覚してしまったからだ。

といっても、杉浦は薄汚い〝たかり屋〟ではなかった。交通事故で昏睡状態（遷延《せんえん》性意識障害）になってしまった愛妻の高額医療費の支払いに困り、やむなく悪徳刑事に成り下がったのである。

「いいところに電話をくれたな。杉さんに、ちょっと頼みたいことがあったんだ」

「そいつはありがてえ。で、どんな調査なんだい？」

「陸運局で車の所有者を洗ってもらいたいんだ」

多門は、ベンツのナンバーをゆっくりと伝えた。

「クマ、おれをなめてんのか。その程度のことは高校生だってできらあ。おれが腕っこきの弁護士先生んとこで働いてる調査員だってことを忘れちまったのか？」

「けど、身分は嘱託《しょくたく》で、報酬は出来高払いなんだよな。おれが調査の仕事をちょくちょく回してやらなきゃ、とっくの昔に飢え死にしてるんじゃないの？」

「この野郎、また性格が悪くなりやがったな」

「なんとでも言ってくれ。車の持ち主のことを急いで調べてもらいたいんだよ」

「クマ、また女絡《がら》みの事件《ヤマ》に首を突っ込んだようだな」

「わかる？」

「ああ、すぐにわかったよ。声が弾んでたからな。もう何遍《なんべん》も言ったことだが、女どもに甘い顔してると、尻《けつ》の毛まで抜かれちまうぞ」

「説教なら、そのうちまとめて聞くよ。謝礼五万で手を打ってくれないか」

「セコくなりやがったな、クマも」

「男に銭遣《つか》っても、メリットがないからね」

「はっきり言いやがる。その仕事、引き受けた」

「よろしく！」

「これから陸運局に行ってみらあ」

杉浦がそう言い、先に電話を切った。

多門はボルボを山手通りに進め、東中野に向かった。注意深くミラーを覗いてみたが、ベンツもワンボックスカーも目に留まらなかった。

やがて、目的のマンションに着いた。

多門は車を路上に駐め、マンションの集合郵便受けの前まで歩いた。橋爪のメールボックスは空《から》だった。梢の恋人は塒《ねぐら》に戻ってきたらしい。

きょうこそ、橋爪を取っ捕まえてやる。

多門はエントランスロビーを進み、エレベーターに乗った。

橋爪の部屋の浴室の窓は開いていた。どうやら橋爪は自宅にいるようだ。多門はインターフォンを鳴らした。

だが、なんの応答もない。

多門は宅配便の配達員を装《よそお》って、ドア越しに大声で呼びかけた。それでも、室内で人の動く気配は伝わってこなかった。部屋の主は居留守を使っているのかもしれない。

多門はわざと足音をたて、いったんエレベーターホールに引き返した。

ホールで何分か時間を遣《や》り過ごし、ふたたび橋爪の部屋のある方に抜き足で歩きはじめた。

多門はビデオジャーナリストの部屋を素通りして、建物の端にある階段ホールまで進んだ。

踊り場の壁に身を寄せ、橋爪の部屋を注視しはじめる。

張り込みはいつも自分との闘いだった。焦《じ》れたら、いい結果は生まれない。もどかしさを抑《おさ》えこみ、ひたすら待ちつづける。それが最善の方法だった。

とはいえ、なんとも退屈だ。

生欠伸《なまあくび》が何度も出た。暑さも耐えがたい。踊り場の空気は蒸《む》れ、まるでサウナだった。

それでも、多門は音《ね》を上げなかった。

長い時間が流れた。

橋爪の部屋のドアが開いたのは午後五時過ぎだった。

姿を現わしたのは、男ではなかった。大柄な女だった。長いストレートヘアを肩まで垂らしている。花柄のワンピース姿だ。

しかし、体型に少しも円《まる》みがない。怒り肩で、腰も扁平《へんぺい》だ。おまけに蟹股《がにまた》だった。

橋爪が女装しているのかもしれない。

多門は、そう思った。

大きなビニールの手提《さ》げ袋を持った怪しい女が、急ぎ足でエレベーターホールに向かった。

多門は尾行することにした。自然な足取りで歩廊《ほろう》を進み、大柄な女と同じエレベーターに乗り込む。

一瞬、相手と目が合った。気恥ずかしげに目を伏せたが、狼狽《ろうばい》している様子はうかがえない。

隣に立っているのは、橋爪ではないのか。

多門は、手提げ袋の中を覗き込んだ。

黒い礼服の一部と同色のネクタイが見えた。やはり、かたわらにいる人物は橋爪なのか。だとしたら、橋爪は梢の通夜《つや》に列席するため、フォーマルスーツを取りに自宅に戻ったのか。わざわざ女装しているのは、他人の目を欺《あざむ》くためなのだろう。

その推測が正しければ、橋爪は誰かに尾《つ》けられているにちがいない。梢の兄と偽ったベンツの男に追われているのだろうか。

エレベーターが一階に停まった。

大柄な人物はマンションを出ると、路上駐車中の黒いスカイラインの運転席に入った。多門は足早に歩き、自分の車に乗った。

スカイラインが走りだした。

多門もボルボを発進させた。スカイラインは十分ほど住宅街を走り、青梅《おうめ》街道沿いの公園の際に停まった。マークした人物は手提げ袋を抱え、あたふたと車から出た。

多門はボルボをガードレールに寄せ、気になる人物の動きを目で追った。相手は周囲に人影がないことを確かめてから、園内の男子用トイレに走り入った。やはり、女装していたようだ。

多門は車を降り、広い園内に入った。

人影は疎《まば》らだった。遠くに五、六歳の男児が数人いるきりだ。

多門は公衆便所の近くの植え込みの前に立って、煙草をくわえた。

一服し終えて間もなく、トイレから礼服を着込んだ三十代の男が出てきた。右手に、ビニールの手提げ袋を持っていた。丸めたワンピースが覗いている。

多門は、男の行く手に立ち塞《ふさ》がった。

「橋爪昌也だなっ」

「おたくは誰なんです？」

「急所を蹴られたくなかったら、おれの質問に答えな」

「橋爪だが、おたくは何者なんだ⁉」

「逸見麻衣の知り合いだよ。電話で、おれと喋ってるはずだ」

「何を言ってるんだか、さっぱりわからないな」

「桑名梢に頼まれて、『バンビ』のオーナーから銭を脅し取るつもりだったんじゃねえのかっ」

「そんなことはしてない」

「梢を拉致して撲殺したのは誰なんでえ？」

「おれが殺《や》ったんじゃないっ。梢は奴らに連れ去られて、リンチされたんだろう。おれの隠《かく》れ家《が》を教えなかったんで、結局、彼女は殺されることになったんだと思う」

橋爪が答えた。

「奴ら？　ベンツに乗ってる男と二人組のチンピラのことか？」

「そうだよ」

「あんた、誰かのスキャンダルを嗅《か》ぎつけて、口止め料をせびったな？」

「えっ」

「どうなんだ！」

多門は橋爪の胸倉を摑もうとした。

そのとき、橋爪が手提げ袋を投げつけてきた。多門は身を躱《かわ》し、手提げ袋を叩き落とした。ワンピースや女物の靴が飛び散り、ＤＶＤが落ちた。

橋爪が慌《あわ》ててＤＶＤを拾い上げた。多門は橋爪に足払いを掛け、椰子《やし》の実《み》大の膝頭《ひざがしら》で鳩尾《みぞおち》を蹴り上げた。

橋爪が唸って、横に転がる。ＤＶＤは地べたに落ちていた。

多門はＤＶＤを拾い上げた。

「このＤＶＤにゃ、何が映ってるんだ？　立って、説明してもらおうか」

「話すから、乱暴なことはしないでくれ」

橋爪がのろのろと立ち上がった。

次の瞬間、鮮血が飛散した。銃声は聞こえなかったが、橋爪が被弾したことは明らかだった。頭を撃ち砕《くだ》かれたビデオジャーナリストは棒のように倒れ、それきり身じろぎ一つしない。

二発目が疾駆《しっく》してきた。

多門は銃弾の衝撃波で、一瞬、聴覚を失った。姿勢を低くして、園内の植え込みを見回す。動く人影はない。

橋爪を撃って、自分まで葬《ほうむ》ろうとした犯人が近くにいるはずだ。

多門は中腰で、植え込みに接近しはじめた。しかし、銃弾はどこからも飛んでこない。射殺犯は逃げたのか。

多門はＤＶＤを手にしたまま、公園を走り出た。

だが、不審な人影は見当たらなかった。

5

画像が映し出された。

多門はテレビの画面を凝視《ぎょうし》した。

DVDプレイヤーには、橋爪が持っていたDVDが入っている。代官山の自宅マンションだ。

ビデオカメラのレンズは、どこかの交差点を捉《とら》えている。

あたりは、まだ薄暗い。夜明け前のようだ。車も人も、めったに通りかからない。

少し経つと、ジョギングウェア姿の六十年配の男が画面に入った。黄色い信号が点滅していた。

男は横断歩道を小走りに渡りはじめた。

車道の中ほどに達したとき、灰色のジャガーXEが不意に左折してきた。かなりの速度だった。タイヤが軋《きし》み音をたてている。

鈍い衝突音が響き、六十絡みの男の体が高く舞い上がった。ジャガーが急停止した。

そのとき、撥《は》ね跳《と》ばされた男が車道にどさりと落ちた。

首が奇妙な形に折れ曲がっていた。微動だにしない。

ジャガーの運転席から、五十二、三歳の男が出てきた。人気ニュースキャスターの若尾慎《わかおしん》介《すけ》だった。

若尾は、轢《ひ》いた男のそばに駆け寄った。すぐに後ずさり、全身を震わせはじめた。ジョギングウェアの男が息絶えていることを知ったのだろう。

若尾が頭髪を掻《か》き毟《むし》って、何か言葉にならない叫び声を放った。

すると、ジャガーの助手席から二十代後半の美しい女が降りた。驚いたことに、女は逸見麻衣だった。

麻衣は若尾に走り寄った。

二人は短く何か言い交わすと、大急ぎでジャガーに駆け戻った。ニュースキャスターの運転する英国車は、フルスピードで走り去った。

映像が消えた。

多門は暗然とした気持ちになった。橋爪が偶然に撮影したと思われる映像を観《み》たとたん、いっぺんに謎《なぞ》が解けた。

橋爪は轢き逃げの犯行シーンの映ったビデオを恐喝材料にして、妻子持ちの人気キャスターに口止め料を要求したのだろう。

若尾は要求に応じる振りをしながら、密《ひそ》かに犯罪のプロたちに問題の映像の回収を依頼したにちがいない。それを察した橋爪は、どこかに潜伏した。

困った若尾は、不倫相手の麻衣に相談したのではないか。たまたま橋爪の恋人の桑名梢が麻衣の店に勤めていることを知って、ニュースキャスターは裏社会の人間に梢を拉致させた。

しかし、梢は橋爪の居所を喋ろうとしなかった。あるいは、橋爪の隠れ家を知らなかったのかもしれない。

そうだとしたら、梢は橋爪が若尾を強請っていたことを知らなかったのだろう。

若尾は不倫相手の麻衣に命じて、多門に接近させた。その目的は、裏社会専門の始末屋に橋爪を捜させることだった。そして、若尾は問題のDVDを第三者に奪わせる気でいたのだろう。

麻衣は愚《おろ》かだ。若尾に惚れていたのだろうが、何も悪事の片棒を担《かつ》ぐことはなかったではないか。女性を利用した若尾は赦《ゆる》せない。奴はテレビで社会の矛盾《むじゅん》を鋭く衝《つ》く社会派で通っているが、薄汚い偽善者だ。麻衣の目を醒《さ》まさせて、正義漢ぶっているニュースキャスターの仮面をひん剝《む》いてやる。

多門はプレイヤーからDVDを抜き、ほどなく部屋を出た。

地下駐車場のボルボに乗り込み、北青山に向かう。青山通りに入って間もなく、杉浦から連絡があった。

「ベンツの持ち主は川島昇《かわしまのぼる》って奴だったぜ。四十六歳で、総会屋崩れのスキャンダル揉み消し屋だよ。破門された若いやくざたちを手足にして、著名人たちのスキャンダルを闇《やみ》に葬ってるみてえだな」

「杉さん、川島に張りついてんの？」

「そう。日当五万に色をつけてもらいたくて、ちょっと嗅《か》ぎ回ってんだ。いま、川島はニュースキャスターの若尾慎介と妙な場所で会ってる」

「妙な場所？」

多門は問い返した。

「ああ。赤坂《あかさか》のカラオケ店で何やら深刻そうな面《つら》で話し込んでらあ。クマ、何か思い当たるんじゃねえのか？」

「まあね」

「おれにも一枚嚙ませろや。少しまとまった銭が欲しいんだ」

「杉さん、おれは強請屋じゃない。なんか勘違いしてるようだな」

「喰えない奴だ。ま、いいさ。追加料金なしでも、もう少し働いてやるよ」

杉浦が苦笑して、通話を切り上げた。

多門はスマートフォンを懐に戻し、運転に専念した。十分ほど走ると、『バンビ』に着いた。

多門は、そっと店内に入った。

麻衣はマネキン人形の着せ替えをしていた。後ろ向きだった。客の姿はない。

「若尾と別れて、生き直せよ」

多門は麻衣の背に声をかけた。

麻衣が体ごと振り向いた。整った顔には、驚愕《きょうがく》の色が濃く貼りついている。麻衣は何か言いかけ、急に口を噤《つぐ》んだ。

「橋爪が撮った映像を観たよ。それだけ言えば、もうわかるよな？　観念したほうがいい」

「シラを切っても、無駄そうね」

「おれを利用したことには目をつぶってやろう。けどな、保身のために梢と橋爪を始末させた若尾慎介は赦《ゆる》せねえ。梢がきみを偽ブランド品のことで強請ってたという作り話は、誰が考えたんだ？」

「若尾さんよ」

「やっぱり、そうだったか。若尾は、ビデオジャーナリストに高額の口止め料を要求されたんだな?」

「お金は要求されなかったのよ。橋爪昌也は轢き逃げのことをちらつかせて、若尾さんの番組に自分のビデオスケッチの時間をレギュラーで設けさせようとしたの。いくら人気のあるキャスターでも、テレビ局にそこまでは言えないでしょ? 頭を抱えた若尾さんは川島に頼んで、なんとか例のDVDを手に入れようとしたのよ」

「ついでに若尾は川島に橋爪を始末させて、このおれを殺人犯に仕立てる気だったんじゃないのか?」

「はっきりと言ったわけじゃないけど、その気はあったんだと思うわ。だから、彼はわたしにあなたの気を惹《ひ》いて油断させてくれと言ったんでしょうね」

「そっちは若尾に言われるままに、おれに体まで投げ出した。愚《おろ》かだな。惨《むご》い言い方になるが、若尾はきみに心底、惚れてるわけじゃないな。きみをかけがえのない女性と思ってたら、色仕掛けを使えなんてことは言わなかっただろう」

多門は、あえて言った。胸のどこかが痛かった。

「若尾さんがわたしを戯《たわむ》れの相手と思ってることはわかってたわ。でも、わたしは死ぬほど彼が好きなの」

「悪い男に引っかかったな」

「彼を警察に売らないで、お願い！」

麻衣が哀願し、抱きついてきた。

多門は麻衣の腕を振りほどこうとした。そのとき、首に尖鋭《せんえい》な痛みを覚えた。注射針を突き立てられたようだ。

多門は首に手をやった。麻衣が跳びのくように離れた。

注射器を強く引っ張る。指先に注射器が触れた。中身は麻酔薬の溶液か何かだろう。

注射器を強く引っ張る。激痛が走った。注射器の溶液は、半分近く減っていた。

「いやーっ、近寄らないで！」

麻衣が店の奥の事務室に逃げ込み、素早く内錠を掛けた。

どうして目を醒ましてくれないのか。

多門は憤《いきどお》りと哀《かな》しみの入り混《ま》じった感情を抱えながら、のっしのっしと巨体を運んだ。

事務室のドアを蹴破ろうとしたとき、急に目が霞《かす》んだ。

全身の力も萎《な》えはじめた。じきに立っていられなくなった。

床にうずくまったとき、不意に意識が混濁《こんだく》した。

それから、どれくらいの時間が流れたのか。

多門は眩《まばゆ》い光を感じ、目を開けた。麻衣の体に覆《おお》い被《かぶ》さっていた。ブティックのオーナーのほっそりとした首には、多門の革ベルトが二重に巻かれている。

多門はベルトの両端を握らされていた。麻衣は呼吸していなかった。

「その女を殺《や》ったのはおまえだ」

斜め後ろで、聞き覚えのある男の声がした。

多門は半身を起こした。消音装置《サイレンサー》付きの自動拳銃とデジタルカメラを持った川島が、すぐ近くに立っていた。

「DVDは貰《もら》ったぜ。それから、おまえが麻衣の首を絞めてる写真も撮った」

「ふざけんでね。おめが、麻衣さ、殺すたんだべ」

「人殺しにされたくなかったら、何もかも忘れるんだな。ゆっくり立ち上がって、早く消えろ！」

「もう我慢なんねど」

多門は両腕で、川島の脚を掬《すく》った。川島が尻から落ちる。

サイレンサー付きのベレッタを奪い取り、多門は川島の顔面を撃ち抜いた。

鮮血と肉の欠片《かけら》が散った。川島は声もあげずに死んだ。

足音が近づいてきた。若尾が様子を見に来たのか。

多門は立ち上がって、自動拳銃を握り直した。

事務室に飛び込んできたのは小柄な杉浦だった。逆三角形の顔が小さく綻《ほころ》んだ。

「川島がなかなか店から出て来ねえんで、様子を見に来たんだよ。表にクマの車が駐めてあったんで、ちょっと気になってな」

「もう片がついたんだ」

多門は消音器《サイレンサー》付きの拳銃の指紋を丁寧《ていねい》に拭き取って、麻衣の首から自分のベルトを外《はず》した。

元刑事は二つの死体を見下ろし、大きな溜息をついた。だが、何も言わなかった。

「杉さん、消えよう」

多門は相棒を促《うなが》し、先に店を出た。


翌々日の深夜である。

多門は、千代田《ちよだ》区内にある日東《にっとう》テレビの駐車場にいた。

あたりに人影はない。多門は若尾慎介のジャガーXEに歩み寄った。

知り合いの解錠屋に造らせた特殊万能鍵でドア・ロックを外し、車内に忍び込む。そして、手製の爆破装置を手早く電気系統のコードに接続させた。作業は、わずか数分で終わった。

多門は何喰《く》わぬ顔でドアをロックし、ごく自然にジャガーから離れた。駐車場の端にパークしてあるボルボに乗り込み、ダイアナ・ロスのCDに耳を傾けはじめた。

若尾が姿を見せたのは、およそ数十分後だった。

ひとりだ。人気ニュースキャスターは慌《あわ》ただしく自分の車の運転席に入った。

十数秒後、ジャガーが爆《は》ぜた。

爆破音は凄《すさ》まじかった。車は瞬《また》く間に爆炎に包まれた。若尾は、もう生きてはいないはずだ。

「あばよ」

多門はボルボを発進させた。

第二話　悪意の罠《わな》

1

柔肌《やわはだ》が強張《こわば》った。

次の瞬間、ベッドパートナーは愉悦《ゆえつ》の声を迸《ほとばし》らせた。淫《みだ》らな唸《うな》りは間歇的《かんけつてき》に零《こぼ》れた。

多門剛は武骨《ぶこつ》な指で、なおも痼《しこ》った陰核《クリトリス》を揺さぶりつづけた。芯《しん》の部分は真珠のような手触《てざわ》りだった。

行きずりの女性が切なげに身を揉みはじめた。

煽情的《せんじょう》だった。多門は、まだ相手の名前も知らない。

赤坂《あかさか》にあるシティホテルの一室だ。

六月中旬の夜である。ベッドの上でエクスタシーに達したのは、ホテルのバーでたまたま隣り合わせに坐った女だった。

二十七、八歳で、妖艶《ようえん》な美女だ。細面《ほそおもて》だが、冷たい印象は与えない。杏子《あんず》の形をした目は、蠱惑的《こわくてき》な光をたたえている。肢体《したい》も肉感的だ。

女性はカウンターの端で、ギムレットを傾けていた。

誰かと待ち合わせている様子だった。恋人を待っているのか。そうだとしても、気にすることはない。男には、いい女を口説《くど》く権利があるのではないだろうか。

女好きの多門は、さりげなく話しかけた。

目が合うと、相手は微笑した。迷惑顔ではなかった。多門はバーテンダーに声をかけ、別のカクテルを作らせた。どうやら女は、恋人に約束をすっぽかされたらしい。自尊心を傷つけられた彼女は酔いたげだった。無防備そのものだ。

グラスを重ねているうちに、二人は次第に打ち解けた。チャンス到来である。

多門は女性を口説きはじめた。

すると、相手はブランド物のバッグの留金《とめがね》を外《はず》した。バッグの中には部屋のカードキーが入っていた。

多門は女性に導《みちび》かれ、ダブルベッドのある部屋に入った。こうして二人は情事をはじめたわけだ。

「とっても上手ね」

女が喘《あえ》ぎ喘ぎに言った。

「そっちが感度良好なのさ。それはそうと、まだ名前を教えてもらってなかったな」

「ワンナイトラブに身許調べは無粋《ぶすい》なんじゃない？」

「確かにな。しかし、おれはそっちに惚れそうな予感がしてるんだ」

「そんな……」

「迷惑なら、何も答えなくてもいい」

「中畑絵里香《なかはたえりか》です」

「おれは多門、多門剛だよ」

「素敵なお名前ね。それに、体も立派だわ」

絵里香と名乗った女がそう言い、多門の逞《たくま》しい肩にそっと唇を押し当てた。

「元レスラーか何かなんでしょ？」

「昔、陸上自衛隊第一空挺団にいたんだよ。それで、体格だけはよくなったんだ」

多門は多くを語らなかった。第一空挺団に所属していたのは、二十代の半ばまでだ。その後は武闘派やくざとして、新宿で暴れていた。

しかし、思うところがあって、三十三歳のときに足を洗った。いまは裏社会専門の始末屋だ。ネゴシエーターを兼ねたトラブルシューターである。

「ベッドの中で野暮《やぼ》なお喋《しやべ》りをしちまったな」

「そうね」

二人は改めて唇を貪《むさぼ》り合い、舌を深く絡《から》めた。

多門はディープキスを交わしながら、絵里香の肌理《きめ》の濃《こま》やかな白い肌を撫《な》ではじめた。心の渇《かわ》きが癒《い》やされる。生きる張りも生まれた。

量感のある乳房はよく弾んだ。ウエストの深いくびれが美しい。腰は豊かに張っている。逆三角形に繁った飾り毛は艶《つや》やかだ。秘めやかな亀裂に触れると、絵里香は小さく背を反《そ》らせた。

「そろそろ一つになりたいな」

多門は顔をずらし、絵里香の耳許で甘く囁《ささや》いた。すでに欲望は猛《たけ》り立っている。

「ちょっとお願いがあるの」

「どんな？」

「SMプレイにつき合ってほしいんです」

「えっ!?」

「わたし、後ろ手に縛《しば》られて乱暴に扱われないと、体の芯から燃え上がれないのよ」

「妻子持ちの彼氏に妙な癖をつけられちまったようだな」

「ええ、そうなんです。ね、協力して！」

絵里香が真顔でせがんだ。多門は困惑した。すぐには返事ができなかった。

多門は、すべての女性を観音《かんのん》さまのように崇《あが》めている。それも、老若《ろうにゃく》や美醜《びしゅう》は問わなかった。好きになった異性には、物心両面でとことん尽くすタイプだった。

「女性をいじめるような真似はできない」

「でも、いじめられて歓《よろこ》ぶ女もいるのよ」

「それは知ってるが……」

「鞭《むち》でぶったりしなくてもいいの。ただ、わたしをレイプするように荒々しく抱いてほしいんです」

「気が進まないが、そっちがそれを望むんだったら、協力してもいいよ」

「ありがとう。いま、小道具を持ってくるわ」

絵里香が軽く多門の胸板を押し上げ、ベッドから滑《すべ》り降りた。

全裸だった。揺れるヒップが悩ましい。

絵里香はバッグの中から黒い革紐《かわひも》と粘着テープを摑《つか》み出すと、すぐにベッドに戻ってきた。

目の光が妖《あや》しい。

多門は言われるままに、絵里香の両手を革紐で後ろ手に縛った。縛り方は、やや緩《ゆる》めだった。絵里香が体の向きを変え、多門の股の間にうずくまった。多門は、両手で上体を支える恰好《かっこう》になった。

「ビッグサイズね」

絵里香が言いながら、多門の猛《たけ》りを浅くくわえた。

舌の先で鈴口をくすぐりはじめる。張り出した部分もなぞられた。実に巧《たく》みな舌技だ。不倫相手にたっぷり仕込まれたのだろう。軽いジェラシーを覚えそうだった。

多門は片腕を伸ばし、絵里香の髪を梳《す》くようにまさぐりはじめた。

ほとんど同時に、絵里香が多門の昂《たか》まりを深く呑んだ。生温《なまあたた》かい舌が心地よい。

絵里香の舌が閃《ひらめ》きはじめた。

動きには、変化があった。多門は吸われ、舐められ、削《そ》がれた。一段と昂《たか》まった。体の底が引き攣《つ》れるような勢いだった。

「こげなこと長ぐされだら、おれ、漏《も》らすてすまう」

多門は蕩《とろ》けるような快感を覚え、無意識に岩手弁を口走ってしまった。

「いやよ、おどけないで」

絵里香が顔を上げ、詰《なじ》るように言った。

「誤解しないでくんなませ。エキサイトすると、なじょか、訛《なまり》が出るんだ」

「そうだったの。ごめんなさいね」

「いいんだ。気にしねえでけろ」

多門は言った。絵里香が目で笑い、枕の横の粘着テープを手に取った。

「これで、わたしの口を塞《ふさ》いでほしいの」

「ほんとに、いいのけ？」

「ええ。ねえ、早くして！」

「わがった」

多門は粘着テープを適当な長さに切り、絵里香のセクシーな唇を封じた。鼻腔《びこう》までは覆《おお》わなかった。

絵里香がフラットシーツに顔を埋め、水蜜桃《すいみつとう》を想《おも》わせる白いヒップを高く突き出した。大胆な痴態《ちたい》だった。大いにそそられた。

多門は両膝立ちの姿勢で、背後から絵里香の中に分け入った。

中心部はぬめっていたが、密着感は強かった。襞《ひだ》の群れがまとわりついて離れない。いい感じだ。

多門は片手を絵里香の乳房に回し、もう一方の手で痼《しこ》った敏感な突起を抓《つま》んだ。両腕を動かしながら、ダイナミックに腰を躍《おど》らせはじめた。

そのとたん、絵里香が全身でもがいた。

気持ちが変わったのか。多門は動きを止めた。

絵里香がなぜか腰を振った。抗《あらが》ったのは、一種の痴戯《ちぎ》だったらしい。

多門は、ふたたび突きはじめた。むろん、捻《ひね》りも加えた。

絵里香は息苦しそうだった。多門は、がむしゃらに突きまくった。肉と肉のぶつかる音が刺激的だった。

数分経つと、絵里香の体が徐々に縮《ちぢ》みはじめた。アクメの前兆だ。

多門は律動《りつどう》を速《はや》めた。

それから間もなく、絵里香は二度目の極《きわ》みに駆け昇った。くぐもり声を轟《とどろ》かせた。すぐに裸身が痙攣《けいれん》しはじめた。内奥《ないおう》の緊縮はリズミカルだった。搾《しぼ》られるような圧迫が加わってくる。

多門は唸りながら、勢いよく放った。一瞬、脳天が白く濁《にご》った。

絵里香が鼻で荒い息を吐きながら、腹這《はらば》いになった。胸苦《むなぐる》しそうだ。

多門は体を繋いだまま、手早く粘着テープを引き剝《は》がした。絵里香が吐息を洩らす。長い吐息だった。

多門は革紐も急いでほどき、絵里香の背に胸を重ねた。

まだ硬度を保《たも》っているペニスをひくつかせると、絵里香は淫蕩《いんとう》な呻《うめ》き声を撒《ま》き散らした。

腰もくねらせた。二人は折り重なった状態で、しばらく余韻《よいん》を味わった。

「最高だったわ」

「おれもだよ。また会いたいな」

多門は言った。

「行きずりの二人が束《つか》の間《ま》、淋《さび》しさを埋め合った。それでいいんじゃない？」

「まだ彼氏に未練があるみたいだな。妻子持ちの男と関わってると、不幸になるだけだよ」

「ええ、そうでしょうね。わかってるの。だけど、別れられそうもないんです。わたしって、ばかよね」

絵里香の語尾が湿《しめ》った。いまにも涙ぐみそうだ。

多門は静かに体を離し、身繕《みづくろ》いに取りかかった。絵里香は毛布を引っ被《かぶ》り、嗚咽《おえつ》を噛み殺していた。慰めようがなかった。

「そっちのことは忘れないよ」

多門は麻の白いジャケットを手にすると、大股で部屋を出た。

十八階だった。エレベーターで地下駐車場まで降り、自分のボルボXC40に乗り込む。

多門は穏《おだ》やかにマイカーを発進させた。

ホテルの敷地を出て、青山《あおやま》通りに向かう。午前零時近い時刻だった。自宅マンションは代《だい》官山《かんやま》にある。

スマートフォンが鳴ったのは、青山一丁目交差点を通過した直後だった。

多門は車を路肩に寄せ、スマートフォンを耳に当てた。

「クマ、今夜も女遊びだったようだな。スマホに何度も電話したんだぜ」

元刑事の杉浦将太だった。やくざ時代からの知り合いだ。

杉浦は現在、遣《や》り手の弁護士の下で嘱託《しょくたく》調査員として働いている。

それほど収入は多くない。多門は時々、調査の仕事を杉浦に回してやっていた。ささやかな友情だ。

「クマ、おれの代わりに若い女を捜してくれねえか。本業の調査に追っかけられて、どうしても時間の都合がつかねえんだよ」

「いつもとは逆のパターンだね」

「そうだな。もちろん、ピンは撥《は》ねるぜ。引き受けてくれるだろう？」

「杉さんの頼みじゃ、断れないな。で、調査依頼の内容は？」

「おれの知り合いの麻薬取締官《マトリ》の娘が行方《ゆくえ》不明なんだ。ちょうど二十歳《はたち》の娘っ子なんだが、高一ぐらいから少し横道に逸《そ》れてたらしいんだよ。ひょっとしたら、何かの事件《ヤマ》に巻き込まれたのかもしれねえな」

「麻薬取締官《マトリ》なら、素人《しろうと》じゃない。なぜ父親は、自分で娘を捜そうとしないんだい？」

「依頼人は、厚生労働省麻薬取締部捜査一課の課長なんだよ。職務が忙しくて、なかなか休暇が取れねえんだってさ」

「ふうん。依頼人の名は？」

「湯浅一宏《ゆあさかずひろ》、四十七歳。明日の午後、クマんところに依頼人を行かせるから、よろしく頼むわ。成功報酬は百万にしよう。クマ、分け前は折半《せっぱん》だぜ」

「欲の深え父《ふけ》っつぁ《と》んだな」

多門は明るく悪態《あくたい》を吐き、スマートフォンを上着の内ポケットに戻した。

2

インターフォンが鳴った。

多門は喫いさしのロングピースの火を揉み消し、ダイニングテーブルから離れた。午後四時過ぎだった。自宅マンションである。

多門はドア・スコープを覗《のぞ》いた。

白髪《しらが》混じりの中年男がたたずんでいる。湯浅一宏だろう。多門は玄関のドアを開けた。

「湯浅と申します」

男が名乗った。

「杉さんから話は聞いてますよ。多門です」

「初めまして。いま、よろしいでしょうか」

「ええ。どうぞ入ってください」

多門は依頼人を請《しょう》じ入れた。

間取りは1DKだった。まさか奥の寝室に通すわけにはいかない。湯浅をダイニングテーブルにつかせ、自分も向かい合う位置に腰かけた。

名刺交換が終わると、湯浅が先に口を開いた。

「杉浦君があなたに話したと思いますが、娘の由美《ゆみ》は高校生のころから少しグレてまして、これまでに何度か家出をしてるんです」

「難しい年頃だからな」

「そうですね。たいてい女友達の自宅に泊めてもらってたんですが、今度は違うようなんですよ。五日前にふらりと家を出てから、消息を絶ってしまったんです」

「娘さんの友達関係には当たってみました？」

「ええ、もちろん！　しかし、誰も娘の居所は知りませんでした」

「由美さんは学生ですか？」

多門は訊《き》いた。

「いいえ。一応、短大に入ったんですが、数カ月で勝手に学校を辞《や》めてしまって、それからは職にも就かずに遊び暮らしています。困った娘ですよ」

「何か時々、バイトをしてたのかな？」

「一カ月ほど居酒屋で働いたことはありますが、そのほかは何もしていませんでした。ひとり娘ですので、月に十万円ほど小遣いを渡してたんです」

「奥さんから何か手がかりは？」

「妻は三年前に病死しました」

湯浅が沈んだ声で答えた。

「それ以来、あなたと娘さんだけで暮らしてきたんですね？」

「ええ、そうです。しかし、娘は高一ぐらいから家の中でわたしを避けるようになりましたんで、一緒に食事をすることもありませんでした」

「娘さんと何かで衝突したことは？」

「由美が高一のとき、泊まりがけでロック・フェスティバルに行きたいと言い出したんですが、わたしはそれを許しませんでした。そういうことがあってから、親子関係がぎくしゃくするようになってしまって……」

「そうですか」

多門は短く応じた。

麻薬取締官は厚生労働省の役人である。司法警察手帳を持ち、麻薬絡みの事件の捜査に当たっている。拳銃の携帯も認められているが、ふだんは持ち歩いていない。

全国に八つの麻薬取締官事務所があり、沖縄麻薬取締支所のほか横浜《よこはま》、神戸《こうべ》、小倉《こくら》などに分室が設けられている。スタッフ総数は、二百人以上になる。麻薬取締部は千代田区九段《くだん》にある。

「そんなことで由美はわたしに当てつけるように危険ドラッグ遊びに耽《ふけ》ったり、暴走族《マルソー》の連中とつき合ったりしてたんです」

「覚醒剤《シャブ》はどうなんです？」

「それはやっていないはずですが、コカインは常習してると思います」

「何か確信がおありなんですね？」

「ええ。みっともない話ですが、娘はコロンビア人のコカイン密売人の男とつき合ってるようなんです。ホセとかいう奴です」

湯浅がそう言い、ライトグレイの上着の内ポケットから一葉《いちよう》のカラー写真を抓《つま》み出した。

多門は写真を見た。

由美らしき娘とヒスパニック系の顔立ちの二十六、七歳の男が頰を寄せ合って、Vサインを掲《かか》げている。背景には、歌舞伎町《かぶきちょう》の新宿東宝ビルの一部が写っていた。

「案外、娘さんはホセという男のところにでも転がり込んだんじゃないのかな」

「わたしもそう考えたのですが、ホセの家《ヤサ》がわからないんですよ。歌舞伎町でコカインの密売をしてることは間違いないんですがね」

「写真、しばらくお借りします」

「引き受けていただけるんですね？」

「ええ。成功報酬百万で、いかがでしょう？　着手金はいりません」

「それで結構です。よろしくお願いします」

湯浅が立ち上がって、深々と頭を下げた。

多門は依頼人を送り出すと、ドイツ製のシェーバーで伸びた髭《ひげ》を剃《そ》りはじめた。たいして時間はかからなかった。

ほどなく多門は部屋を出た。

正午前に冷凍ピラフを二人前食べたのだが、少々、腹が空《す》いてきた。多門は行きつけのイタリアン・レストランに車を走らせ、ラザニアを胃袋に収めた。

新宿に向かったのは五時半ごろだった。

まだ残照で、表は明るい。六時前に歌舞伎町に着いた。

多門は風林《ふうりん》会館の裏通りにボルボを駐《と》めた。区役所通りと花道《はなみち》通りが交差しているあたりには、やくざや外国人マフィアたちの姿が目立つ。

本格的にネオンやイルミネーションが灯《とも》りはじめれば、中国人やタイ人ホステスの往来が激しくなる。得体《えたい》の知れない外国人男性も集まりはじめるはずだ。

その国籍は中国、台湾、韓国、イラン、パキスタン、ネパール、マレーシア、タイ、ベトナム、ミャンマー、カンボジア、フィリピン、ペルー、コロンビア、ブラジルとさまざまだが、その多くは不法滞在者だろう。

最近はナイジェリア・マフィアと呼ばれるアフリカ人たちも、この街に根を下ろしつつある。ウクライナやルーマニア出身の出稼ぎホステスも見かける。

歌舞伎町界隈《かいわい》には、約百二十の暴力団組事務所がある。

およそ千人以上のやくざがいるが、彼らも外国人犯罪者たちを脅威に感じはじめているようだ。荒っぽい中国人マフィアに袋叩きにされた筋者《すじもの》は何人もいる。

それでも、報復する暴力団は少ない。暴力団対策法に引っかかることを恐れているからだ。世渡りに長《た》けた暴力団は外国人マフィアたちをうまく取り込んで、麻薬や拳銃の密売で甘い汁を吸っている。

多門は裏道をたどって、区役所通りに出た。

コロンビア人と思われる者は見当たらない。バッティングセンターの脇を抜け、職安通りに出る。

イラン人の男たちが数人、立ち話をしていた。

多門は彼らに湯浅から預かった写真を見せた。男たちは、写真の男女に見覚えはないと口を揃《そろ》えた。嘘《うそ》をついている様子ではなかった。

多門は職安通りを渡り、ハレルヤ通りに入った。JR新大久保《しんおおくぼ》駅方面に歩く。

路地には早くも東南アジア系の街娼《がいしょう》たちが立っていた。一様《いちよう》に化粧が厚く、服装がけばけばしい。タイやマレーシアの娼婦たちが次々に誘いをかけてくるが、多門は相手にしなかった。別に売春婦たちを穢《けが》らわしいと思っているわけではない。

不幸な女たちと言葉を交わせば、つい同情してしまう自分を知っていたからだ。いまは道草を喰っている場合ではない。

多門は駅前通りに出た。

国際通りだ。タイ、中国、マレーシア、コロンビアの街娼たちがそれぞれグループごとに客を引いていた。摘発を受けた外国人娼婦は何年か消えていたが、数年前から春をひさぐ女性たちが見られるようになったのだ。

「一時間二万円、安いよ。性病ないね。二人で遊びましょ」

小柄なタイ人街娼が擦《す》り寄ってきた。

「急いでるんだ。悪いな」

「二時間でもいいね。料金同じでいいよ」

「今度、つき合おう」

多門は拝む真似をして、足を速めた。
七、八十メートル先の辻には、髪をブロンドに染めた女たちが四、五人立っていた。肌は白くないが、顔の彫《ほ》りは深い。コロンビア人だろう。
多門は、女性のひとりに近づいた。

黒のブラウスに、白の超ミニスカートだ。二十二、三歳だろうか。

「コロンビア人の友達を捜してるんだ」

多門は写真を取り出し、ホセの顔を指さした。

相手は当惑顔で、暗がりに目をやった。そこには、ペルシャ系の顔立ちの若い男がいた。

イラン人だろう。コロンビア人街娼たちは腕っぷしの強いイラン人をヒモ兼用心棒にしている。男が目顔《めがお》で何かを告げた。女性が無言でうなずいた。

「あなた、ほんとにホセの友達？」

「ああ。ホセに急用があるんだが、彼の住んでる所がわからないんだ」

「わたし、知ってるよ。でも、すぐには教えない。一緒にホテル行ってくれる？」

「いいよ」

多門は言った。

女性がにっこりと笑い、多門の手を取った。

多門は近くのラブホテルに案内された。五階の一室に入ると、女は先に二万円を要求した。

多門は二枚の一万円札を手渡した。女性は紙幣をルイ・ヴィトンの札入れに収めると、ダブルベッドの横で衣服を脱ぎはじめた。

「セックスはいいんだ。早くホセの住まいを教えてくれないか」

多門は急《せ》かした。

「男とセックスする。それ、わたしの商売《ビジネス》ね。セックスしない。それ、わたしをばかにしてるよ。物乞《ご》いじゃないからね」

「わかった。それじゃ、裸になってくれ」

「あなたも脱ぐね」

娼婦が憮然《ぶぜん》とした顔で言い、じきに素っ裸になった。

乳房は豊満だった。恥毛は染められていない。黒々と光っている。肌の色はクッキーブラウンだった。インディオの血が混じっているのだろう。

多門も衣服を脱いだ。

まだ性器はうなだれたままだった。女性が仰向《あおむ》けに横たわり、進んで黒ずんだ秘部を晒《さら》した。多門は覗き込んだが、昂《たか》まらなかった。

「あなた、ここに寝る」

娼婦がベッドマットを掌《てのひら》で軽く叩いた。物憂《ものう》げな表情だった。

多門は身を横たえた。女性が手で多門の分身を刺激しはじめた。愛撫には技《わざ》があった。

欲望が頭をもたげると、巨乳でペニスを挟んで揉みはじめた。多門は一気に勃起《ぼっき》した。

「あなた、もう大丈夫ね」

女は昂まりにスキンを被せると、すぐに跨《また》がってきた。

多門は下から突き上げた。女は烈《はげ》しく腰を弾ませた。まるでロデオに興《きょう》じているようだった。

やがて、多門は果てた。味気ない交わりだったが、娼婦を咎《とが》める気は起きなかった。

女は結合を解くと、にこやかに言った。

「これで、わたしの仕事終わりね。ホセのアパート、百人町《ひゃくにんちょう》一丁目にある」

「アパートの名は？」

「『百人町ハイム』ね。部屋は二〇一号室よ」

「ホセとは親しいのか？」

「同じ町で生まれただけ」

「ホセは、五日ぐらい前から日本人の女と一緒に暮らしてないか？」

多門は問いかけた。

「それ、わからない。わたし、ホセに一カ月以上会ってないね」

「そうか」

「また、遊ぼ……」

女はウインクし、手早くランジェリーと衣服をまとった。そのまま部屋から出ていった。

多門はスキンの始末をし、ざっとシャワーを浴びた。ホテルを出て、百人町まで歩く。

目的のアパートは路地裏にあった。

古ぼけた木造モルタル塗りのアパートだった。多門は錆《さ》びた鉄骨階段を駆け上がり、二〇一号室のドアをノックした。

ややあって、ドアが開けられた。顔を見せたのはホセだった。

多門はグローブのような手で、力まかせにホセを突き倒した。ホセが後ろに引っくり返った。両脚が跳ね上がる。

多門は土足で室内に踏み込んで、ホセの脇腹に蹴りを入れた。三十センチの靴が深くめり込む。ホセが呻いた。

多門はホセを睨《にら》みつけた。

「湯浅由美は、どこにいる？」

「おまえ、誰？」

ホセが唸りながら、苦しそうに喋った。

「いいから、質問に答えな。五、六日前に、由美は来たんじゃねえのかっ」

「来た、来たよ。でも、きのうの夕方、出かけたまま、帰ってこないね」

「どこに行くと言ってた？」

「それ、わからないよ。もしかしたら、由美さん、ゴーラムに引っさらわれたのかもしれない」

「ゴーラムだって？　イラン人か？」

「そう。イランの悪党《ワル》ね。狼《おおかみ》みたいな目をして、口髭《くちひげ》を生やしてる。ゴーラム、由美さんのこと好きみたい」

「どこに行けば、そいつに会える？」

「いつも夜は、『アリ』ってペルシャ料理のお店にいるよ。店、新宿東宝ビルの裏にあるね」

「そうかい。邪魔したな」

多門はホセの部屋を出て、鉄骨階段を駆け降りた。

3

哀愁《あいしゅう》を帯びた旋律がかすかに聴こえる。

多門は『アリ』のドアを引いた。狭い店内には、西アジア系の男たちが十数人いた。マリファナの臭《にお》いが充満している。不良イラン人の溜《た》まり場なのだろう。

多門は男たちの顔を見回した。

揃《そろ》って目つきが鋭く、口髭をたくわえている。ゴーラムという男は店内にいるのか。

奥から白いコック服を着た四十年配の男が現われ、たどたどしい日本語で言った。

「ペルシャの料理、日本人、あまり好きになれないよ。がっかりするね」

「飯《めし》を喰いに来たわけじゃないんだ」

「あなた、何しに来た？」

「ゴーラムに会いたいんだ。コロンビア人のホセに紹介されたんだよ」

「わたしの店に、そういう名前のイラン人来ないね」

「そんなはずねえな。ホセは、ゴーラムがいつも夜は『アリ』にいると言ってた。狼のような目をした奴だよ」

「ああ、わかった。それ、ゴーラムホセイン・ミーラニーのことね。彼、まだ来てない。あなた、ゴーラムホセインにどんな用事ある？」

「少しティリヤックを分けてもらいてえんだ」

多門は声をひそめた。ティリヤックというのはヘロインのことだ。

「あなた、偉いよ！　たいていの日本人、テリヤキと呼んでる。でも、そのペルシャ語、正しくない。本当はティリヤックね」

「ホセの話だと、一グラム七、八千円で売ってくれるらしいな？」

「ま、そうね。あなた、やくざ《ギャングスター》？」

「そんなようなもんだ」

「それなら、相談あるね。わたしも麻薬《ドラッグ》売ってる。大麻樹脂《チョコレート》なら、一グラム五千円でいいね。明日なら、ティリヤックも入るよ」

「ゴーラムホセインの品物《ブツ》が悪かったら、あんたに相談するよ」

「あなた、早く彼に会いたいか？」

店主らしき男が問いかけてきた。

「ゴーラムホセインの自宅を知ってるのかい？」

「知ってる。でも、只《ただ》じゃ教えられない」

「しっかりしてやがる。わかったよ」

多門は相手に一万円札を握らせた。

「ゴーラムホセイン、大久保《おおくぼ》一丁目に住んでるよ。『大久保コーポラス』というマンションの六階、六〇五号室にいる」

「ありがとよ」

「彼の麻薬《ドラッグ》、どれもよくない。わたし、ハイグレードの物しか売らないね。あなた、きっとわたしのところに戻ってくる」

男が自信ありげに言った。

多門は肩を竦《すく》め、ペルシャ料理店を出た。急ぎ足で大久保公園の方向に歩きだす。

公園に差しかかったとき、前方からイラン人と思われる二人組の男が駆けてきた。ゴーラムホセインの仲間かもしれない。

多門は身構えながら、歩きつづけた。

男たちが足を止めた。すぐに上背《うわぜい》のある男がロングフックを放ってきた。空気が縺《もつ》れた。

多門はパンチを腕で払い、相手の睾丸《こうがん》を蹴り上げた。

相手が呻《うめ》いて、その場に頽《くずお》れた。もうひとりの小太りの男が、懐《ふところ》から奇妙な形のナイフを取り出した。三日月のように大きく反《そ》っている。ペルシャのナイフなのか。

多門は大久保公園に走り入った。二人組を園内で痛めつける気になったのだ。

男たちが何か喚《わめ》きながら、猛然と追ってきた。

恐怖は少しも感じなかった。これまでに数えきれないほど修羅場《しゅらば》を潜《くぐ》ってきた。

「『アリ』のマスターがゴーラムホセインに電話したようだな。てめえら、ゴーラムホセインの仲間なんだろ？」

「おまえ、ポリスマンか？」

ナイフを持った男が問いかけてきた。

「おれはホセの知り合いだよ。ゴーラムホセインにちょっと用があるだけだ。そうカッカするなって」

「おまえ、怪しい。麻薬《ドラッグ》欲しいだけじゃなさそうね。何を調べてる？」

「てめえら、何を警戒してやがるんでえっ」

多門は声を張った。

そのとき、三日月形のナイフが閃《ひらめ》いた。刃風《はかぜ》は重かったが、明らかに威嚇《いかく》だった。

多門は横にいる長身の男を肩で弾《はじ》き、小太りの男に横蹴りを見舞った。

狙ったのは膝頭の斜め上だった。太腿《ふともも》の内側だ。意外に知られていないが、そこは急所の一つである。

相手が尻餅《しりもち》をついた。

多門は走り寄って、小太りの男の鳩尾《みぞおち》に蹴りを入れた。男が呻きながら、横倒しに転がった。

多門は相手のナイフを奪い取り、切っ先を喉に当てた。

「てめえら、ゴーラムホセインの仲間だなっ」

「そう、そうだよ」

背の高い男が答えた。

「ゴーラムホセインは、ほんとに『大久保コーポラス』の六〇五号室に住んでるのか？」

「それ、ほんとね」

「その部屋に、日本人の若い女がいるんじゃねえのか？　まだ若い娘《こ》で、湯浅由美って名前だよ」

「わたし、知らない」

「世話を焼かせやがる」

多門は奥二重の目を片方だけ眇《すが》めた。左目だ。他人を侮蔑《ぶべつ》するときの癖だった。

男たちがペルシャ語で何か言い交わした。多門は刃先を小太りの男の頸動脈《けいどうみゃく》に強く押しつけた。男が短い叫びをあげ、目を剝《む》く。すぐ体を震《ふる》わせはじめた。

「どうなんでえ？」

多門は上背のある男に顔を向けた。

「若い女、ゴーラムホセインの部屋にいたよ。でも、名前わからないね」

「その娘《こ》の様子は？」

「裸で縛られてたよ。それから、彼女、泣いてた。多分、ゴーラムホセインにレイプされたんだろうね」

「ゴーラムホセインは、その彼女のことをどう言ってた？」

「誘拐《ゆうかい》したと言ってた」

「目的は身代金《みのしろきん》なんだな？」

「身代金、その意味わからない。その日本語、難しいよ」

長身の男が首を傾《かし》げた。

「焦《じ》れってえ野郎だ。ゴーラムホセインは、人質に取った娘《こ》の親から銭《ぜに》を脅し取ろうとしてやがるんだな」

「それ、わからないね。ゴーラムホセイン、女の子のことをセックスペットと言ってた。お金欲しいのかどうか、わたし、わからないよ」

「そっちに何か言ってなかったか？」

多門は小太りの男に訊いた。

「何も知らないよ。わたしたち、ゴーラムホセインに頼まれて、ハッシシやコカインを売ってるだけ」

「てめえら、オーバーステイなんだろっ。日本で悪さばかりしてねえで、イランに帰りやがれ！」

「自分の国に帰っても、仕事ないよ。それから酒も飲めないし、自由にセックスもできない。それ、つまらないね」

相手が言った。

「おめら、日本さ、なめてんのけっ」

多門は無性《むしょう》に腹が立ち、ナイフを男の太腿に突き立てた。小太りの男が獣じみた声をあげ、転げ回りはじめた。

「わたし、あなたの悪口言ってない。だから、刺さないで。オーケー?」

背の高い男が後ずさり、急に身を翻《ひるがえ》した。逃げ足は、おそろしく速かった。

仲間を置き去りにして逃げるとは薄情な野郎だ。

多門は胸奥で呟《つぶや》き、大久保公園を走り出た。職安通りまで駆け、コントワール新宿ビルの脇道に入る。大久保一丁目だ。

ゴーラムホセインの自宅マンションは、大久保小学校の裏手にあった。

多門はマンションに入った。オートロックシステムではなかった。入居者の大半は外国人のようだった。

エレベーターで、六階に上がる。

六〇五号室には電灯が点《つ》いていた。玄関のドアは施錠《せじょう》されていなかった。

多門は勝手にゴーラムホセインの部屋に入った。

間取りは1LDKだ。人の姿はどこにも見当たらない。どうやら部屋の主は人質の由美を連れて、どこかに逃げたようだ。

だが、ドアはロックされていない。しばらく様子を見てから、部屋に戻る気なのだろう。

マンションの前で張り込むことにした。

多門は六〇五号室を出て、エレベーターに乗り込んだ。

『大久保コーポラス』の前の暗がりに身を潜《ひそ》め、一時間ほど待ってみた。しかし、マークしたイラン人は戻ってこない。路上に長いこと立っていたら、通行人に怪しまれるだろう。

車の中で張り込むことにするか。多門は歌舞伎町二丁目まで引き返した。ボルボに乗り込み、『大久保コーポラス』の前まで戻る。

張り込みを再開して数十分が経過したころ、スマートフォンに着信があった。

電話をかけてきたのは依頼人の湯浅だった。

「娘は、由美は誘拐されたようです。たったいま、ゴーラムホセインと名乗る男から連絡があったんです」

「その男は、ホセの知り合いのイラン人ですよ」

多門は経過を手短に話した。

「犯人は、とんでもないことを要求してきました」

「金じゃないんですね？」

「ええ。わたしに、押収品の極上物《ごくじょうもの》のコカインを三十キロくすねろと言ってきたんですよ」

「なんですって⁉　極上物なら、卸値でも数億円になるんでしょ？」

「ええ、そうですね」

「で、押収品の中に要求された麻薬はあるんですか？」

「はい、極上のコカインが四十五キロほど保管してあります」

「ゴーラムホセインは、なぜ、そのことを知ってたんだろう？」

「おそらく、あてずっぽうに言ったんだと思います。常時というわけではありませんが、関東信越厚生局麻薬取締部や分室にはたいてい相当量の覚醒剤やコカインが保管されてますんでね。もちろん、押収品です」

湯浅が言った。

「なるほど、そういうことか。それにしても、悪知恵の働く奴だ。紙幣と違って、コカインには製造番号もないし、嵩《かさ》ばることもない。持ち運びもたやすいですしね」

「ええ。おそらくゴーラムホセインは、大がかりな麻薬密売組織のメンバーなんでしょう」

「それは間違いなさそうだな。そうじゃなきゃ、身代金代わりの三十キロのコカインは換金できない」

「そうですね」

「ところで、娘さんの声を電話で聴かせてもらったんですか？」

「はい。由美はとても怯《おび》えていました。はっきりとは言いませんでしたが、犯人に体を穢《けが》されたようです」

「で、どうされるおつもりなんです？」

多門は訊《たず》ねた。

「一刻も早く娘を救い出してやりたい気持ちですが、個人的なことで押収品を使うのは問題があると思うんです」

「品物《ブツ》を渡さなければ、犯人は腹いせに娘さんを殺害するかもしれませんよ。それから警察の協力を仰げば、同じような結果を招くことになるでしょう」

「どうすればいいんだ!?」

湯浅が呻くように言った。

「犯人は時間を切ったんでしょ？」

「ええ。明日の夕方六時までに要求した物を用意しておけと言いました。受け渡し場所や時刻は、明日の午後に指示するということでした」

「湯浅さん、部長を説得して、三十キロのコカインを用意してください。わたしが必ず誘拐犯を取っ捕まえて、由美さんを救い出します」

「ちょっと待ってください。部長が首を縦に振るわけありませんよ」

「とにかく、説得してみてください。娘さんの身の安全を考えたら、それが最善の方法なんですから」

「わかりました」

「後で連絡します」

多門は先に電話を切って、煙草に火を点けた。徹夜で張り込んでみるつもりだった。

4

浜風が強い。

押し寄せる白い波頭《なみがしら》が夜目《よめ》にも鮮やかだ。

沖合には、江の島《えのしま》が横たわっている。ホテルや民家の灯《ひ》が小さく瞬《またた》いていた。

多門は、片瀬西浜鵠沼《かたせにしはまくげぬま》海水浴場の外れにある防波堤の近くに身を潜めていた。突堤の際《きわ》には、借りた水上バイクを浮かべてある。

コカインの受け渡し時刻は午後八時だった。いまは七時五十二分だ。

多門は昨夜から今朝まで、『大久保コーポラス』の前で張り込みつづけた。だが、ゴーラムホセインはついに帰宅しなかった。

依頼人の湯浅は部長に事情を打ち明け、午前中に三十キロのコカインを確保していた。それはサムソナイト製のキャリーケースに詰められた。

誘拐犯から湯浅に連絡があったのは午後四時過ぎだった。ゴーラムホセインは麻薬入りのキャリーケースに古タイヤを括《くく》りつけ、午後八時きっかりに江ノ島大橋の中央から海に投下しろと命じた。

多門は暗視望遠鏡《ノクト・スコープ》を目に当て、暗い海を眺めた。

不審な船影はどこにも浮かんでいない。

犯人は高速モーターボートを使って、コカインを回収するのではなさそうだ。おおかたエアボンベを背負ったダイバーが、橋の近くの海中に潜っているのだろう。

多門はノクト・スコープを橋の上に向け、レンズの倍率を上げた。

ハイテクを結集した新型の暗視望遠鏡《ノクト・スコープ》だ。粒子《りゅうし》は細かく、暗闇でも物がくっきりと見える。背景も赤くなったりはしない。

湯浅は西浜側の欄干《らんかん》から海面を覗き込んでいた。彼の部下の麻薬取締官が東浜《ひがしはま》と江の島にひとりずつ張り込んでいるはずだ。

どちらもモーターボートをチャーターしていた。警察や第三管区海上保安本部には協力を要請していなかった。捜査機関はそれぞれ縄張り意識が強く、めったなことでは協力は仰《あお》がない。

湯浅は超小型トランシーバーで、部下たちと交信していた。

多門は無線機を持っていなかった。湯浅との連絡は、もっぱらスマートフォンで取り合っていた。

しかし、不用意にスマートフォンは使えない。犯人に怪しまれたら、人質の命は危《あや》うくなる。

スマートフォンが震動した。

多門は懐からスマートフォンを取り出し、急いで口許に近づけた。湯浅の低い声が流れてきた。

「江の島の周りに、犯人の船は浮かんでないようです。そちらは、いかがです？」

「こっちも不審な船影は見えませんね。おそらくゴーラムホセインは、海中に仲間を潜《ひそ》ませてるんだと思います」

「そうか、そうなのかもしれませんね。部下たちには潜水具を用意させましたので、すぐに海に入れるよう準備させましょう」

「ええ、そのほうがいいと思います。敵は品物《ブツ》を受け取ったら、すぐに娘さんの居所を教えると言ったんですね？」

「そうです。ただ、その約束をちゃんと守ってくれるかどうか」

「いまは敵の言葉を信じましょう」

多門は通話を切り上げた。時間を遣《や》り過ごす。

やがて、八時になった。

湯浅が古タイヤを括りつけた青いキャリーケースを海に投げ落とした。キャリーケースは派手な水飛沫《みずしぶき》を散らし、いったん墨《すみ》色の海中に没した。じきに浮き上がり、西浜側にゆっくりと流されはじめた。

多門は水上バイクに打ち跨《また》がった。

巨体を一気にかけたからか、一瞬、水上バイクが沈んだ。エンジンを始動させたとき、片《かた》瀬《せ》海岸の上空から小さなモーター音が響いてきた。プロペラ音だ。

多門は暗視望遠鏡《ノクト・スコープ》を目に当てた。

頭上をパラ・プレーンが舞っていた。パラシュートとエンジンを組み合わせた軽便飛行遊具だ。ひとり乗りだが、高度五、六百メートルまで楽に上昇できる。数十キロの水平飛行が可能だ。

パラ・プレーンを操《あやつ》っているのは男だったが、顔かたちは判然としない。片手に鉤《フック》付きのロープ束《たば》を手にしている。

「くそっ。犯人に裏をかかれた」

多門は歯噛みして、水上バイクを走らせはじめた。

東浜の砂洲《さす》のあたりと江の島の島陰から、モーターボートが飛び出してきた。湯浅の部下たちだろう。

パラ・プレーンが高度を下げ、海原に接近しつつある。

多門は水上バイクのスロットルを大きく開いた。水上バイクが波を切り裂きながら、沖に向かって突き進む。

水飛沫が容赦《ようしや》なく顔面を撲《う》った。麻の上着は、たちまち濡れた。

いつの間にか、パラ・プレーンは漂《ただよ》うキャリーケースのほぼ真上に達していた。

鉤付きのロープが投げられた。フックはキャリーケースの把手《とって》に引っかかった。

パラ・プレーンが急上昇した。ロープが手繰《たぐ》られていく。

江の島側から疾走してきたモーターボートの上で、赤い火が光った。銃口炎《マズル・フラッシュ》だった。

湯浅の部下が威嚇射撃したようだ。もうひとりの部下も発砲した。

だが、すでにパラ・プレーンは高い位置まで上昇していた。

とても拳銃弾では届かない距離だ。銃声は二発しか轟《とどろ》かなかった。

パラ・プレーンは藤沢《ふじさわ》市の上空に消え去った。二隻のモーターボートが相次《あいつ》いでUターンした。

「なんてこった！」

多門も水上バイクのハンドルを大きく右に切り、突堤に引き返した。

突堤に這い上がったとき、スマートフォンが打ち震えた。スマートフォンを手に取ると、湯浅の声が響いてきた。

「犯人から連絡がありました。由美は、『大久保コーポラス』の六〇五号室にいるそうです」

「ゴーラムホセインの部屋ですよ、そこは」

「ええ。ここは部下たちに任せて、わたしはこれから娘の救出に向かいます」

「わたしも一緒に行きます」

多門は電話を切り、海岸通りまで走った。

ボルボはショッピングモール跡地の近くに駐めてあった。湯浅のクラウンも、そう遠くない場所に駐められている。ボルボのエンジンをかけたとき、湯浅が象牙《ぞうげ》色のクラウンに乗り込んだ。二台の車は慌《あわ》ただしくスタートした。

先に発進したのはクラウンだった。多門は湯浅の車を追う形で走った。

大久保一丁目に着いたのは十時数分前だった。

多門たち二人はマンションの前に車を駐め、六〇五号室に急いだ。ドアはロックされていなかった。

部屋には、濃い血の臭いが籠《こも》っていた。

長椅子の陰に全裸の若い女が仰向けに倒れている。由美だった。

喉を真一文字に掻《か》っ切られ、二つの乳房も傷つけられていた。

上半身は血みどろだった。微動だにしない。由美は虚空《こくう》を見据えたまま、息絶えていた。

「由美ーっ」

湯浅が悲痛な声をあげ、娘を抱き起こした。すぐに男泣きに泣きはじめた。

死体から少し離れた場所に、イラン人と思われる三十三、四歳の男が俯《うつぶ》せに倒れていた。

右手に、血糊《ちのり》に染まった三日月形のナイフを握りしめていた。

狼のような面差《おもざ》しだ。ゴーラムホセインか。

多門は、男のこめかみを何度か蹴った。

すると、男の意識が戻った。多門は血塗れの刃物を蹴り飛ばして、男を摑み起こした。

「ゴーラムホセインか?」

「そう。わたし、ゴーラムホセインね」

「てめえが由美さんを殺《や》ったんだなっ」

「それ、違うよ。わたし、コロンビア人の友達に頼まれて、由美さんを預かっただけ。嘘じゃない」

「てめえは血塗れのナイフを握ってたじゃねえかっ。正直に喋らないと、半殺しにするぞ」

「わたし、由美さんをレイプしてるとき、誰かに後ろから麻酔注射をうたれた。それで、意識がなくなったね。ほんとよ」

ゴーラムホセインが言った。

多門は、ゴーラムホセインの首の後ろを見た。注射痕があった。作り話ではなさそうだ。

「麻酔注射をしたのはどんな奴だった？」

「わからない。そいつ、キャラクターのネズミのゴムマスクを被《かぶ》ってたね。もしかしたら、女だったかもしれない」

「女だったかもしれない？」

「そう。香水の匂いがした。男のオー・デ・コロンより甘い香りがしたよ。それに、体も丸みを帯びてたね」

「心当たりは？」

「ホセの知り合いなのかもしれない」

「おまえ、湯浅さんに三十キロのコカインを用意しろと脅迫電話をかけたなっ」

「湯浅さん？　それ、誰のこと？　わたし、そんな電話、誰にもかけてないよ」

「ほんとだなっ」

「もしかしたら、ホセがわたしの名前を使ったんじゃないかな。あの男、悪いことは何でもやるから」

ゴーラムホセインが言った。と、湯浅が急に立ち上がった。

「言い逃《のが》れはやめろ。わたしに電話をしてきたのは、きさまだっ。その声には、はっきりと聞き覚えがある」

「わたし、誰にも変な電話してないよ。それから、誰も殺してないね」

「往生際《おうじょうぎわ》が悪いぞ。もう観念しろ！」

「あなた、クレージーよ」

ゴーラムホセインが湯浅を指さし、忌々《いまいま》しげに罵《ののし》った。

湯浅の表情が険《けわ》しくなった。腰から潜入用の自動拳銃を引き抜き、ゴーラムホセインを床に腹這いにさせた。それから後ろ手に、素早く両手錠を掛けた。

「わたし、由美さんをレイプしただけ。信じて！　信じてください」

「うるさいっ。黙れ！」

湯浅がゴーラムホセインの後頭部に銃口を押しつけた。多門は見かねて口を挟《はさ》んだ。

「その男を真犯人《ホンボシ》と決めつけるのは、まだ早いんじゃないのかな？」

「いいえ、こいつが主犯ですよ。パラ・プレーンで品物《ブツ》を取りに来たのは、この男の仲間だと思います」

「そうでしょうか」

「後は、わたしに任せてください。あなたは、ここで手を引いてくれませんか？」

「お役に立てなくて申し訳ありませんでした」

「後日、経費の請求をしてください」

湯浅はそう言うと、ゴーラムホセインを口汚く罵倒《ばとう》しはじめた。

多門は一礼して、すぐに部屋を出た。ボルボを百人町に走らせ、ホセのアパートを訪ねる。

部屋には誰もいなかった。

パラ・プレーンを操縦していたのはホセだったのか。そうだとしたら、ゴーラムホセインを麻酔で眠らせた女はホセの愛人なのかもしれない。

まだ多くの謎が残っている。湯浅の強引さも気になっていた。杉浦に、依頼人のことを少し調べてもらうか。

多門はそう思いながら、ホセの部屋から離れた。

5

大ジョッキを空《あ》けた。

二杯目の生ビールだった。多門はお代わりをし、煙草に火を点けた。歌舞伎町の裏通りにある居酒屋だ。

由美が惨殺されたのは、ちょうど一週間前だった。湯浅によって警察に引き渡されたゴーラムホセイン・ミーラニーは拘置所に勾留中だが、犯行を否認しつづけている。

事件に関与していると思われるコロンビア人のホセは、百人町のアパートから消えたきりだ。多門はホセの行方を追ったが、手がかりは得られなかった。

押収品のコカインを三十キロもまんまと奪われた揚句《あげく》、娘を殺された湯浅はショックで臥せっている。多門はきのう、お詫《わ》びかたがた湯浅を見舞った。

湯浅は由美の骨箱を抱きながら、子供のように泣きじゃくった。

悲しみはわかるが、どこか芝居じみて見えた。大の大人が他人の前で、あれほどまでに悲しみを露《あらわ》にするものだろうか。それでいて、湯浅はふっと余裕のある表情を見せたりした。

多門は、そのことに引っかかっていた。麻薬取締官が冷静さを失って、ゴーラムホセインを犯人と決めつけたことも解《げ》せない。

三杯目の大ジョッキがテーブル席に運ばれてきたとき、店に杉浦が入ってきた。

多門は片手を挙げた。

杉浦は小柄だが、目はナイフのように鋭い。裏社会の人間たちさえ目を逸《そ》らすような凄《すご》みがあった。

「だいぶ待たせちまったみてえだな。クマ、済まねえ」

杉浦がそう言いながら、多門の前に腰かけた。多門は新たに生ビールを注文した。

「殺された由美は、湯浅一宏の実子じゃなかったぜ。病死した女房の連れ子だった」

杉浦が小声で告げた。

「何かあると思ってたが、そうだったのか」

「それからな、湯浅は由美に総額で八千万円もの生命保険を掛けてた。四社に二千万円ずつな」

「若い娘《こ》にそれだけの高額保険を掛けるのは、ちょっと不自然だね。掛け金だって、かなりの額だったはずだ」

「だろうな。近所の聞き込みでわかったんだが、父と娘は何年も前から犬猿の仲だったらしいんだ」

「それじゃ、ひょっとしたら、湯浅が誰かに由美を殺《や》らせたのかもしれないな」

多門は言った。そのとき、生ビールが杉浦の前に置かれた。会話が中断した。

店の従業員が遠のくと、杉浦が先に口を開いた。

「その疑いは濃厚だな」

「娘の誘拐騒ぎは狂言だったんじゃねえのかな。湯浅は誘拐犯が人質を始末したように見せかけて、誰かに血の繋がりのない由美を殺らせた。ついでに、三十キロの極上コカインも手に入れたんじゃないのか」

「クマ、それは考え過ぎだろうが。湯浅は平の麻薬取締官《マトリ》じゃねえんだぞ。捜査一課の課長なんだ。そこまでは、やらないと思うがな」

「杉さん、考えてみてよ。湯浅は由美に総額で八千万円の生命保険を掛けてたんだぜ。まんまと手に入れた極上物のコカインをこっそり裏組織に横流しすることぐらいは企《たく》らむんじゃないの？」

多門は言った。

「しかし、そんな危《ヤバ》いことをしたら、職を失う恐れもある。五十近い男がそこまで危険なことをやるとは思えねえな」

「湯浅は、いまの仕事に見切りをつける気なんじゃないかな。それで、娘の保険金の八千万円とコカインを密売した銭で、何か事業でもやる気なのかもしれないぜ」

「そうか、それは考えられないことじゃないな」

杉浦がビールを傾け、尖《とが》った顎《あご》を撫でた。

「おれの推測が正しけりゃ、姿を消したホセは共犯《レツ》だな」

「ホセが由美を殺ったのか？」

「そうなのかもしれないぞ。殺《や》しを請け負《お》ったのがホセだとしたら、ゴーラムホセインを麻酔注射で眠らせたのはホセの情婦《おんな》なんだろう」

「パラ・プレーンで三十キロのコカインをかっぱらったのは？」

「おそらく湯浅の知り合いなんだろう」

「湯浅が絵図を画《か》いたんだとしたら、奴はなぜ、杉さんに娘を捜してくれと……」

「それは第三者を巻き込むことで、誘拐が狂言じゃないということを周囲の者に印象づけたかったんだろうな」

「なるほど、そういうことか」

「おそらくね」

「杉さん、湯浅に女の影は？」

「そっちのチェックはしてねえが、まだ男盛りなんだ。当然、彼女はいるだろうな。クマ、その女がゴーラムホセインに麻酔注射をうったんじゃねえのか？」

「そうか、そういうことも考えられるな。しかし、女を燻《いぶ》り出す手段はないわけだ」

「そうだな。湯浅がシナリオを練《ね》ったんだとしたら、おれもずいぶんなめられたもんだ。クマ、これから湯浅んとこに乗り込もうじゃねえか」

「そうしよう」

多門は伝票を抓《つま》んで、レスラー並の巨体を椅子から浮かせた。

杉浦も立ち上がった。百六十センチそこその彼は多門と並ぶと、まるで子供だった。

二人は店を出た。

ボルボは五、六十メートル先の路上に駐めてある。多門は助手席に杉浦を乗せ、すぐさま車を発進させた。ちょうど午後八時だった。湯浅の自宅は世田谷《せたがや》区奥沢《おくさわ》にある。

四十分ほどで、奥沢に着いた。

湯浅宅の前に車を停めかけたとき、ガレージからクラウンが走り出てきた。ステアリングを握っているのは湯浅自身だった。

「愛人《レコ》に会いに行くのかもしれねえな。クマ、尾《つ》けてみようや」

「オーケー」

多門は充分な車間距離を取ってから、ボルボを走らせはじめた。

湯浅の車は環状八号線に出て、用賀《ようが》方面に向かった。東名高速道路の東京IC《インターチエンジ》に入るのかもしれない。

勘は正しかった。やがて、クラウンは高速道路に入った。

多門は追尾しつづけた。湯浅の交際相手は東京近郊に住んでいるのだろうか。

湯浅の車はひたすら西下し、名古屋《なごや》ICまで突っ走った。一般道路を数十分走り、名古屋市中村区《なかむら》にある六階建てのチョコレート色のビルの前で停まった。

多門は数十メートル後方にボルボを停止させた。すると、杉浦が小声で言った。

「どうも組関係の事務所みてえだな。名古屋の最大勢力は中和会《ちゅうわ》だから、おそらく二次の下部組織なんだろう」

「湯浅は、例のコカインを換金するために名古屋に来たんじゃねえのか」

「ああ、おそらくな」

「杉さん、ちょっと車ん中で待っててくれないか」

多門は言った。

「どうするつもりなんでえ?」

「湯浅を少し痛めつけてみる」

「待てや。クマは、せっかちでいけねえな。もう少し様子を見てからでも遅くねえだろうが」

「それはそうだが……」

「組事務所の前で騒ぎを起こしたら、余計な汗を掻《か》かなきゃならなくなるぞ。とにかく、もう少し待てよ」

杉浦が言い諭《さと》した。

その数秒後、クラウンのトランクリッドが浮いた。運転席から降り立った湯浅が車の後部に回り、トランクルームから見覚えのあるキャリーケースを取り出した。

「やっぱり、娘の誘拐騒ぎは湯浅の自作自演だったみてえだな」

多門は呟いた。杉浦が無言でうなずく。

「杉さん、どうする？」

「おれもクマも湯浅にコケにされたんだ。慰謝料をたっぷり貰《もら》わなきゃな」

「ああ。コカインの代金をそっくり吐き出させようや」

「そうするか」

二人は顔を見合わせ、ほくそ笑んだ。

湯浅が青いキャリーケースを押しながら、チョコレート色のビルに入っていった。多門は静かに車を降り、さりげなくビルの前を通り抜けた。

代紋は掲げられていなかったが、防犯カメラが幾つも設置されていた。また、道路側の窓には弾除《たまよ》けの鉄板が取り付けてあった。組事務所であることは間違いない。

少し先の角にガソリンスタンドがあった。

多門はスタンドの従業員から、チョコレート色のビルが中和会梅沢《うめざわ》組の事務所であることを聞き出した。自然な足取りで来た道を引き返し、ボルボの中に戻る。

すぐに多門は、問題のビルが暴力団の組事務所であることを杉浦に教えた。

「なら、湯浅が極上物のコカインを捌《さば》きに来たことは間違いねえな」

杉浦がそう言って、ハイライトに火を点けた。多門もロングピースをくわえた。

湯浅がビルから現われたのは、およそ三十分後だった。

両手には何も持っていない。コカインの代金は小切手で受け取ったのだろう。

クラウンが走りだした。

多門もボルボをスタートさせた。数百メートル先でクラウンを立ち往生《スタック》させ、すぐに湯浅を運転席から引きずり出した。

「中和会梅沢組は極上物のコカインをいくらで買ってくれたんだい？」

「な、何の話なんです!? わたしは名古屋には情報集めに来たんだ」

湯浅がうろたえながら、早口で言い訳した。

多門は左目を眇め、大腰《おおごし》で湯浅を投げ飛ばした。湯浅が路上に倒れ、長く唸った。

「汚い真似をしてくれたな」

杉浦が湯浅の顔面を蹴った。湯浅が怪鳥《けちょう》のような声を発し、体を丸めた。

多門は屈《かが》み込んで、湯浅の懐を探《さぐ》った。

額面一億円の預金小切手は、札入れの中に入っていた。振出人は梅沢商事の代表取締役になっている。

「あんたが狂言を仕組んで、死んだ妻の連れ子を始末させたのはわかってるんだ。由美を殺したのはホセなんだなっ」

多門は声を張った。

湯浅は唸るだけで、返事をしなかった。多門は湯浅を近くの暗がりに引きずり込み、キックの雨を降らせた。

ようやく湯浅は観念し、保険金目当てにホセに由美を葬らせたことを認めた。パラ・プレーンを操っていたのは、ホセの友人のペドロだという。湯浅から五百万円ずつ貰ったホセとペドロは、すでにコロンビアに帰国したらしい。

ゴーラムホセインを麻酔で眠らせた共犯者については、湯浅は何も知らないと答えた。おおかたホセの愛人だったのだろう。

「おたくたち二人には由美の保険金をやるから、小切手は返してくれ。頼む！」

湯浅が哀願した。

多門は返事の代わりに湯浅の腹を蹴りつけ、ボルボに向かって歩きだした。すぐに杉浦が追ってきた。

翌日の夜である。

多門の自宅マンションに、思いがけない人物がやってきた。中畑絵里香だった。先夜、行きずりの情事を愉《たの》しんだ美女である。

「なんで、そっちがここに!?」

多門は目を丸くした。

「わからない？」

「ああ。そうか、あの晩のことが忘れられないんだな。嬉しいよ。それにしても、よくおれの自宅がわかったなあ」

「鈍いわね」

絵里香が冷ややかに笑った。先夜とは別人のように表情が険《けわ》しい。

「いったい、どういうことなんだ？」

「あなたに観《み》せたい映像があるの。部屋にパソコンかDVDプレイヤーはあるでしょ？」

「あることはあるが……」

多門は、わけがわからなかった。

絵里香が無断で部屋の奥に走り、プレイヤーにDVDを入れた。ほどなく画面に先夜のS

Mプレイめいた性交場面が映《うつ》し出された。

「あの晩、隠し撮りしてたのか!?」

「ええ、そうよ。あなたはわたしの自由を奪って、強引にレイプした。警察の人がこの映像を観たら、そう思うでしょうね」

「おれを罠《わな》に嵌《は》めたんだなっ。なんだって、そんなことをしたんだ!?」

「おめでたい男ね」

「もしかしたら、あんたは湯浅の彼女なんじゃないのか？　そうか、そうなんだな！」

「やっと気づいたわね」

「そっちがなんだって、悪事の片棒を担《かつ》いだんだ？」

「湯浅を愛してるからよ」

「ゴーラムホセインを麻酔で眠らせたのも、あんたなんだな？」

多門は確かめた。

「ええ、そう」

「おそらく、そっちは湯浅に利用されてるんだろう。早く目を醒ますんだ」

「余計なお世話だわ。それより、湯浅から奪った小切手はどこにあるの？　まだ換金してないことはわかってるんだから、嘘をついても無駄よ」

「隠し撮りした映像データと一億円の小切手を交換しろってわけか?」

「そういうことね」

「あんた、やっぱり湯浅に利用されてるな。まともな男なら、好きな女に悪事の片棒なんか担がせるわけない」

「わたしたちは五年越しの仲なのよ。わたしは彼を信じてるわ。それに二人の夢を実現させるには、協力しないとね」

「二人の夢?」

「ええ、そう。わたしは湯浅と力を合わせて、大規模なエステティックサロンを経営することになってるの。早く小切手を出してちょうだい」

絵里香が声を高めた。

そのとき、玄関の方でかすかな物音がした。すぐに多門の視界に湯浅の姿が映《えい》じた。右手に消音器《サイレンサー》付きの自動拳銃を握っている。オーストリア製のグロック17だった。

「まだ小切手を手に入れてないのよ」

「そうか。ご苦労さんだったな。後は、わたしに任せてくれ」

湯浅は言うなり、いきなり絵里香の頭部に銃弾を浴びせた。絵里香は壁まで吹っ飛び、床に倒れた。

身じろぎ一つしない。ほとんど即死だったのだろう。床に鮮血が拡《ひろ》がりはじめた。

「おめ、なんてことすんだっ」

「その女と一緒に事業をやる気はないんでな。小切手を早く出せ！」

「死んでも、小切手さ渡さねえど」

「なら、自分で探そう」

湯浅が冷笑し、銃口を上げた。

多門は床を蹴り、湯浅に体当たりした。湯浅が仰向けに倒れた。弾みで、グロック17が床に落ちた。暴発はしなかった。

多門は湯浅の上に馬乗りになり、首に両手を掛けた。

「く、苦しい！　わたしをどうするんだ⁉」

湯浅の眼球が恐怖で盛り上がった。

多門の中で殺意が膨《ふく》れ上がった。湯浅が命乞《ご》いをした。それを黙殺して、多門は両腕に力を込めた。喉の軟骨が潰《つぶ》れる音が小さく響き、湯浅はこと切れた。

なして、こげな屑《くず》野郎に惚れたんだべか。まんず哀《あわ》れな女《おなご》だ。

多門は立ち上がり、絵里香の死体に歩み寄った。

潰《つぶ》れた顔面は血みどろだった。

第三話　透明な棘《とげ》

1

若い美女とぶつかった。
出会い頭だった。渋谷の道玄坂《どうげんざか》である。相手が大きくよろけた。
多門剛は二メートル近い巨軀《きょく》を屈《かが》めて、とっさに太い腕を伸ばした。
一瞬、遅かった。空《くう》を摑《つか》んだだけだった。
二十六、七歳の細面《ほそおもて》の美しい女はバレリーナのように旋回し、そのまま舗道に横倒しに転がった。弾《はず》みでハンドバッグの留金《とめがね》が外れ、真珠色のコンパクトが零《こぼ》れた。
十二月上旬のある夜だ。
九時を回っている。寒気が鋭い。

多門はコンパクトと焦茶《こげちゃ》のハンドバッグを拾い上げ、女性を摑み起こした。

「ごめんなさい、ちょっと急いでたものですので」

「顔が青いな。頭、打ちつけたんじゃないのか？」

多門は問いかけ、相手の砂色のウールコートを軽くはたいた。コートの下は、木灰色《チャコールグレイ》のスーツだった。

「いいえ、頭は打っていません」

「そうか」

「あのう、少しの間《あいだ》わたしのそばにいてもらえないでしょうか？」

女性が震え声で言い、こわごわ後方を振り返った。

多門は相手の言葉に戸惑《とまど》った。すぐに彼女の視線をなぞる。十数メートル離れた暗がりに、四十年配の男がいた。

中肉中背で、これといった特徴はない。グリーングレイの背広の上に、黒革のハーフコートを羽織《はお》っていた。

「ハーフコートの中年男に追われてるようだな」

「はい。会社を出てから、ずっと尾《つ》けられてるんです。わたし、怕《こわ》くって」

「おれが追っ払ってやろう。ここで待っててくれ」

多門は女性に言いおき、大股で歩きはじめた。多門は人波を掻《か》き分けながら、不審な中年男を追った。

そのとたん、怪しい男が身を翻《ひるがえ》した。裏通りに走り入った。多門は懸命に追った。

男の逃げ足は速い。巧《たく》みに雑沓《ざっとう》を縫《ぬ》いながら、裏通りに走り入った。多門は懸命に追った。

しかし、間もなく男を見失ってしまった。

多門は歯嚙《はが》みして、女性のいる場所に引き返しはじめた。

美女が駆け寄ってきた。多門はたたずんだ。

「逃げられちまった。何か事情がありそうだな？」

「ええ、ちょっと」

「力になるよ。こうして知り合ったのも、何かの縁だろうからな」

「ありがたいお話ですけど、初対面の方に甘えるわけにはいきません」

「遠慮することはないよ。実はおれ、便利屋みたいな仕事をしてるんだ」

「そうなんですか」

「多門、多門剛っていうんだ。あんたの名前は？」

「二神亜沙美《ふたがみあさみ》です」

「どんな相談も承《うけたまわ》るよ」

「それでは、わたしを大岡山《おおおかやま》の自宅まで送ってもらえますか？」

「お安いご用だ。おれの車で送ろう」

「よろしくお願いします」

亜沙美が深々と頭を下げた。

多門は改めて相手の顔を見た。理智的な面差《おもざ》しだが、取り澄ました印象は与えない。黒目がちの瞳は優しげで、色香もにじんでいる。肢体《したい》も肉感的だ。

「あのう、お車はどこに？」

亜沙美が訊《き》いた。

「宇田川町《うだがわちょう》の有料駐車場に置いてあるんだ。少し歩いてもらうことになるな」

「ええ、それはかまいません。何かご予定があったのでは？」

「百軒店《ひゃっけんだな》の馴染《なじ》みのバーに行くところだったんだが、別にどうってことないんだ。気にしないでくれ。さ、行こう」

多門は亜沙美を促《うなが》した。

二人は道玄坂を下りきり、文化村通りの最初の交差点を渡って井《い》ノ頭《かしら》通りに出た。

有料駐車場は、宇田川町交番の少し手前にある。預けた車はメタリックブラウンのボルボＸＣ40だった。多門は助手席に亜沙美を乗せ、目黒《めぐろ》区大岡山に向かった。玉川《たまがわ》通りを大橋《おおはし》まで進み、山手《やまて》通りに入る。

「OLには見えないな」

多門はステアリングを捌《さば》きながら、かたわらの亜沙美に話しかけた。

「『帝都《ていと》フーズ』のバイオ開発室の研究スタッフなんです」

「大手食品会社の研究員か。そいつは、たいしたもんだ。大学院を出てるんだろうな」

「ええ、修士課程だけですけど」

「それでも、立派だよ。ついでに、年齢《とし》も教えてもらうか」

「二十七歳です」

「そう。もう結婚してるの？」

「いいえ、まだです」

「おれも独身なんだ。ひとつよろしく！」

「こんな場合、どう答えればいいのでしょう？」

亜沙美は困惑気味だった。

「聞き流してくれよ。それはそうと、さっきの男だが、何か思い当たることは？」

「おそらく探偵社の調査員なんだと思います」

「調査員⁉」

「はい。実はわたし、半年ほど前まで妻子ある男性と交際していたんです。その彼の奥さんの依頼で、わたしたちの関係を嗅《か》ぎ回ってた調査員が逃げた男だと思います」

「そう思ったのは、どうしてなのかな。何か根拠でもあるのかい？」

「ええ。一昨日《おととい》の夜、わたしのアパートに正体不明の男から脅迫電話がかかってきたんです」

「その内容は？」

多門は畳《たた》みかけた。

「企業秘密に関することなので、詳しい内容はお話しできませんけど、バイオ開発室で高級果物の水耕栽培の画期的な技術開発に成功したんです。たとえばマスクメロンを例にとりますと、温室や露地《ろじ》物の三分の一の日数で収穫できるようになったんですよ。それだけではなく、大きさや糖度も何倍にもなります。同じ育て方で、マンゴー、パパイヤ、ドリアンといったトロピカルフルーツの短期量産化も可能になるはずです」

「そいつは凄《すご》いな」

「その技術は近く特許申請されることになってるんです」

「当然だろうな」

「脅迫電話をかけてきた男は、その開発データをそっくりＵＳＢメモリーにコピーしなければ、わたしの過去の不倫の事実をインターネットで流すと言いました。期限まで、あと五日しかないんです」

「電話をかけてきた奴は、不倫のことをどの程度知ってた？」

「わたしたちが密会によく使ってたホテルやレストランの名まで具体的に口にしました。それから、不倫の証拠写真のデータも保存してあると言ってました」

「そんな遣《や》り取りから、脅迫者は浮気調査を引き受けた人物ではないかと思ったわけだな？」

「ええ、そうです」

「しかし、それだけで脅迫電話の相手が探偵社の調査員だと思い込むのは危険だな。あんたの不倫相手はもちろん、その男の妻も旦那の浮気のことは知ってる」

「ええ、そうですね」

「彼氏だった男はサラリーマン？」

「はい、『真輪《しんわ》ハウス』という建設会社の設計課に勤めてます。彼や奥さんがバイオ食品の新技術のデータを欲しがるとは思えません」

亜沙美が言葉に力を込めた。

いつしかボルボは駒沢《こまざわ》通りを突っ切り、大鳥《おおとり》神社交差点に近づいていた。多門は亜沙美とこのまま別れるのが惜しくなってきた。

「そっちを脅《おびや》かしてる奴の正体を突きとめてやろう」

「ほんとですか!? ぜひ、お願いします」

「引き受けた。早速《さっそく》だが、別れた彼氏の名前を教えてもらいたいんだ」

「江波戸《えばと》聡《さとし》という名で、三十九歳です。自宅は杉並《すぎなみ》区の浜田山《はまだやま》にあります」

「妻の名前は？」

「奈穂《なほ》さんだったと思います。彼より三つ年下のはずです」

「子供は？」

「九歳のお嬢さんがひとりいます」

「江波戸氏とは、どこで知り合ったのかな？」

「西麻布《にしあざぶ》のワインバーです」

「どのくらいのつき合いだったの？」

「ちょうど二年でした。浮気が発覚したとき、彼は奥さんに二者択一《にしやたくいつ》を強く迫られたようなんです。それで、わたしは身を退《ひ》く気になったんですよ」

「そのとき、まだ未練はあったんだ？」

「ええ、少しはありました。ですけど、奥さんや娘さんを苦しめたくなかったので、きっぱりと別れたわけです」

亜沙美が言った。

「江波戸氏のほうは、どうだったんだろう？」

「別れてから、二度ほど誘いの電話がありました。でも、わたしはお断りしました」

「そう。いろいろ辛《つら》かったんだろうな」

多門は大鳥神社交差点を右に折れ、目黒通りに入った。道なりに進んで柿《かき》の木坂《きざか》陸橋を左折して千メートルほど走れば、右手に大岡山がある。

「江波戸氏は、自分の素行調査をした奴について何か言ってた？」

「『グローバル・リサーチ』という大層な社名を使っていますけど、木元吉広《きもとよしひろ》という男が個人で探偵業をやってるようだと言っていました」

「その木元という調査員の顔は？」

「わたしは知りません。多分、江波戸さんも木元という探偵とは一面識もないと思います」

「だろうな。探偵の名前は、妻から聞いたんだろう」

「そうなんでしょうね。『グローバル・リサーチ』の事務所は、五反田《ごたんだ》にあるという話でした」

「そう。脅迫電話の男が木元だとしたら、『帝都フーズ』のライバル社が背後にいそうだな」

「そうでしょうか」

「『帝都フーズ』以外の大手食品会社となると、和平《わへい》食品、五井《いつい》製糖、水谷園《みずたにえん》、向陽《こうよう》食品加工、旭洋《きよくよう》産業、東邦《とうほう》製油といったところかな？」

「うちの会社ともろに競合関係にあるのは、『日進《につしん》アグリ』です」

「両社ともバイオ食品をビジネスの核にしてるもんな」

「ええ」

亜沙美が短い返事をして、そのまま口を閉じた。

多門も黙って運転に専念した。ボルボが環七《かんなな》通りに入ると、亜沙美が進んで道案内しはじめた。多門は亜沙美の指示通りに車を走らせた。

やがて、目的のアパートに着いた。ありふれた軽量鉄骨造りの二階建てだった。

ボルボを停めたとき、亜沙美が怯《おび》えた声を洩《も》らした。

多門は、あたりを見回した。アパートの近くに立つコンクリートの電信柱の陰に、道玄坂で見かけた四十男が立っていた。

「くそっ、今度こそ取っ捕まえてやる」

多門はドア・ロックを外した。そのとき、亜沙美が大声で制止した。

「もう追わないでください。刃物でも持ってたら、危険ですので」

「荒っぽいことには馴《な》れてる。心配ないって。きみは車の中にいてくれ」

多門は大急ぎで車を降りた。

怪しい男は、すでに遠のいていた。追っても無駄だろう。

「今夜は、お友達のところにでも泊めてもらうべきでしょうか？」

「きみが迷惑じゃなけりゃ、おれが一晩中、ガードしてやってもいいよ」

「よろしいんですか？」

「困ってる女性がいたら、何か手を貸してやる。それが男の務めだからな」

「それでは、お言葉に甘えさせてもらいます」

亜沙美が言った。

多門は大きくうなずき、車のライトとエンジンを切った。

2

会話が途切れた。

多門はマグカップを摑《つか》み上げた。

亜沙美の部屋のダイニングキッチンである。時刻は午後十時過ぎだった。

向かい合っている亜沙美も、コーヒーを口に運んだ。しなやかな白い指が眩《まばゆ》い。

「静かだな。住宅街の中にアパートが建ってるせいだろう」

「ええ。静かなことだけが取柄《とりえ》なんです」

「間取りは1DKだね？」

「そうです。早く賃貸マンションに移りたいと思ってるんですけど、なかなかゆとりができなくて」

「少し金を回してやってもいいが……」

「わたし、そういう意味で言ったんじゃないんです」

「わかってるよ」

多門は頬の筋肉を緩《ゆる》めた。笑うと、太い眉は極端に下がる。きっとした奥二重《おくぶたえ》の両眼からも凄《すご》みが消える。

「あら」

「おれの顔に何かくっついてるのかな？」

「いいえ。笑ったときのお顔、かわいらしいんですね」

「もともと童顔なんだよ、おれは」

「やんちゃ坊主がそのまま大人になったみたいで、ちょっと母性本能をくすぐられます」

「それじゃ、おっぱい吸わせてもらうか」

「えっ」

亜沙美が困惑顔になった。

「冗談だよ」

「そうですよね。一瞬、びっくりしちゃいました」

「すれてないんだな」

多門は目でほほえみ、ロングピースをくわえた。

そのとき、ドア・ポストに何かが投げ込まれた。

亜沙美の顔に緊張の色が拡《ひろ》がった。すぐに彼女はダイニングテーブルから離れ、玄関の三和土《たたき》に降りた。

多門は煙草《たばこ》に火を点《つ》け、亜沙美の動きを見守った。

亜沙美がドア・ポストから、茶色い角封筒を取り出した。給料袋ほどの大きさだった。

玄関マットの上で、亜沙美が封を切った。次の瞬間、みるみる蒼《あお》ざめた。

「脅迫状か?」

多門は椅子から立ち上がり、亜沙美に歩み寄った。亜沙美が泣き出しそうな顔で角封筒を差し出した。

多門は茶封筒を受け取った。

中身は写真の束《たば》だった。どの写真にも、亜沙美と端整《たんせい》な顔立ちの三十八、九歳の男が写っている。木元という男が隠し撮《ど》りした写真だろう。亜沙美たち二人がホテルに入る場面が何カットも撮られていた。車の中でキスをしている写真もあった。

多門は部屋を飛び出した。

一〇五号室だった。一階の角部屋だ。多門はアパートの周辺を走り回った。しかし、怪しい人影は目に留まらなかった。

多門は亜沙美の部屋に駆け戻った。

部屋の主《あるじ》はダイニングテーブルにつき、フローリングの床の一点を見つめていた。表情が暗い。

「この写真は、木元とかいう探偵が撮ったものだろう。写真の彼は江波戸氏だね？」

「ええ、そうです」

「そんなにビビることはない。こっちが必ず何とかしてやる」

多門はふたたび亜沙美と向かい合う位置に坐り、改めて煙草に火を点けた。

ふた口ほど喫ったとき、奥の部屋でスマートフォンの着信音が響きはじめた。

「ちょっと失礼します」

亜沙美が腰を浮かせ、奥の寝室に駆け込んだ。

多門は耳をそばだてた。すぐに亜沙美の怒気を含んだ声が流れてきた。

「こんな卑劣《ひれつ》な脅しには、絶対に屈しませんからね！　ええ、もちろん特許申請予定のデータを盗み出す気なんかありません」

「………」

「奥の手を使うって、どういうことなんです？　インターネットで、わたしの不倫のことを流すつもりなのね。え？　そうじゃないって、どんな弱みを握っているって言うんですっ。はっきり言ってください！」

亜沙美が声を尖《とが》らせた。

多門は喫いさしの煙草の火を揉み消し、奥の部屋に足を踏み入れた。

亜沙美はベッドに浅く腰かけ、下唇をきつく嚙んでいた。スマートフォンを握ったままだった。

「電話をしてきたのは、一昨日と同じ男だったんだね？」

多門は問いかけた。

「ええ、そうです。わたしがＵＳＢメモリーにコピーを取らなかったら、奥の手を使うと脅されました」

「奥の手って、何か思い当たる？」

「いいえ」

亜沙美が首を横に振った。

そのすぐ後、またスマートフォンに着信があった。亜沙美がスマートフォンを耳に当てた。

一方的に呼びかけるだけで、通話ははじまらない。どうやら発信者は息を潜《ひそ》め、亜沙美の反応をうかがっているようだ。

陰険《いんけん》な野郎だ。多門は義憤《ぎふん》に駆られ、亜沙美の顔の前に右手を差し出した。亜沙美がスマートフォンを多門の掌《てのひら》に載《の》せる。

多門はいきなり、相手を怒鳴《どな》りつけた。

「いい加減にしやがれ。てめえ、探偵屋の木元だなっ」

「…………」

「肯定の沈黙ってやつだな。おい、なんとか言ったらどうなんだっ」

「…………」

急に電話が切られた。

だが、それで終わったわけではなかった。数分おきに十二、三回、無言電話がかかってきた。亜沙美は、すっかり怯《おび》えてしまった。

多門は寝酒にワインを飲ませた。亜沙美はいくらか落ち着きを取り戻したが、まだ恐怖を感じているように見えた。

「おれがずっと近くにいてやるから、安心して寝《やす》めって」

多門は強く勧めた。

亜沙美は素直にうなずき、奥の部屋に引き籠《こも》った。多門はダイニングキッチンでワインを傾けはじめた。

三十分ほど経つと、隣室から亜沙美のかすかな寝息が洩れてきた。

多門は、ひと安心した。

だが、亜沙美の眠りは浅かった。小《こ》一時間が流れたころ、彼女は唸《うな》り声を発して跳《は》ね起きた。悪夢に魘《うな》されたのか。

「入らせてもらうぞ」

多門は椅子から立ち上がり、仕切り戸を開けた。室内の電灯は煌々《こうこう》と灯《とも》っていた。

水色のナイトウェア姿の亜沙美はベッドに上体を起こし、豊かな髪を掻き毟《むし》っていた。多門はベッドに歩み寄り、片膝を落とした。

「何か悪い夢を見たんだな？」

「ええ。新技術の資料を盗んだ直後に、お巡りさんに手錠を掛けられた夢を見たの」

亜沙美が両手で顔を覆い、嗚咽《おえつ》を洩《も》らしはじめた。震える肩が痛々しい。

「何も心配することはないって。おれが脅迫者をやっつけてやる。安心して寝《やす》めよ」

多門は亜沙美を仰向《あおむ》けに横たわらせ、毛布と羽毛蒲団《うもうぶとん》を首のあたりまで掛けてやった。

「怕《こわ》い、怕いわ」

「明日、木元を少し締め上げてみるよ」

「お願いします。いやだわ、体の震えがいっこうに止まらないの」

亜沙美が訴えた。

多門は狭いベッドに這《は》い上がり、添い寝した。亜沙美が幾分、身を強張《こわば》らせた。しかし、迷惑顔ではなかった。

多門は夜具ごと亜沙美を抱き寄せた。

「こんなふうにされてると、子供のころを思い出します。父がよく添い寝をしてくれたんです」

「そう。父親代わりでもいいよ、おれは」

「優しいんですね、多門さんは」

亜沙美がそう言いながら、頰を押しつけてきた。温《ぬく》もりが心地よい。

多門は衝動的に亜沙美の形のいい唇を吸いつけた。ややあって、亜沙美が控え目に吸い返してきた。

多門は勇気づけられ、舌を深く絡《から》めた。ディープキスを交わしながら、羽毛蒲団と毛布を捲《めく》る。亜沙美は拒《こば》まなかった。

多門は急《せ》かなかった。ナイトウエアの上から亜沙美の体の線をなぞった。乳房は砲弾形で、弾《はず》みがあった。ウエストのくびれは深く、腰は豊かに張っている。舌を吸いつけると、亜沙美は喉《のど》の奥でなまめかしく呻いた。多門は欲望をそそられた。下腹部《はら》が熱を孕む。

多門は頃合を計って、唇を亜沙美の項《うなじ》に移した。

亜沙美の口から甘やかな呻きが零れた。多門は唇をさまよわせながら、亜沙美のナイトウエアを脱がせた。

ブラジャーは着けていなかった。ヒップの後ろに手を回し、パンティーを剝《は》ぎ取る。

亜沙美が熟《う》れた裸身を竦《すく》めた。相手の恥じらいを取り除くには、自分も早く生まれたままの姿になることだろう。

多門は衣服をかなぐり捨てた。トランクスや靴下も脱いだ。

分身は雄々《おお》しく猛《たけ》っていた。まるで角笛《つのぶえ》のように反《そ》り返っている。亜沙美が目を丸くした。

多門は斜めにのしかかり、亜沙美の硬く痼《しこ》った乳首を口に含んだ。

舌の先で圧《お》し転がしはじめると、亜沙美が喘《あえ》ぎはじめた。多門はもう片方の隆起を揉んだ。しっとりとした白い柔肌は、弾力性に富んでいた。多門は乳首を交互に吸いつけながら、右手を滑らせはじめた。腰の曲線を慈《いつく》しみ、火照《ほて》った内腿《うちもも》を撫《な》で上げる。いつからか、亜沙美の喘ぎ声は淫らな呻き声に変わっていた。

さんざん焦《じ》らしてから、多門は秘めやかな場所に指を進めた。和毛《にこげ》は絹糸のような手触りだった。飾り毛の底に潜んだ木の芽に似た突起は膨らみ、包皮から頭を出している。弾みが強い。芯の塊《かたまり》は蛹《さなぎ》を連想させる形状だった。

多門はこころもち腰を浮かせ、亜沙美の手を自分の昂《たか》まりに導いた。

亜沙美がためらいながらも、刺激を加えはじめた。

こちらも負けていられない。

多門は恥毛を幾度か五指で梳《す》いてから、ベーシストになった。

亜沙美が顎《あご》をのけ反らせ、啜《すす》り泣くような声を撒《ま》き散らしはじめた。

多門は愛撫に熱を込めた。

いくらも経たないうちに、亜沙美の体が硬直しはじめた。高波に呑まれる前兆だ。

しかし、思いがけない展開になった。幾度も絶頂寸前まで昇りつめながらも、亜沙美はなかなか愉悦《ゆえつ》の海に溺《おぼ》れることができない。いかにも彼女はもどかしげだった。

こんなふうに前に進めないのは、気持ちに何か迷いがあるからなのだろう。

多門は愛撫の手を止め、そっとベッドから降りた。

「どうなさったんですか？」

「無理することはない。おれと寝ることに迷いがあるんだろう？」

「いいえ、そうじゃないんです。わたし、もっと恥ずかしさを感じないと、エクスタシーを得られないんです。わたしのヘアを剃《そ》っていただけないでしょうか？」

亜沙美が上体を起こして、真顔《まがお》で言った。

多門は自分の耳を疑った。しかし、空耳《そらみみ》ではなかった。亜沙美は恥じらいながらも、同じ言葉を繰り返した。

「ヘアを剃っちまったら、合わせ目が丸見えになるぞ」

「その恥ずかしさが、とっても刺激になるんです。ご迷惑でしょうか？」

「そんなことはないけどさ。それを望むんだったら、協力は惜しまないよ」

多門は言った。

亜沙美が顔を輝かせ、ベッドから離れた。それから彼女はドレッサーの引き出しから、女性用のシェービングクリームとT字形剃刀《じがたかみそり》を取り出した。

「後で悔やむんじゃないのか？」

多門は言った。

亜沙美は黙って首を横に振り、ナイトテーブルの上にシェービングクリームの缶と簡易剃刀を置いた。それからベッドに大の字になり、片腕で目許を覆い隠した。

「お願いします」

「こういうリクエストは初めてだよ」

多門はシェービングクリームを掌《てのひら》で泡立て、亜沙美の逆三角に繁った陰毛に厚く塗りつけた。T字形剃刀とティッシュペーパーの箱を持って、亜沙美の股の間にうずくまる。

多門はためらいを捩《ね》じ伏せ、亜沙美のぷっくりとした恥丘《ちきゅう》に剃刀の刃を滑らせはじめた。

ざらついた剃り音は妙にエロチックだった。

やがて、青みがかった白い地肌が剝《む》き出しになった。その部分は、みる間に赤みを帯びはじめた。多門は秘部の肉を指先で突っ張らせながら、入念にヘアを剃った。ただ、大陰唇の縁《ふち》の短い飾り毛は上手に剃れなかった。

多門はティッシュペーパーで、亜沙美のはざまをきれいに拭《ぬぐ》った。

「ああ、恥ずかしい。でも、とっても感じます」

亜沙美が上擦《うわず》った声で呟《つぶや》いた。

「おれも感じてきたよ」

「好きなだけ見て」

「まんず、めんこいおまんじゅうだ」

思わず多門は岩手弁を口走った。

「急に喋《しやべ》り方が変わったのは、なぜなんですか？」

「気にしねえでけろ。好きな女《おなご》の前だと、いつもこうなるんだ。堪《こら》えてくんなませ」

「おまんじゅうというのは？」

亜沙美が訊《き》いた。

「女《おなご》のデリケートゾーンのことだ。おれの田舎じゃ、そう呼んでる」

「確かに、ふっくらとしてますものね」

「そんだな。もう我慢さ、できね。ベロこ、使わせてもらうど」

多門は亜沙美の両脚を掬《すく》い上げると、はざまに顔を埋めた。亜沙美が猥《みだ》りがわしく腰をひくつかせた。多門は舌を乱舞させ、喉を鳴らして蜜液を啜った。

亜沙美が切れぎれに呻いた。

多門は愛らしい突起を集中的に甘く嬲《なぶ》り、尖らせた舌を襞《ひだ》の奥に潜《もぐ》らせた。

やがて、亜沙美は極《きわ》みに駆け昇った。裸身がリズミカルに痙攣《けいれん》し、憚《はばか》りのない悦《よろこ》びの声が迸《ほとばし》った。それは尾を曳《ひ》きながら、なかなか熄《や》まなかった。

多門は亜沙美の両脚をシーツに密着させ、穏《おだ》やかに熱い昂《たか》まりを埋めた。

無数の襞がまとわりついてくる。内奥《ないおう》のビートは速かった。緊縮感が鋭い。

多門は深く浅く抽送《ちゅうそう》しはじめた。

3

頭が重い。

明らかに寝不足だった。多門は欠伸《あくび》をしながら、代官山《だいかんやま》にある自宅マンションの部屋を出た。正午過ぎである。

亜沙美を勤め先まで車で送り、わが家に帰りついたのは午前九時半ごろだった。多門は服を着たままベッドに潜り込み、二時間ほど仮眠をとった。

多門はエレベーターに乗り込んだ。これから木元という調査員の事務所を訪ねる予定だった。

脈絡もなく亜沙美の痴態が脳裏に蘇《よみがえ》った。羞恥《しゅうち》心が薄れると、彼女は一転して奔放《ほんぽう》になった。情熱的に多門の体を貪《むさぼ》った。

二人の濃厚な情事は、夜が明けるまでつづいた。

ああいう知性派美人がベッドで乱れると、男も感じてしまう。それにしても、夢のような一夜だった。

多門は胸の中で呟いた。

そのとき、エレベーターが停まった。地下駐車場だった。多門はボルボXC40に乗り込み、すぐに発進させた。

山手通りに入ったとき、懐《ふところ》でスマートフォンが鳴った。多門は車をガードレールに寄せ、スマートフォンをスピーカーフォンにした。

発信者は相棒の杉浦将太だった。

「なんか調査の仕事があったら、おれに回してくれや」

「そのうち何か杉さんに頼むことになりそうだよ」

多門は経緯《いきさつ》を手短に話し、通話を切り上げた。

山手通りを直進し、五反田に急ぐ。

目的の探偵事務所は目黒川沿いにあった。老朽化した雑居ビルの二階だった。

多門はボルボを川《かわ》っ縁《ぷち》に駐《と》め、二階に駆け上がった。雑居ビルは四階建てだったが、エレベーターはなかった。

『グローバル・リサーチ』は、踊り場の近くにあった。多門は、いきなり事務所のドアを開けた。昨夜の四十男が古ぼけた応接ソファに腰かけ、カツ丼を掻《か》き込んでいた。

「木元だなっ」

多門は大股で男に近づき、上着の後ろ襟《えり》をむんずと掴んだ。

そのまま相手をソファから引きずり落とし、三十センチの靴を鳩尾《みぞおち》にめり込ませる。鋭い蹴りだった。男が口の中の物を床に吐き出し、長く呻いた。

「もう一度、訊く。探偵屋の木元だな？」

「そ、そうだよ」

「二神亜沙美を脅迫してるのは、てめえだなっ」

「いったい何の話をしてるんだ!?」

「時間稼ぎはさせねえぞ」

多門は木元を摑み起こし、大腰《おおごし》で投げ飛ばした。木元がマガジンラックの上に仰向けに倒れ、長く唸《うな》った。

すかさず多門は踏み込んで、木元の睾丸《こうがん》を蹴り上げた。

木元が白目を見せ、手脚を縮めた。多門は木元の側頭部を蹴った。木元が独楽《こま》のように回転し、のたうち回りはじめた。

「次は割り箸《ばし》で目ん玉を突くぜ」

「や、やめろ。やめてくれーっ。『日進アグリ』の企画室室長の日吉貴光《ひよしたかみつ》さんに頼まれたんだ。日吉さんは、『帝都フーズ』の新技術のデータを欲しがってるんだよ。半年前に二神亜沙美のことを調査したことがあるんで、わたしが彼女に揺さぶりをかけたんだ」

「その日吉って野郎の写真はあるのか？」

「スナップ写真なら、一枚持ってる」

「その写真を出せ！」

多門は命じた。

木元がのろのろと起き上がり、スチール・キャビネットに歩み寄った。

多門は、渡された写真に目を落とした。日吉は四十七、八歳で、馬面《うまづら》だった。

「この男におれのことを喋《しゃべ》ったら、てめえをぶっ殺す。それから、亜沙美に二度と近づくんじゃねえぞ」

多門は凄んでから、事務所を出た。

ボルボに乗り込み、亜沙美の勤務先に電話をする。

「木元を操《あやつ》ってたのは、『日進アグリ』の日吉って野郎みたいだな。企画室の室長らしい」

「やっぱり、ライバル会社が新技術のデータを狙ってたんですね」

「『日進アグリ』の本社はどこにあるのかな？」

「西新宿です」

亜沙美が正確な所番地《ところばんち》を告げた。多門はこれから『日進アグリ』の本社に行くと伝え、先に電話を切った。

車を西新宿に向ける。目的のオフィスビルを探し当てたのは、午後二時過ぎだった。

『日進アグリ』の本社は新宿中央公園の近くにあった。多門は業界紙の記者になりすまし、受付で日吉との面会を求める。あいにく会議中だという。

「それじゃ、出直すことにするよ」

多門は愛嬌《あいきょう》のある受付嬢に言って、本社ビルを出た。少し離れた場所に駐めたボルボに戻り、車の中で張り込みはじめた。

長い時間が流れた。

日吉が表に現われたのは午後八時過ぎだった。連れはいなかった。日吉は寒そうにコートの襟に首を埋め、JR新宿駅の方に歩きだした。

多門はさりげなく車を降り、日吉の後を追った。

日吉は二つ目の交差点で赤信号に引っかかった。多門は足を速め、日吉の肩を叩いた。日吉がぎょっとして、体ごと振り返った。

多門は模造警察手帳を短く呈示した。

『日進アグリ』の日吉さんだね？」

「は、はい。警察の方がわたしにどのようなご用があるんでしょう？」

日吉が首を傾《かし》げた。

多門は日吉を路地裏に連れ込み、大声を張り上げた。

「あんた、木元って薄汚い探偵を雇って、『帝都フーズ』の二神亜沙美を脅迫してるなっ」

「探偵？　誰かを脅迫してるですって⁉　冗談じゃありませんよ」

「空《そら》とぼける気かい？　あんたは、『帝都フーズ』が開発したバイオ食品の画期的な新技術のデータを研究スタッフの二神亜沙美に盗み出させようとしたんじゃないのかっ。彼女の過去の不倫を脅迫材料にしてな」

「ま、待ってください。わたしは、木元なんて探偵は知りません。一度も会ったことないんだ」

「木元は、あんたの写真を持ってたぜ」

「えっ」

日吉が薄気味悪がった。多門はスナップ写真を見せた。

「確かに写ってるのは、このわたしです。しかし、木元という男とは一面識もありません。刑事さん、どうか信じてください」

日吉が多門の目を見据えながら、懸命に訴えた。演技をしているようには見受けられない。

どうやら木元の嘘を看破《かんぱ》できなかったようだ。多門は日吉に詫《わ》び、ボルボに駆け戻った。

すぐに五反田に向かう。三十分ほどで、木元の事務所に着いた。

ドアはロックされていなかった。

多門は事務所の中に躍《おど》り込んだ。そのとたん、血の臭いが鼻腔《びこう》を撲《う》った。

応接ソファセットと事務机の間に、木元が倒れていた。俯《うつぶ》せだった。頭部は血みどろだ。

すぐそばに、鉄パイプが転がっている。

多門は木元に呼びかけた。

だが、返事はない。多門は木元のそばに屈《かが》み込み、右手首を取った。脈動は伝わってこなかった。

血糊《ちのり》はまだ凝固《ぎょうこ》していない。殺されて間がないようだ。

ソファの横のテレビに何気なく目をやると、DVDプレイヤーの電源が入っていた。

多門は映像を巻き戻し、すぐに再生スイッチを押した。ほとんど同時に、淫らな画像が映《うつ》し出された。

素っ裸でベッドに横たわっている女は、なんと亜沙美だった。下腹には白い泡が盛り上がっている。

亜沙美の股の間には、T字形剃刀を手にした江波戸がうずくまっていた。トランクスしか身につけていない。

DVDには、剃毛《ていもう》プレイの一部始終が鮮明に映っていた。

江波戸は亜沙美の飾り毛を剃り終えると、せっかちにトランクスを脱いだ。欲望は猛《たけ》っていた。

ベッドの二人は性器を舐《な》め合う姿勢をとり、舌を使いはじめた。ビデオカメラは江波戸が戯《たわむ》れに仕掛けたのだろう。

亜沙美は不倫相手に妙な痴戯《ちぎ》を教え込まれて、それが一種の癖になってしまったようだ。

多門は何か物悲しい気持ちになりながら、DVDを停めた。DVDをプレイヤーから引き抜き、レザーブルゾンのポケットの中に突っ込む。

殺された木元は何かで江波戸を脅し、痴戯の映っている映像データを手に入れたにちがいない。ひとまず事件現場から遠ざからないと、あらぬ疑いをかけられることになるだろう。

多門はドアに足を向けた。

4

ノブに手を伸ばしかけたときだった。

不意に事務所のドアが開けられた。来訪者は二十四、五歳の女性だった。

厚化粧で、服装もけばけばしい。かなりグラマラスだ。

「調査の依頼人かな?」

多門は相手に訊いた。女性は黙って首を横に振り、事務所の奥を覗《のぞ》き込んだ。

「ソファセットの横に倒れてるのは、木元さんじゃないの。あっ、頭が血塗《まみ》れだわ。おたく、木元さんを殺したのね!」

「違う。おれが殺《や》ったんじゃない」

「ひ、ひ、人殺しーっ」

女性が掠《かす》れた声で叫んだ。人が集まってくると、厄介《やっかい》なことになる。

多門は相手の片腕を摑んで、事務所の中に引きずり込んだ。

「落ち着いて、おれの話を聞いてくれ。おれがここに来たとき、もう木元は死んでたんだ」

「おたく、木元さんとはどういう知り合いなの?」

「ちょっとした知り合いだよ。それより、あんたは木元とはどういう関係なんだ?」

「彼女よ。木元さんとは一年ぐらい前から親しくしてたの」

「参考までに名前を教えてくれないか」

「千秋《ちあき》よ、橋川《はしかわ》千秋。木元さんは最初、お店のお客さんだったの」

「あんた、ホステスさん?」

「ええ、そう。目黒の権之助坂《ごんのすけざか》にある『エデン』ってバーで働いてるのよ」

「ふうん。木元が誰に殺されたのか、見当つかない?」

「まるで見当つかないわ」

千秋と名乗った女性はそう言い、木元の死体に近寄った。ゆっくりとひざまずき、両手を合わせた。悲しげな表情だったが、涙は見せなかった。

「最近、木元に変わった様子はなかった?」

「近いうちに、少しまとまったお金が入るかもしれないと言ってたわ。そしたら、わたしにバーキンのバッグを買ってくれると言ってたの」

「木元の口から、『日進アグリ』の日吉って男の名を聞いたことは?」

「ううん、ないわ」

「江波戸という名は?」

「そういう名前も一度も聞いたことないわ。木元さんは何か悪いことをしてたの？」

「ああ。木元は、ある食品会社の女性研究員に開発されたばかりの新技術のデータをコンピューターから盗み出せと脅してたんだよ。その女性の過去の不倫のことをちらつかせてな」

「えっ、そうだったの。それじゃ、脅されてた女性が殺し屋を雇って、木元さんを始末させたわけ？」

「いや、それは考えられないな。おそらく木元は、共犯者に口を封じられたんだろう」

「どうして共犯者に殺されなきゃならないのよ？」

「おおかた分け前の取り分を巡《めぐ》って、仲間割れしたんだろう」

多門は言った。

「おたくの話は一応、もっともらしいわね。だけどさ、一番怪しいのはおたくなんじゃないのっ」

「まだ、おれを疑ってるのか!?」

「それはそうよ。おたくは慌《あわ》てた様子で事務所から出ようとしてたし、木元さんの頭の血はまだ乾いてないもん」

千秋が言いながら、バッグの中を探った。取り出したのは、白っぽいスマートフォンだった。

「一一〇番する気なのか!?」

「そうよ。警察の人に来てもらえば、おたくが犯人かどうかはっきりするでしょうからね」

「そいつはやめてくれ」

多門は千秋の右手首を摑んだ。軽く摑んだつもりだったが、千秋の顔が苦痛に歪《ゆが》んだ。スマートフォンが床に落下し、一メートルほど滑走した。

「ごめん。女性に手荒なことをする気はなかったんだが、つい力が入ってしまったんだ」

多門は謝って、手を放した。千秋が後ずさりながら、怯《おび》えた顔で言った。

「一一〇番しないから、わたしを殺さないで」

「おい、何を言ってるんだ!? そっちを殺す気なんて、これっぽっちもないよ」

「お金はあまり持ってないの。だから、わたしの体で見逃してちょうだい」

「あんた、おれが木元を殺《や》ったと思い込んじまってるんだな」

多門は苦《にが》く笑った。千秋が毛皮のハーフコートを脱ぎ、手早くセーターやミニスカートもかなぐり捨てた。

「少し冷静になれよ」

多門は言い諭《さと》した。

だが、千秋は耳を傾けようとしなかった。ランジェリー姿で多門の前にひざまずくと、片腕を腰に回してきた。もう一方の手でチノクロスパンツのファスナーを引き下げ、ペニスを抓《つま》み出す。

「勘違いしてるんだよ、そっちは」

多門は言いながら、腰を引いた。

そのとき、千秋が赤い唇で亀頭を捉《とら》えた。すぐに生温かい舌が閃《ひらめ》きはじめた。無駄のない舌技だった。感じやすい箇所を的確に刺激してくる。蕩《とろ》けそうな快感に包まれた。

多門は拒絶できなくなった。行きがけの駄賃だ。

千秋の舌は、めまぐるしく変化した。多門の体は一段と猛《たけ》った。快感の漣《さざなみ》が腰全体に押し寄せてくる。気が遠くなりそうだ。

このまま爆《は》ぜそうだった。

多門は軽く瞼《まぶた》を閉じた。千秋はキウイフルーツを連想させる部分を揉みながら、ディープスロートを繰り返している。

「いいのけ?」

多門は目を閉じたまま、千秋に声をかけた。

千秋がくぐもり声で何か言ったが、よく聞き取れなかった。

「あんだの口の中さ、出してもかまわねえのけ？」

多門は問いかけた。

千秋が昂《たか》まりをくわえたまま、小さくうなずいた。多門は千秋の頭を引き寄せ、自《みずか》ら突きはじめた。いわゆるイラマチオだ。

喉の粘膜《ねんまく》を突かれた千秋が苦しげに呻いた。

多門は慌てて腰を引いた。そのとき、首の後ろに冷たい金属板が当てられた。放電音が小さく響いた。多門は痺《しび》れを伴《ともな》った灼熱《しやくねつ》感を覚えた。

高圧電流銃《スタンガン》の電極を押し当てられたにちがいない。

多門は不様《ぶざま》にも尻餅をついてしまった。千秋が弾《はじ》かれたように離れた。多門は上体を捻《ひね》った。

すぐ背後に、ライオンのゴムマスクを被《かぶ》った男がいた。

年恰好《としかっこう》は判然としない。やはり、男は箱形のスタンガンを手にしている。

「おめ、おれを怒らせてえのかっ。いいべ、相手さなってやる！」

多門は勢いよく立ち上がった。

その直後、ふたたび高圧電流銃の電極を首筋に押し当てられた。ほとんど同時に、青い光がスパークした。ショックが全身を駆け巡った。

多門は頽《くずお》れた。意識が遠ざかり、ほどなく何もわからなくなった。

それから、どれほどの時間が流れたのか。

我に返ると、多門は木元の死体の近くに倒れていた。横向きだった。

手には、鮮血に染まった鉄パイプを握らされていた。千秋とゴムマスクを被った男の姿は見当たらない。

多門は起き上がった。

チノクロスパンツの前は乱れていなかった。レザージャケットのポケットに入れてあったDVDは抜き取られていた。

遠くから、パトカーのサイレンが響いてきた。逃げた男女のどちらかが一一〇番通報したのだろう。多門は鉄パイプの握りの部分をハンカチで入念に拭《ぬぐ》い、ドアに向かった。ノブの指紋を拭《ふ》き取ってから、大急ぎで階段を駆け降りた。

多門はボルボに飛び乗り、急いで発進させた。数十メートル走ると、前方から二台のパトカーが走ってきた。

多門はパトカーを遣《や》り過ごしてから、目黒に向かった。千秋の勤めている酒場を探し出し、彼女を尾行してみるつもりだった。

十分そこそこで、目黒に着いた。権之助坂や目黒駅周辺をくまなく調べてみたが、『エデン』というバーはどこにもなかった。

ゴムマスクの男が木元を殺して、自分を犯人に仕立てる気だったようだ。杉浦に、木元の交友関係を徹底的に洗い出してもらうか。

多門は懐からスマートフォンを取り出し、杉浦に電話をかけた。

5

コーヒーカップが空になった。

多門は煙草に火を点けた。ちょうどそのとき、杉浦が姿を見せた。宮益坂《みやますざか》の途中にあるカフェだ。木元が殺されたのは一昨日である。

杉浦が向かい合う位置に坐り、レモンティーをオーダーした。多門は身を乗り出し、早口で促《うなが》した。

「早速だが、調査の報告を頼む」

「相変わらず、せっかちだな」

杉浦がナイフのような鋭い目を和《なご》ませ、コップの水で喉を潤《うるお》した。

「千秋って女の正体は？」

「残念ながら、そいつは摑めなかった。けど、千秋が木元の愛人《レコ》じゃねえことは確かだよ。死んだ木元は、若いころから男一筋だったらしいんだ」

「そうだったのか」

「大崎《おおさき》署にいる親しい刑事から引っ張り出した情報《ネタ》だから、間違いねえだろう」

「大崎署に設置された捜査本部の捜査状況は？」

「木元殺しの容疑者の絞り込みもできてねえようだな」

「そう。木元と江波戸の接点は？」

多門は質問を重ねた。

「あったよ。二人とも六本木《ろっぽんぎ》の違法カジノに出入りしてた。その違法カジノは、暴力団がやってるんだ」

「六本木なら、東門会《とうもんかい》だな」

「そうだ」

杉浦がハイライトをくわえた。東門会は、六本木や西麻布を縄張りにしている組織だ。構成員は二千人近い。

「二人とも、カジノに借金をこさえてたんじゃねえのか。杉さん、どうなの？」

「そこまでは調べられなかったんだ。そうそう、江波戸は三カ月前に『真輪ハウス』を辞《や》めてたぜ。リストラ退職ってやつだ。昔の同僚たちの話によると、江波戸は近く自分の設計事務所を開くことになってるらしい」

「ふうん。話を元に戻すが、木元と江波戸が違法カジノで顔を合わせたことはあるんだろうか」

「ちょくちょく二人は顔を合わせてたらしいよ。それで、連れだって飲みに行くこともあったって話だったな」

杉浦が口を閉ざし、上体を背凭《もた》れに預けた。ウェイトレスがレモンティーを運んできたからだ。

どうやら江波戸は、例の剃毛プレイのDVDを木元に脅し取られたのではなさそうだ。二人は共謀して、亜沙美にバイオの新技術データを盗み出させようとしたのかもしれない。

多門は、短くなった煙草の火を灰皿の底で揉み消した。ウェイトレスが遠のくと、杉浦が口を開いた。

「千秋って女は、木元と江波戸が飲みに行ってたバーのホステスなんじゃねえのか?」

「そうなのかもしれないな」

「木元と江波戸は『帝都フーズ』の企業秘密を手に入れたら、どこかにデータをそっくり売るつもりだったんだろう。しかし、取り分か何かで二人は揉めた」

「そして、江波戸が鉄パイプで木元の頭をぶっ叩いて殺しちまったってわけか」

「おおかた、そうなんだろう」

「だとしたら、江波戸って野郎は赦《ゆる》せねえな。亜沙美は半年前まで、てめえの彼女だったんだぜ」

「クマ、そうカッカすんなって。まだ亜沙美は新技術のデータを盗み出したわけじゃねえんだからさ」

「それはそうだが、やり方が汚《きたね》えじゃねえか」

多門は憤《いきどお》りを隠さなかった。

「そっちは女に甘《あめ》えからなあ」

杉浦がにやついて、レモンティーを口に運んだ。

多門は十万円の謝礼を杉浦に渡し、先に店を出た。午後五時を十分ほど回っていた。

裏通りに駐めたボルボに乗り込んで間もなく、亜沙美から電話がかかってきた。

「わたし、大変なことをしてしまいました。例のデータをさっき盗み出してしまったんです」

「なんだって、そんなことをしちまったんだ!?」

「午後二時過ぎに若い女性から電話がかかってきて、わたしの恥ずかしい映像の一部をカットアウトしてインターネットに流したと言ったの。その話は事実でした。わたし、追い詰められた気持ちになって、USBメモリーにコピーを取ってしまったんです」

「恥ずかしい映像というのは？」

「わたし、江波戸さんとつき合ってるとき、プレイで彼にヘアを剃らせたことがあるんです。そのときの映像の一部がインターネットで流されたんです」

「昔の彼氏の姿も一緒に流されたのか？」

「いいえ、わたしの裸の姿だけ……」

「やっぱり、そうか。木元を使って、あんたを脅したのは江波戸だと思う」

「えっ、そんな話は信じられません」

「江波戸が事件に関与してなきゃ、彼の姿もインターネットで流されたはずだ。木元と江波戸はグルだったんだよ。電話をしてきたという女は、二人がよく飲みに行ってたバーのホステスか何かだろう」

多門は、江波戸たち二人が同じ秘密カジノに出入りしていたという話をした。亜沙美が電話の向こうで泣きはじめた。

惨《むご》い話だ。多門は、亜沙美の涙が涸《か》れるまで待った。

「ごめんなさい、急に泣きだしたりして」

「気にするなって。生きてりゃ、いろんなことがあるさ。ところで、犯人側はその後、何か言ってこなかった？」

「データを盗み出した直後に、同じ女の人から電話がかかってきました。ＵＳＢメモリーにデータを複写したことを話したら、午後六時に渋谷のミヤシタパークに来てくれと言われました。商業ビルの屋上にある公園です。そのとき、映像データを渡してくれると言ってました。わたし、どうすればいいのでしょう？」

「指定された時刻にミヤシタパークに行ってくれ。おれもこっそり屋上に上がって、ＵＳＢメモリーを取りに現われた女を押さえるよ」

「わかりました。あなたにご迷惑をかけることになってしまって、本当にごめんなさい」

亜沙美が涙声で詫び、電話を切った。

多門はボルボを走らせはじめた。宮益坂を下り、明治《めいじ》通りに出る。

いくらも走らないうちに、左手にミヤシタパークが見えてきた。細長い屋上公園だ。

多門はミヤシタパークの際《きわ》に車を停めた。

そのまま車の中で五時半まで過ごした。それから、ごく自然に外に出た。

すでに暗い。冷たい風が肌を刺す。

多門は首を竦《すく》めながら、ゆっくりとミヤシタパークの周りを巡った。千秋と名乗った女も江波戸の姿も見当たらない。

多門は屋上にある公園に足を踏み入れ、物陰に身を潜《ひそ》めた。少し離れたベンチに、若いカップルが腰かけているきりだった。

多門は待ちつづけた。

亜沙美が屋上に上がってきたのは六時十分前だった。彼女は園内のほぼ中央にたたずんだ。不安げな面持《おもも》ちだった。

五分ほど過ぎると、亜沙美に近づく人影があった。

女性ではない。三十二、三歳のやくざっぽい男だった。

男が足を止め、亜沙美に何か話しかけた。

多門は男の背後に回り込んだ。男が亜沙美の手から書類袋を引ったくった。

「約束の映像データを渡してください」

「映像データだって？」

「とぼけないでくださいっ」

亜沙美が声を張った。男が何か言い、不意に亜沙美を抱き竦《すく》めた。

多門は筋者らしき男に組みつき、利《き》き腕を捩《ね》じ上げた。そうしたまま、相手の尾骶骨《びていこつ》を膝頭で思うさま蹴り上げる。男が呻いて、腰を少し落とした。

亜沙美が男から離れた。

「東門会の者か？」

多門は訊いた。

男は唸るだけで、答えようとしない。多門は相手の右腕を肩の近くまで押し上げた。関節《かんせつ》の外れる音が鈍く響いた。男が獣《けもの》じみた声を放ち、膝から崩れた。すぐに横に転がった。

多門は地べたに落ちた書類袋を拾い上げ、亜沙美に渡した。男のポケットをことごとく探《さぐ》ってみたが、映像データは見つからなかった。

「関節を、関節を元に戻してくれーっ」

「東門会の者だなっ。名前は？」

「梶《かじ》ってんだ」

「江波戸に頼まれたんだろっ」

「ああ。江波戸さんが五百万の借金の代わりに、『帝都フーズ』から新技術のデータを盗み出させると言ったんで……」

「その五百万は、東門会がやってる違法カジノでこしらえた借金だな？」

多門は確かめた。

「そうだよ」

「江波戸が木元を殺《や》ったんだなっ」

「いや、それは……」

「てめえが殺《や》ったのか⁉」

「ああ。木元の野郎は江波戸さんの背後におれがいることに気づいて、カジノの借金三百万をチャラにしろと脅しをかけてきやがったんだ。だから、おれが始末したんだよ」

「千秋は、てめえの愛人《レコ》なのか?」

「いや、あいつはおれの実の妹さ。妹は西麻布でスナックをやってるんだが、江波戸さんとはいい仲なんだ」

「江波戸は、いまどこにいる?」

「妹の店にいるよ。『パンドラ』って店だ。西麻布二丁目にある」

梶が唸りながら、弱々しく言った。

多門は梶のこめかみを蹴りつけ、亜沙美の腕を取った。一階に下る。亜沙美をボルボの助手席に坐らせ、西麻布に向かった。

『パンドラ』に着いたのは十数分後だった。

江波戸はカウンターを挟んで、千秋と自称した女と何か談笑していた。二人は多門に気づくと、棒を飲んだような顔つきになった。

亜沙美が江波戸に走り寄り、顔面に平手打ちを見舞った。

江波戸がスツールから転げ落ちた。亜沙美が江波戸を睨《にら》みつけ、外に飛び出していった。

「映像データはどこにある？」

多門は江波戸に問い詰めた。

「自宅にあるよ。ママの兄貴が何もかも話してしまったらしいな」

「そういうことだ。割増退職金は、いくら出た？」

「千五百万円弱だよ」

「映像データと退職金をそっくり用意しておけ。その金は口止め料だ」

「そ、そんな！」

「いやなら、手錠《ワッパ》打たれることになるぜ。明日の午後、そっちの自宅に電話する。よく考えておくんだな」

「あんた、東門会を敵に回してもいいのっ」

梶の妹が口を挟んだ。

「ヤー公にビビるほど、やわな男じゃねえよ」

「いったい何者なの!?」

「身許調査にゃつき合えねえな」

多門は江波戸の顎を蹴り上げ、表に走り出た。目に涙を溜めた亜沙美が抱き縋《すが》ってきた。

「映像データは明日中に必ず押さえてやる」

多門は亜沙美の肩を包み込み、自分の車に導いた。

木元を殺害した梶を警察に引き渡す気はなかった。小遣いに不自由したら、たっぷり無心《むしん》するつもりだ。

多門は歩きながら、右腕を亜沙美のくびれたウエストに移した。

すると、亜沙美が体を密着させてきた。

「あなたには感謝しています。今後も相談に乗ってもらえます?」

「喜んで。とりあえず、今夜は二人だけで過ごそうや」

多門は、亜沙美の耳許で囁いた。

亜沙美が無言でうなずいた。

第四話　殺意の裏側

1

急にセクシーな女を抱きたくなった。

酔いが深まったからか。白い肌を貪《むさぼ》り、心地よい疲労感を味わいたい。

多門剛はバーボン・ロックを傾けながら、切実に思った。渋谷の百軒店《ひゃっけんだな》にある馴染《なじ》みのカウンターバー『紫乃《しの》』だ。

九月上旬の深夜である。

多門は六本木のクラブを数軒飲み歩き、三十分ほど前から仕上げの酒を呷《あお》っていた。四杯目だった。多門のほかには、客はひとりもいなかった。

カウンターの向こうで、ママの留美《るみ》が所在なげに紫煙をくゆらせている。名前は若々しいが、ママはもう六十代に入っている。正確な年齢は知らない。

元新劇女優だ。さすがに容色《ようしょく》の衰えは隠せないが、顔の造作《ぞうさく》は悪くなかった。

「ママ、もう今夜は客は来ねえよ。看板にしたほうがいいって」

多門は言った。

「柔肌が恋しくなったのね？」

「えっ、わかっちまったか。鋭いな」

「わかるわよ。クマちゃん、いつになく無口だし、目もぎらついてるもん」

「ママにゃ、かなわねえな」

「こんな所でくすぶってないで、せいぜい娯《たの》しみなさい。人生は片道切符なんだから」

ママがけしかけ、煙草の火を揉《も》み消した。

多門は照れ笑いを浮かべながら、スツールから滑り降りた。いつもツケで飲んでいた。軽く片手を挙げ、そのまま店を出る。

道玄坂の少し手前に、若いやくざが三人たむろしていた。そのうちのひとりが挑発的な眼《まな》差《ざ》しを向けてきた。

多門は立ち止まり、三人を睨《にら》みつけた。

さきほど尖《とが》った目を向けてきた男が気色《けしき》ばんだ。

すると、仲間の二人が慌《あわ》てて男に何か耳打ちした。喧嘩《けんか》を売りかけた男はたちまち竦《すく》み上がり、幾度も詫《わ》びた。

多門は左目を眇《すが》めた。他人を侮蔑《ぶべつ》するときの癖だった。

「失礼します」

三人の若いやくざが声を揃《そろ》えて言い、円山町《まるやまちよう》に向かって歩きだした。一様《いちよう》に早足だった。

多門は道玄坂に出て、坂道を下りはじめた。擦《す》れ違う男たちが次々に路《みち》を譲る。多門は大男だった。

今夜は誰を誘うか。

多門は親密な女友達の顔と裸身を思い起こしながら、道玄坂を下りきった。

愛車のボルボXC40は、宇田川町《うだがわちよう》の立体駐車場に置いてある。文化村通りを渡り、センター街に通じている裏通りに入った。

そのすぐ後、上着の内ポケットでスマートフォンが震えた。多門は歩きながら、スマートフォンを口許に近づけた。

「杏奈《あんな》です」

知り合いのクラブホステスだった。野々宮《ののみや》杏奈は、赤坂の高級クラブ『ベラドンナ』のナンバーワンである。まだ二十四歳だが、熟《う》れた美女だ。

「どうした？　なんか元気がねえな」

「困ったことになったの。多門さん、力になって」

「何があったんだ？」

多門は訊いた。

「わたしのパトロンがベッドで……」

「腹上死《ふくじょうし》しちまったのか!?」

「ううん、まだ死んでるわけじゃないの。でも、意識がないみたいなのよ。時々、苦しそうに唸るだけで何も答えてくれないの」

「すぐに救急車を呼んだほうがいいな」

「そうしてあげたいけど、わたしの面倒を見てくれてる見沢勝彦《みさわかつひこ》には家庭があるのよ。それにパパは手広く事業をやってるから、愛人宅で倒れたことが世間に知られるのはまずいと思うの」

「そりゃそうだろうな。わかった。それじゃ、おれが車で見沢ってパトロンを救急病院に運んでやろう」

「そうしてもらえると、ありがたいわ。わたしの恵比寿《えびす》のマンション、知ってるわよね？」

「ああ、知ってるよ。一度、へべれけに酔った杏奈ちゃんを車でマンションに送り届けたことがあるからな」

「そうだったわね。多門さん、いま、どこにいるの？」

杏奈が問いかけてきた。

「渋谷だよ」

「できるだけ早く来てもらえる？　見沢のパパがわたしの部屋で息を引き取ったら、厄介《やっかい》なことになるので」

「わかってるって。すぐ行くよ」

多門は電話を切り、有料駐車場まで突っ走った。ボルボに乗り込んで、恵比寿に急ぐ。

杏奈のマンションは、恵比寿ガーデンプレイスの裏手にある。南欧風の洒落《しやれ》た建物だ。杏奈の部屋は六〇五号室だった。

十分そこそこで、目的のマンションに着いた。

多門はメタリックブラウンのボルボをマンションの近くに駐《と》め、表玄関に急いだ。集合インターフォンで杏奈を呼び出し、オートロックを解除してもらう。

エレベーターで六階に上がり、六〇五号室のインターフォンを鳴らした。

少し待つと、真珠色のシルクガウンをまとった杏奈が現われた。狼狽《ろうばい》している様子だった。

多門は杏奈の部屋に入った。

間取りは2LDKだった。リビングを挟《はさ》んで二つの居室がある。

「こっちよ」

杏奈が右手の寝室に走り入った。多門は後《あと》に従った。

寝室は十畳ほどの広さだ。ほぼ中央に置かれたダブルベッドの上に、五十二、三歳の白髪《しらが》混《ま》じりの男が仰向《あおむ》けに横たわっていた。

裸ではない。きちんと背広を身に着けている。ただ、ネクタイの結び目は緩《ゆる》めだった。

男は昏睡《こんすい》状態で、鼾《いびき》をかいていた。

「見沢のパパよ」

「いつから鼾をかいてる？」

「かれこれ三十分にはなると思うわ。パパ、脳出血《のうしゆっけつ》を起こしたのかしら？」

「かもしれない。杏奈ちゃん、パトロンをよっぽど興奮させたみてえだな」

「特にパパをそそるようなことはしなかったんだけどね」

「合体中にパトロンの様子がおかしくなったんだろ？」

「ううん、その前よ。クンニの最中に急にパパが動物じみた唸り声をあげて、苦しみはじめたの。薬がいけなかったのかな。もともとパパは血圧が高くて、いつも降圧剤を服《の》んでたの。それなのに、青い錠剤なんか服んだりしたから」

杏奈が呟《つぶや》くように言った。

「青い錠剤って、バイアグラのことだな？」

「ええ、そう。パパ、今夜は思いっ切り勃起させたいからって、ベッドに入る前にバイアグラを二錠服んだの」

「バイアグラのせいだとしたら、心臓をやられるんじゃねえのかな。それとも、いつもより興奮して、脳の血管をやられちまったんだろうか」

多門はベッドに近づいて、見沢の心臓部に掌《てのひら》を当ててみた。鼓動《こどう》は弱々しかった。

「さっきパパの左手首を取ってみたら、脈の打ち方がとっても不自然だったの。多門さん、早くパパを救急病院に連れてってあげて」

「わかった。いちばん近い救急病院は？」

「広尾《ひろお》総合病院ね。広尾二丁目のチェコ大使館の少し先にあるんだけど、わかるかな？」

「ああ、知ってるよ」

「わたしも一緒に病院まで行くわ。そのほうがいいでしょ？　大急ぎで着替えるわね」

杏奈がそう言い、クローゼットの扉を開けた。

「いや、そっちはここで待っててくれ」

「ひとりで平気？」

「ああ。それより、寝袋はねえかな？」

「ないわ」

「そうか。なら、毛布で包み込もう。マンションの入居者に見沢氏の顔を見られると、まずいからな」

多門は淡いピンクの毛布で、見沢の全身をすっぽりとくるみ込んだ。杏奈の手を借り、見沢を左肩に担《かつ》ぎ上げる。

それほど重くはなかった。見沢は中肉中背だった。体重は六十数キロだろう。

「これ、パパの物なの」

杏奈が黒革のビジネスバッグを差し出した。多門はビジネスバッグを受け取った。

「見沢氏は路上に倒れてたことにするよ。たまたまおれが発見したことにすりゃ、そっちは表面に出なくて済む」

「ええ、助かるわ」

「パトロンの自宅は、どこにあるんだ？」

「世田谷区の奥沢よ。パパの上着のポケットに名刺入れが入ってるから、多分、病院の人がパパの自宅に連絡してくれると思うの」

「そうだろうな」

「多門さん、後でここに戻ってきてくれる？　パパの病状のことを知りたいし、あなたにお礼も言わなきゃならないから」

「礼なんか必要ねえって」

「とにかく、必ず部屋に戻ってきてほしいの」

杏奈が縋《すが》るような口調で言った。潤《うる》んだような瞳で見つめられると、いやとは言えなかった。

多門は黙ってうなずき、ほどなく寝室を出た。杏奈が先に玄関に走り、歩廊《ほろう》をうかがった。

「誰もいないわ」

「そう」

多門は見沢を担ぎ直し、エレベーターホールに足を向けた。

一階に降り、自然な足取りで表に出る。ボルボの後部座席に見沢を寝かせ、多門は運転席に入った。車を百数十メートル走らせたとき、いきなり脇道からコンテナトラックが飛び出してきた。無灯火だった。

多門はパニックブレーキをかけた。

体が前にのめり、危《あや》うく胸板をステアリングにぶつけそうになった。後部座席を見ると、見沢の体半分がずり落ちかけていた。ビジネスバッグは床《フロア》に転げ落ちている。

多門はホーンを短く轟《とどろ》かせた。

だが、コンテナトラックは動かない。多門は、ふたたび警笛を響かせた。それでも、コンテナトラックは停まったままだ。

「ふざけやがって」

多門は腹を立て、ボルボから降りた。

と、コンテナトラックの運転手が助手席側から飛び降り、駆け足で逃げはじめた。暗くて年恰好は判然としない。

多門は怪しい運転手を追った。

男は三つ目の四つ角を左に曲がった。多門は懸命に追った。だが、路地に入って間もなく相手を見失ってしまった。近くの家の生垣《いけがき》の陰にでも身を潜《ひそ》めているのかもしれない。しかし、ゆっくりと男を捜している時間はなかった。

多門は忌々《いまいま》しさを覚えながら、来た道を引き返しはじめた。

コンテナトラックは見当たらない。どうやら逃げた男の仲間がどこかに隠れていて、コンテナトラックを移動させたようだ。

連中はなんだって、こちらの車を立ち往生させたのだろうか。

多門はボルボに駆け戻った。

何気なくリア・シートを覗《のぞ》くと、見沢の姿が掻《か》き消えていた。ビジネスバッグもなかった。

見沢が急に意識を取り戻して、自ら車を降りたとは思えない。杏奈のパトロンは何者かに連れ去られたのだろう。

昏睡状態の見沢を拉致《らち》した犯人は、なんらかの方法で杏奈の部屋の様子をうかがっていたにちがいない。そうでなければ、多門が見沢を担ぎ出したことを知るはずがない。

杏奈にそれとなく探りを入れてみよう。

多門はボルボに乗り込み、シフトレバーを後進《リヴァース》レンジに入れた。

2

経緯《いきさつ》を話し終えた。

多門はロングピースをくわえ、杏奈の言葉を待った。

杏奈の自宅マンションのリビングである。二人はソファに坐って、向かい合っていた。

「いったい誰がパパを連れ去ったのかしら?」

「思い当たる人物は?」

「いないわ。でも、見沢のパパはイタリアン・レストラン、スポーツジム、美容院、エステティックサロン、ブティック、貸ビルと幾つも事業をやってるから、商売敵《がたき》に逆恨《さかうら》みされてるかもしれないわね。パパのビジネス戦術は、ちょっと強引なの」

「どんなふうに？」

「たとえば、流行《はや》ってるライバル店のすぐ近くに自分のお店をオープンして、そっちの客をごっそりいただいちゃったりしてるのよ」

「それじゃ、恨まれもするよな」

「そうね。きっとビジネス絡みの縺《もつ》れで、パパは連れ去られたにちがいないわ。どこに連れていかれたのかわからないけど、パパのことが心配だな。あんな体のままじゃ、死んでしまうかもしれないでしょ？」

「最悪の場合は、そうなるだろうな。杏奈ちゃん、警察の力を借りたほうがいいんじゃねえのか？」

「薄情な女と思われるかもしれないけど、警察の協力は仰《あお》ぎたくないの。パパだって、わたしの存在を知られたくないでしょうし、こちらもパトロンのことは隠しておきたいのよ」

「そうか。なら、このまま成り行きを見守るしかないな」

「ええ、そうするわ。実はね、わたし、近々、見沢のパパと別れようと思ってたの」

杏奈が意を決したような表情で打ち明けた。

「好きな男ができたんだな？」

「うぅん、そんなんじゃないの。パトロンの世話になってる自分がなんだか惨《みじ》めに思えてきちゃったのよ。本格的なフレンチ・レストランのオーナーになる夢を叶《かな》えたくて見沢のパパの世話になってきたわけだけど、愛人って、高級娼婦みたいなものでしょ？」

「パトロンに愛情を寄せてるんだったら、娼婦とは全然違うんじゃねえのかな」

「見沢のパパのことは嫌いじゃないわ。でも、それは恋愛感情と言えるものじゃないの。単なる好感ね」

「そうか」

「お店で毎月百万円以上のお給料をいただいてるんだから、五、六年頑張れば、自分の力で小さな洋食屋ぐらいは持てると思うの。だから、ここらで愛人生活とおさらばすべきだと……」

「杏奈ちゃんがそう思ってんなら、そうしたほうがいいな」

多門は短くなった煙草の火を揉み消した。

「ええ、そうするわ。でも、新しい生き方をする踏ん切りがつかないの。見沢のパパは月々七十万円のお手当をくれて、そのほかブランド物の服やバッグをたくさん買ってくれたのよ。つまり、とってもいい男性《ひと》だから、別れ話を切り出しにくくてね」

「パトロンと別れたきゃ、誰かと浮気しちまえばいいんだ。バレれば、それで終わりだからな」

「そうか、そういう手があったわね」

「おれでよけりゃ、いつでも浮気相手になってやるよ」

「ほんとに？」

杏奈が、にわかに目を輝かせた。

「もちろんさ」

「わたし、多門さんみたいなワイルドな感じの男性に一度抱かれてみたいと思ってたの」

「おれも、ずっと杏奈ちゃんと寝てみたいと思ってたんだ。けど、高嶺《たかね》の花だったからな」

「それなら、愛し合ってみましょうか。多門さん、先にシャワーを浴びて。和室に夜具を延《の》べておくわ」

「なんだか夢を見てるみてえだな」

多門は口笛を鳴らし、椅子《いす》から立ち上がった。

浴室は玄関ホールの近くにあった。多門は手早く衣服を脱ぎ、熱めのシャワーを浴びた。

ボディーソープ液を泡立て、全身に塗りたくった。

杏奈はどんな痴態を見せてくれるのか。どんなふうに喘《あえ》ぎ、どう反応するのか。

多門は淫《みだ》らなことを考えはじめたとたん、瞬《また》く間に勃起した。巨根だった。そのことに別段、優越感は懐《いだ》いていなかった。

多くの男女が誤解しているが、ペニスの大小でセックスのよしあしが決まるわけではない。ほとんどの女性は手指や口唇によるクリトリスの愛撫だけで、充分にエクスタシーを得られる。Gスポットを刺激すれば、より効果的だ。

泡を洗い落としたとき、全裸の杏奈が浴室に入ってきた。

白い裸身が眩《まばゆ》い。乳房はたわわに実り、ウエストは深くくびれている。

腰は豊かに張っていた。恥毛は、ハートの形に剃《そ》り込まれている。ほどよい量だった。むっちりとした腿《もも》は、なんともなまめかしい。

「きれいな体だな。素晴らしいよ」

多門は杏奈を抱き寄せ、官能的な唇をついばみはじめた。すぐに杏奈も、ついばみ返してきた。

二人はひとしきりバードキスを交わし、舌を絡め合った。杏奈が喉の奥で甘やかに呻《うめ》いた。男の欲情をそそるような声だった。

多門は舌を舞わせながら、杏奈の右手を自分の股間に導いた。

杏奈が短くためらってから、優しく握り込んだ。多門は少し退《さ》がり、杏奈の体を撫《な》ではじめた。片手で乳房を交互にまさぐり、もう一方の手で形のいいヒップを揉む。

杏奈の右手の動きが次第に大胆になった。

多門は頃合を計って、和毛《にこげ》に指を進めた。梳《す》くように慈《いつく》しみ、愛らしい突起に触れた。

そのとたん、杏奈は体を小さく痙攣《けいれん》させた。クリトリスは、こりこりに痼《しこ》っている。芯の塊《かたまり》は真珠のような形状だった。

多門は合わせ目を下から捌《さば》いた。指先が愛液に塗れた。

杏奈がくぐもった呻き声を洩《も》らし、やや腰を落とした。すぐに彼女は顔を離し、上擦《うわず》った声で囁《ささや》いた。

「お部屋で待ってて。ここ、声が反響しちゃうの」

「なら、そうするか」

多門は先に浴室を出て、バスタオルで体を拭《ぬぐ》った。脱いだ衣服をまとめて抱え上げ、生まれたままの姿で和室に足を向けた。

和室の真ん中に、客用らしい寝具が敷いてあった。枕許《まくらもと》には、行灯《あんどん》型の電気スタンドが置いてある。淡い光が夜具を照らしていた。

多門は掛け蒲団《ぶとん》を捲《めく》り、敷き蒲団に腹這いになった。枕許の灰皿を引き寄せ、ロングピースに火を点《つ》ける。

一服し終えたとき、バスタオルを胸高《むなだか》に巻きつけた杏奈が和室に入ってきた。

多門は横向きになった。杏奈がゆっくりと屈《かが》み込み、バスタオルを外した。多門は杏奈を仰向けに横たわらせると、穏《おだ》やかに胸を重ねた。

二人は唇を吸い合った。

長いディープキスが終わると、多門は唇を杏奈の項《うなじ》や喉元に移した。耳朶《みみたぶ》を甘咬《が》みし、尖《とが》らせた舌で耳の奥をくすぐった。

杏奈の喘ぎは、すぐに淫蕩《いんとう》な呻き声に変わった。多門は二つの乳首を交互に吸いつけながら、杏奈の秘めやかな場所に指を進めた。

杏奈の体は熱く潤《うる》んでいた。多門は指で掬《すく》い取った潤みをクレバス全体に塗り拡《ひろ》げ、杏奈の官能を煽《あお》りはじめた。

指を躍《おど》らせるたびに、湿った音がたった。一分も経たないうちに、杏奈は最初の極《きわ》みに駆け昇った。その瞬間、彼女は悦《よろこ》びの声を迸《ほとばし》らせた。それは唸り声に近かった。

「女《おなご》は、みんな、観音さまでねえべか」

多門は杏奈の乱れる様《さま》を目にしているうちに、思わず生まれ故郷の岩手弁を口走ってしまった。

杏奈が夢から醒《さ》めたように急に目を大きく見開いた。

「急に岩手弁さ、喋《しゃべ》ったから、びっくりしたんだべ？　おれ、興奮すると、いっつもそうなんだ。ふざけてんでねえから」

「ううん、いいの。気にしないで」

「ありがとう」

多門はシーツに背中を密着させ、杏奈を逆《さか》さまに跨《また》がらせた。杏奈は恥じらいながらも、徐々に腰を落としてきた。

二人は競《きそ》い合うように、オーラルセックスに励んだ。

多門はひと通りのテクニックを披露すると、感じやすい突起を集中的に甘く嬲《なぶ》った。弾き、震わせ、吸いつけた。

いくらも経たないうちに、杏奈は二度目の絶頂を迎えた。多門を含んだままだった。吐かれた熱い息が下腹を撲《う》った。

多門は舌の先を潜《もぐ》らせた。内奥《ないおう》の緊縮感が、もろに伝わってきた。夥《おびただ》しい量の愛液が舌に滴《したた》り落ちてくる。葉を滑る朝露のようだ。

やがて、杏奈が離れた。

多門は杏奈を組み敷き、体を繋《つな》いだ。正常位だった。

「スキンレスでもいいのけ？」

「ええ、大丈夫よ」

「そんだば、一緒にいぐべ」

「追ってきて」

杏奈が妖《あや》しく腰をくねらせはじめた。

多門はダイナミックに動いた。六、七度浅く突き、一気に奥まで分け入る。結合が深まるたびに、杏奈は背を反らせた。

多門は突き、捻《ひね》り、また突いた。

一分ほど経過したころ、杏奈が三度目の高波に溺《おぼ》れた。憚《はばか》りのない声をあげ、啜《すす》り泣くような声を撒《ま》き散らした。多門は鋭い締めつけを感じながら、疾走しはじめた。頭の芯が白く霞《かす》み、背筋が浮き立つ。

そのすぐ後、多門は爆《は》ぜた。痺《しび》れを伴った快感が、腰から脳天まで駆け抜けていった。

二人は余韻《よいん》に身を委《ゆだ》ねてから、ゆっくりと結合を解《と》いた。杏奈が起き上がり、バスタオルで体半分を隠した。

「ちょっとシャワーを浴びてくるわね」

「最高だったよ。ありがとな」

多門は腹這いになって、ロングピースをくわえた。杏奈が静かに和室から出ていった。

煙草をふた口ほど喫ったとき、玄関ホールのあたりで杏奈が凄《すさ》まじい悲鳴を放った。多門は喫いさしの煙草の火を揉み消し、和室を飛び出した。

玄関マットの上に、五十年配の男が仰向けに転がっている。あろうことか、見沢勝彦だった。その首には、エルメスのスカーフが巻きついていた。

多門は見沢に駆け寄って、手首を取った。脈動は熄《や》んでいる。体温も伝わってこない。

「誰かがわたしのスカーフで、見沢のパパを殺したのね。そして、わたしを犯人に仕立てようと……」

杏奈が震えながら、涙声で呟《つぶや》いた。

「おれたちがナニしてる間に、誰かが見沢勝彦の死体をこっそり置いたにちがいねえ。杏奈ちゃん、パトロンのほかに部屋のスペアキーを持ってる奴は？」

「以前のパトロンだった橋口倫行《はしぐちのりゆき》から合鍵を返してもらったから、見沢のパパのほかには誰も持っていないはずだけど」

「その橋口って男が、こっそりスペアキーをこしらえてたのかもしれねえな」

「あっ、そうね！　橋口なら、スペアキーをこしらえてそうだわ」

「前のパトロンは、どんな奴だったんだ？」

「水産加工会社の二代目社長なんだけど、病的なほど嫉妬《しっと》深い性格だったの。それが厭《いや》で、わたし、橋口と別れたのよ。あの男がわたしを困らせようと、見沢のパパを殺したのかもしれないわ」

「橋口って男のことは、後で詳しく教えてもらう。とりあえず、死体をどこかに移さないとな。杏奈ちゃんも大急ぎで服を着てくれ」

多門は言って、和室に取って返した。

犯人は今夜、見沢が杏奈の部屋にいることをどうやって知ったのだろうか。多門は衣服をまといながら、ふと思った。

犯人は見沢をこっそり尾行し、行動パターンを調べ上げてから、犯行に及んだのか。あるいは、杏奈の部屋に室内用盗聴器が仕掛けられているのだろうか。

多門は和室から居間《リビング》に移り、リビングボードの裏を覗いてみた。

すると、そこにはボックス型の室内用盗聴器があった。マッチ箱よりも、やや大きい。

杏奈に余計な心配はかけないほうがいいだろう。

多門は室内用盗聴器を上着のポケットにそっと収めた。

3

魚臭が鼻を衝《つ》く。

橋口倫行の経営する水産加工会社は、築地《つきじ》の中央卸売市場跡地の近くにあった。五階建ての自社ビルは隅田《すみだ》川沿いに建っている。古びたビルだ。

多門は、そのビルの斜め前にたたずんでいた。

あと数分で、午前十時になる。社長の橋口は、まだ出社していなかった。

多門は生欠伸《なまあくび》を嚙《か》み殺した。陽光がやけに眩《まぶ》しい。寝不足のせいだろう。

見沢の死体をボルボのトランクルームに入れて杏奈のマンションから離れたのは、午前二時過ぎだった。

多門は、殺された見沢を青山《あおやま》霊園のどこかに遺棄《いき》するつもりでいた。だが、霊園の外周路にはカップルたちの車が何台も連《つら》なっていた。幾組かはカーセックスに耽《ふけ》っていた。

やむなく多門は、車を裏丹沢《うらたんざわ》まで走らせた。人里離れた山林に見沢の死体を棄《す》てたのは、夜明け前だった。首に巻かれた杏奈のスカーフは、むろん外してあった。

多門は代官山の自宅マンションに帰りつくと、二時間ほど仮眠をとった。そして、築地にやってきたのである。

杏奈から橋口のスナップ写真を見せてもらっていた。四十六歳の橋口は男臭い顔立ちで、恰幅《かっぷく》もよかった。

もう少し待たされそうだ。

多門はボルボの中に戻り、ロングピースに火を点けた。

マークしたビルの専用駐車場に黒いキャデラック・エスカレードが滑り込んだのは、十一時過ぎだった。多門はドライバーの顔を確かめた。橋口だった。

多門はボルボを降り、キャデラック・エスカレードに駆け寄った。立ち止まったとき、橋口が車を降りた。

「橋口さんだね？　警視庁の者です」

多門は懐から模造警察手帳を抓《つま》み出し、短く呈示した。始末屋になってから、数種の身分証明書を使い分けていた。

「刑事さんがわたしに何のご用なんです？」

「あんた、『ベラドンナ』の野々宮杏奈とは他人じゃないね？」

「杏奈が何か危《ヤバ》いことをしたんですか？」

「質問に答えてほしいな」

「おっしゃる通り、一年ほど杏奈とは愛人関係にありました」

「あんた、彼女と切れるとき、マンションの合鍵のスペアをこしらえたんじゃないのかっ」

「スペアキーなんか作ってませんよ。預かった合鍵は別れるとき、ちゃんと杏奈に返しました。いったい何があったんです？」

「誰かが杏奈の部屋に忍び込んで、彼女のスカーフを盗み出して、ある男の首をそいつで絞めた疑いがあるんだ」

「要するに、杏奈のスカーフが殺人事件に使われたってことなんですね」

橋口が確かめた。

「そういうことだ。ところで、あんた、杏奈の部屋に室内用盗聴器を仕掛けたことがあるんじゃないのか？」

「刑事さん、妙な言いがかりをつけないでください。盗聴器なんか仕掛けた覚えはありませんよ」

「嘘じゃないな」

「何を証拠に、そんなことを言うんですかっ。不愉快だな」

「念のため、訊いただけだ。気を悪くしたんだったら、謝るよ。ついでに、教えてほしいんだ。昨夜から今朝にかけて、あんた、どこで何をしてた？」

「それ、アリバイ調べですね？　冗談じゃありませんよ。わたしは殺人事件には関わってません。きのうの夜は取引先の役員たちと銀座のクラブで午前零時過ぎまで飲んで、そのあとホステスたちを連れて鮨屋《すしや》に行ったんです。帰宅したのは午前三時過ぎでした」

「取引先の役員たちの名前、それからクラブと鮨屋の店名も教えてほしいな」

多門は言って、ボールペンを握った。

橋口が質問に答えた。多門は必要なことを書き留めた。

「調べてもらえれば、わたしが事件に関与してないことはすぐにわかるはずです。それはそうと、刑事さん、殺されたという男は何者なんです？」

「それは、まだ言えないね。それより、あんたはなぜ杏奈と別れたのかな？」

「杏奈は、強《したた》かな女狐《めぎつね》だったんです。あの女はわたしの世話を受けながら、ちゃっかり別のパトロンともつき合ってたんですよ」

「そのパトロンというのは？」

「見沢勝彦という実業家です。実はわたし、探偵社に頼んで杏奈の男性関係を探らせたことがあるんですよ。で、もうひとりのパトロンの存在がわかったわけです」

「杏奈は、見沢というパトロンがいることを認めたのか？」

「ええ、あっさり認めました。で、あの女は二人のパトロンと公平につき合うから、今後も援助してくれないかと言いだしたんです。あんまり人をばかにした話なんで、わたし、杏奈の横っ面《つら》を張ってやりました。あの女とは、それっきりです。まだ若いのに、とんでもない女ですよっ」

橋口が憎々しげに言った。

杏奈の話とは、だいぶ喰い違っている。どちらが嘘をついているのか。心情的には杏奈を信じたい。

「探偵社の調査報告によると、杏奈には見沢というパトロンのほかにも恋人らしい奴がいるというんですよ」

「その男の名は？」

「えーと、確か光岡《みつおか》です。ええ、思い出しました。光岡篤志《あつし》という名前です。三十四歳だったかな。売れない俳優だとかで、かなりのイケメンだそうです。おおかた光岡は、杏奈のヒモなんでしょう。杏奈は面喰《めんく》いだから、売れない役者にせっせと貢《みつ》いでるんじゃないんですか？」

「そうなのかもしれないな。で、その光岡の住まいはどこにあるんだい？」

「中野《なかの》区内の賃貸マンションに住んでるはずですよ。調査報告書をシュレッダーにかけてしまったんで、正確な住所やマンション名はもうわかりませんけどね」

「そう」

「その光岡って彼氏は当然、杏奈の部屋のスペアキーを預かってるはずです」

「調べてみよう」

多門は橋口に背を向けた。

ボルボを数百メートル走らせ、裏通りの路肩に寄せた。メモを見ながら、橋口の取引先に電話をかける。三人の役員のうちの二人は出社していた。

多門は刑事になりすまし、二人の役員に前夜のことを訊いてみた。

役員たちの証言で、一応、橋口のアリバイは成立した。とはいえ、まだ完璧《かんぺき》とは言えない。役員たちが橋口と口裏を合わせている疑いもあった。

多門は念のため、銀座の鮨屋にも電話をしてみた。仕込み中の鮨職人の話によると、橋口はホステスたちを含めて六人の連れと一緒に午前零時過ぎに店に現われ、二時半近くまで飲食していたという。

これで、橋口が潔白であることは裏付けられた。

光岡という売れない役者がジェラシーから、杏奈のパトロンの見沢を殺害する気になったのか。だとしたら、無灯火のコンテナトラックを運転していたのは光岡だったのだろう。見沢をボルボから運び出したのは、金で雇った連中にちがいない。

あるいは、杏奈と光岡が共謀して見沢を殺したとも考えられる。

多門は、たちまち暗い気持ちになった。自分は体《てい》よく死体の遺棄をさせられてしまったのだろうか。そうだとしたら、これほど間抜けな話はない。

そう思いつつも、多門はどこかで杏奈を信じていた。杏奈が光岡という男に唆《そそのか》されて、殺人の手助けをしたとは思いたくない。

それも昔のパトロンの犯行に見せかける小細工を弄《ろう》したとは信じがたいことだ。『ベラドンナ』には一年そこそこしか通っていないが、杏奈はそれほど性悪《しょうわる》ではないと思いたい。

彼女が事件に関与しているとしても、何か事情がありそうだ。多門は杏奈の自宅マンションに電話をかけた。

少し待つと、杏奈が受話器を取った。

「あなたには、すっかり迷惑をかけてしまったわ。ごめんなさいね。それで、例の……」

「いろいろ迷った末に、裏丹沢の山の中に棄《す》ててきた。使った毛布は、おれの車のトランクの中に入ってる。そのうち、どこかで焼くか埋めるかするよ」

「よろしくね」

「ああ。少し前に、橋口に会ったよ。奴はシロだな。見沢を殺《や》っちゃいねえよ」

多門は橋口のアリバイについて手短に話した。

「それじゃ、誰が見沢のパパを殺したんだろう?」

「杏奈ちゃん、光岡篤志って男を知ってるよな?」

「なんで多門さんが彼のことを知ってるの!?」

杏奈の声が裏返っていた。

「橋口が探偵社を使って、そっちの男性関係を調べさせたらしいんだ。光岡って彼氏も、部屋の合鍵を持ってんだろう?」

「持ってることは持ってるけど、彼が見沢のパパを殺すはずないわ」

「なぜ、そう言い切れる?」

「だって光岡はわたしにパトロンがいても、まったく妬《や》かなかったの。それどころか、面白がって、もっとお手当の値上げをしてもらえなんて言ってたわ。だから、殺害の動機がないでしょ?」

「杏奈ちゃんには言えない事情があったのかもしれねえぞ。とにかく、これから恵比寿のマンションに行く。光岡のことをいろいろ教えてもらいてえんだ」

「ええ、わかったわ」

「これは秘密にしておくつもりだったんだが、言っちまおう。実は杏奈ちゃんの部屋で、ボックス型の室内用盗聴器を見つけたんだ。死体を運び出す前にな」

「えっ」

「仕掛けた奴に心当たりはねえかな」

「盗聴器は、どこにあったの？」

「リビングボードの裏だよ。マッチ箱よりも、ひと回り大きくてアンテナが付いてた。後で見せるよ。杏奈ちゃんも、光岡って彼氏が盗聴器を仕掛けたとは考えられねえのか？」

「それは……」

「どうなんだ？」

「会ったときに話すわ」

「いいだろう」

多門は電話を切ると、ボルボを急発進させた。

およそ三十分で、杏奈の自宅に着いた。多門は車をマンションの近くの路上に駐《と》め、集合インターフォンの前まで走った。

部屋番号を押してみたが、なんの応答もなかった。多門はスマートフォンを使って、杏奈に電話をした。留守録音モードになっていた。

なぜ、杏奈は自分を避けたのか。そうではなく、何か急用で外出しなければならなくなっただけなのか。もし逃げたのだとしたら、おそらく光岡の許《もと》に走ったのだろう。

多門はボルボに戻り、渋谷の大型書店に向かった。思った通り、書店の棚には分厚いタレント名鑑が載《の》っていた。

多門はタレント名鑑を繰《く》りはじめた。

じきに、光岡のプロフィールを見つけ出した。顔写真付きで、芸歴が掲載されていた。劇場映画の出演本数は少ない。もっぱらネットシネマで、脇役を演じているようだ。光岡のオフィス兼自宅は中野区野方《のがた》にあった。

これから野方に行ってみることにした。

多門はタレント名鑑を棚に戻し、大股で書店を出た。

4

夕闇が漂《ただよ》いはじめた。

多門はボルボの運転席で溜息をついた。光岡のマンションを張り込んで、すでに三日が流れている。

その間、光岡は一度も自分の塒《ねぐら》に戻っていない。杏奈も行方をくらましたままだ。

多門は杏奈の同僚ホステスたちに電話をして、何か情報を得ようとした。しかし、なんの手がかりも摑《つか》めなかった。

やむなく多門は、元刑事の杉浦将太に協力を求めた。杉浦に光岡の身許調査を依頼したのは、きのうの夕方だった。

焦《じ》れずに辛抱強く張り込んでいれば、そのうち光岡は自分の塒《ねぐら》に戻ってくるだろう。

多門はカーラジオのスイッチを入れた。

ニュースが報じられていた。多門は耳を傾けた。

「次のニュースです。きょうの午後二時過ぎ、裏丹沢をハイキング中の女性グループが山林で男性の腐乱死体を発見しました。警察の調べで、この男性は東京・世田谷区奥沢二丁目に住む会社社長見沢勝彦さん、五十二歳とわかりました。見沢さんは数日前に別の場所で殺害され、現場に遺棄《いき》された模様です」

男性アナウンサーがいったん言葉を切り、すぐに言い継いだ。

「見沢さんの訃報《ふほう》を報《しら》された妻の明日香《あすか》さんは、車で裏丹沢に向かう途中、午後三時過ぎに厚木《あつぎ》街道でコンテナトラックに追突され、炎上した車内で焼死しました。コンテナトラックを運転していた三十代半ばの男は現場から立ち去り、まだ逮捕されていません。コンテナトラックは十日ほど前に奈良《なら》県内で盗まれたものとわかりました」

アナウンサーが少し間《ま》を取り、火事のニュースを伝えはじめた。

多門はラジオのスイッチを切り、煙草をくわえた。見沢の死体が発見されたことには別段、驚かなかった。しかし、見沢の妻まで死んだというニュースには驚かされた。

コンテナトラックを運転していた男が光岡だとしたら、故意に追突事故を起こしたにちがいない。

見沢は手広く事業をやっていた。かなりの資産家と考えられる。売れない俳優は見沢の莫《ばく》大《だい》な資産を狙って、夫妻を殺害したのだろうか。

そうだとしたら、見沢には、ひとり娘がいるのかもしれない。光岡は見沢の娘との結婚を企んでいるのだろうか。折を見て新妻を消せば、見沢家の遺産はそっくり相続できる。

杏奈の彼氏はヒモみたいな暮らしをしながら、見沢のひとり娘にこっそり言い寄っていたのだろうか。

多門は短くなった煙草を灰皿の中に突っ込んだ。

ちょうどそのとき、前方から二人の男が近づいてきた。ともに三十歳前後で、ひと目で筋《すじ》者《もの》とわかる。光岡が刺《し》客《かく》を差し向けたのかもしれない。

多門はボルボを降り、道路のほぼ中央に立った。二人組が顔を見合わせ、目でうなずき合った。

次の瞬間、男たちは多門に向かって突進してきた。

どちらも短刀を握っていた。刃渡りは三十センチ近かった。

多門は少しも怯《ひる》まなかった。これまで幾度も修羅場《しゅらば》を潜《くぐ》ってきた。

二人の男が足を止めた。多門の二メートルあまり前だった。

ひとりは角刈りで、ずんぐりとした体型だ。もうひとりは長身だった。髪型はオールバックで、白っぽいスーツを着ている。

「おたく、多門やな？」

角刈りの男が口を利いた。関西弁だった。

「光岡におれを始末しろって言われたのかい？」

「誰やねん、光岡いうのんは？」

「空とぼけやがって。いつでも仕掛けてきな」

多門は二人組を等分に睨《ね》めつけた。と、オールバックの男が前に踏み込んできた。

刃風《はかぜ》が湧いた。

白っぽい光が揺曳《ようえい》する。切っ先は虚《むな》しく空《くう》を断《た》った。相手の体勢が崩れた。

多門は前に出て、上背《うわぜい》のある男の股間を蹴り上げた。

男が呻いて、前屈《まえかが》みになった。多門は相手の後ろ襟《えり》を摑み、大腰で投げ飛ばした。すぐ踏み込んで、男の顔面を蹴った。

前歯の折れる音がした。仰向けに引っくり返った男が体を横にし、血みどろの前歯を路面に吐き出した。一本ではなく、二本だった。

多門は落ちた刃物を道端に蹴り込み、ずんぐりとした男に向き直った。

「ぶっ殺したる！」

男が喚《わめ》き、短刀を腰撓《だ》めに構えた。そのまま体ごと突っかけてくる。刃は上向きだった。

多門は横に跳《と》び、相手の腰に横蹴りを見舞った。

男が突風に煽《あお》られたように体を泳がせ、横倒れに転がった。弾みで、短刀が手から零《こぼ》れた。

反撃のチャンスだ。

多門は角刈りの男に近寄り、連続蹴りを放った。

狙ったのは、脇腹とこめかみだった。どちらも的《まと》は外さなかった。男は唸りながら、のたうち回りはじめた。

オールバックの男が立ち上がり、何か吼《ほ》えた。

多門は振り向いた。男はトカレフを両手保持で構えていた。

銃口が小さく上下している。完全に冷静さを失っている顔つきだった。

「おめ、人さ殺したことねえべ？」

多門は岩手弁でからかった。

「やっかましい!」

「いいべ。撃ってみれ。早ぐ撃つべし!」

「なめとんのかっ」

男が撃鉄《ハンマー》を掻《か》き起こし、引き金を絞った。

乾いた銃声が轟き、銃弾が疾駆《しっく》してきた。とっさに多門は身を屈《かが》めた。衝撃波は感じたが、弾《たま》は肩の上を抜けていった。

ずんぐりとした男が起き上がり、仲間を煽《あお》り立てた。背の高い男は、たてつづけに銃弾を放ってきた。

多門は身を伏せ、右に左に転がった。

二人組は後退しはじめた。オールバックの男は六発撃つと、相棒とともに身を翻《ひるがえ》した。

多門は素早く起き上がった。そのとき、近くの民家から何人かの男女が恐る恐る路上に現われた。

誰かがもう一一〇番したのだろう。ひとまず現場から遠ざかることにした。

多門はボルボに駆け戻り、すぐさま発進させた。環七《かんなな》通りに出て、高円寺《こうえんじ》駅前広場まで車を走らせた。

多門はロータリーの端にボルボを駐め、二時間ほど時間を遣《や》り過ごした。それから、ふたたび光岡のマンションの前に戻った。

警察官の姿やパトカーは見当たらない。とうに現場検証を終え、捜査員たちは引き揚げたのだろう。

多門は張り込みを再開した。

粘《ねば》り強く張り込みをつづけるほか手はなかった。いたずらに時が流れていく。

ボルボの脇に一台のタクシーが停止したのは九時半ごろだった。

多門はタクシーの客を見た。杉浦だった。

タクシーが走り去ると、元刑事は飄然《ひょうぜん》とボルボの助手席に乗り込んできた。

「杉さん、何か手がかりを摑んでくれたようだな？」

「ああ、収穫はあったぜ。クマ、光岡篤志は見沢勝彦のひとり娘の沙霧《さぎり》と半年ぐらい前から親密な間柄だったよ」

「やっぱり、そうだったか」

多門はラジオのニュースで見沢の妻の死を知ったと話し、さらに自分の推測も語った。

「確かに光岡が見沢夫妻を殺《や》った疑いは濃いな。売れない役者は資産家のひとり娘と結婚して、妻が相続する遺産を自由に遣《つか》う気でいやがるんだろう。沙霧は二十五だよ」

「杉さん、光岡はでっかい借金をしてるのかい？」

「いや、光岡自身は別に借金はしょってねえな。けど、奈良県にある実家の建設会社が不渡り手形を出して、去年、倒産しちまったんだ」

「光岡は建設会社の倅《せがれ》だったのか」

「ああ。けど、ただの建設会社じゃねえ。光岡の父親は小さいながらも、博徒《ばくと》系の組を張ってるんだ。けどさ、会社が倒産した直後に心筋梗塞で倒れて、それ以来、寝たきりの生活してるみてえだな。三十人近くいた組員たちは次々に神戸の最大組織の下部団体に取り込まれて、いまや若い衆が七人残ってるだけらしいぜ」

「なかなか芽の出ねえ役者は父親の組を盛り返すために、見沢家の財産に目をつけたってことか」

「おそらく、そうなんだろう」

杉浦がそう言い、ハイライトをくわえた。

「夕方、二人のヤー公がおれに刃物を向けてきやがったんだ」

「そんなことがあったのか。そいつらは、光岡の親父の組の者にちがいねえよ」

「そうなんだろう。そいつらがボルボから、見沢をこっそり運び出したようだな。それはそうと、杉さん、光岡の潜伏先は？」

「残念ながら、そこまでは摑めなかったんだ。光岡が見沢の女房を厚木街道で車ごと焼き殺したんだったら、首都圏のどこかに身を潜《ひそ》めていそうだな」

「その可能性はありそうだね。謎なのは、杏奈が光岡と同じ日に姿をくらましたことなんだよ。光岡が見沢家の財産を狙ってるとしたら、杏奈は共犯者じゃねえはずだ。彼氏の光岡は杏奈を裏切って、見沢夫妻のひとり娘の沙霧と結婚することを目論《もくろ》んでるわけだからな」

「果たして杏奈という女がそこまで勘づいてるのかどうかは、ちょっとわからないな。仮に勘づいてたとしたら、光岡に言葉巧《たく》みに誘い出されて、杏奈はどこかで始末されちまったのかもしれねえぜ」

「いくら光岡が悪党でも、そこまではやらねえと思うがな」

多門は言いながらも、杏奈の安否が気がかりだった。欲得のために平然と見沢夫妻を殺害した冷血漢なら、邪魔になった昔の女も葬《ほうむ》りかねない。

「杏奈が光岡に誘い出されたんじゃないとしたら、探偵の真似事《まねごと》をしてるんじゃねえのかな？」

「杏奈が見沢殺しの犯人を光岡だと直感して、証拠集めをする気になったってことかい？」

「そういうことだ。どっちにしても、クマ、見沢沙霧に張りついてみろや。いつか沙霧は必ず光岡とどこかで接触するはずだ」

「だろうね。よし、沙霧に張りついてみよう」

多門は言って、懐を探った。杉浦に謝礼を払わなければならない。

5

見沢邸から真紅《しんく》のポルシェが出てきた。

多門はドライバーの顔を見た。沙霧だった。

見沢夫妻の合同告別式があった日の午後九時過ぎである。

多門はボルボのハンドルを握った。前髪を額いっぱいに垂らし、変装用の黒縁眼鏡《めがね》をかけていた。

沙霧の顔は、きのうの通夜のときに垣間《かいま》見ていた。知的な美人だ。色白で、ほっそりとしている。きのうもきょうも、光岡は見沢邸には近づかなかった。疚《やま》しさがあって、沙霧の両親の葬儀には顔を出せなかったのだろうか。

ポルシェは閑静な住宅街を抜けると、環八《かんぱち》通りに出た。

多門は一定の車間距離を保ちながら、沙霧の車を尾行した。ポルシェは十分ほど走り、瀬《せ》田《た》にあるドライブインの駐車場に滑り込んだ。

多門はポルシェから少し離れたカースペースにボルボを入れた。すぐにライトを消し、沙霧の動きを目で追う。

沙霧は慌《あわ》ただしく車を降り、ドライブインの中に消えた。高床式のドライブインの窓は嵌《は》め殺しのガラス張りだった。店内の様子がよく見える。

多門は窓際のテーブル席に視線を向けた。

中ほどの席で煙草を喫っている男は、紛《まぎ》れもなく光岡だった。光岡は沙霧に気づくと、片手を掲《かか》げた。

ほどなく沙霧が光岡と向かい合い、ウェイトレスに何かオーダーした。

ウェイトレスが下がると、光岡は人目も憚《はばか》らずに沙霧の片方の手を両手で包み込んだ。

相次いで父母を亡くした沙霧を慰めているのだろう。

多門は静かに車を降り、ドライブインの中に入った。

店内を迂回《うかい》して、光岡の真後ろの席に着いた。売れない俳優とは背中合わせになった。

多門はコーヒーを注文し、耳をそばだてた。

「告別式には来てくださると思ってたのよ」

沙霧が恨みがましく光岡に言った。

「ぼくだって、そうしたかったさ。しかし、きのうもきょうもネットシネマのロケがあって、どうしても抜けられなかったんだ。初七日の法要には必ず列席させてもらうよ」

「ぜひ、そうして。そのとき、親類の者たちにあなたを正式に婚約者として紹介したいの」

「何があっても、初七日の法要には出るよ。ところで、挙式のことなんだが、ご両親の納骨を済ませたら、すぐに……」

「もう少し時間をもらえないかしら？　父の事業の引き継ぎや遺産相続の手続きでいろいろ忙しくなるでしょ？」

「それだから、ぼくは結婚を急ぎたいんだ」

「どういうことなの？」

「きみの親父さんは二十社近い企業グループの総帥《そうすい》だったが、役員たちの中には若いきみがそっくり事業を引き継ぐことに反対する者も出てくると思うんだ」

「それは考えられるわね。わたしは若すぎるし、どのビジネスにも素人《しろうと》だから」

「女のきみひとりじゃ、いろんな面で軽く見られると思うんだ。下手したら、親父さんが膨《ふく》らませた約三百億の資産を親戚《しんせき》や役員たちに騙《だま》し取られる恐れもあるな。顧問弁護士だって、妙なことを考えるかもしれない」

「そんなふうに他人を疑いたくないわ」

「お嬢さんなんだな、きみは。世の中には、欲に目の眩《くら》んだ奴らが大勢いる。だから、ぼくは一日も早くきみと結婚して、見沢家の財産を守ってやりたいんだよ。そのためには役者をやめて、きみの手助けをしてもいいとさえ思ってる」

光岡が熱っぽく言った。

女たらしがきれいごとを並べやがる。光岡は沙霧から見沢が高血圧症だという話を聞いていて、いつか情事の最中に倒れるかもしれないと踏んで、室内用盗聴器を仕掛けたのだろう。善人ぶって、あくどい男だ。

多門は義憤を覚えた。すぐに立ち上がって、沙霧に光岡の腹黒さを教えてやりたい衝動に駆られた。

ちょうどそのとき、ウェイトレスが多門のテーブルにコーヒーを運んできた。多門は、気持ちを落ち着かせた。

「あなたがそこまで考えてくれてるとは思わなかったわ。とっても嬉しいし、心強い気持ちよ」

沙霧は感動したような口ぶりだった。

「なんだったら、見沢家の婿養子《むこようし》になってもかまわないんだ」

「わたし、そこまでは望んでいないわ。あなたは長男だし、男性が自分の姓を変えるのは、それ相当の覚悟がいると思うの」

「うん、まあね。しかし、ぼくは沙霧のためだったら、姓なんかどうだっていいと思ってるんだ」

「ありがとう。その気持ちだけで充分よ。結婚したら、わたしはあなたの姓を名乗るわ。その代わり、奥沢の家で一緒に暮らしてね」

「もちろん、そのつもりさ。とにかく、なるべく早く一緒になろう」

「ええ、そうしたいわ。わたし、そろそろ家に戻らなければ。まだ親類の者が何人かいるの」

「それじゃ、ぼくも一緒に出るよ」

光岡が伝票を抓《つま》んで立ち上がる気配がした。沙霧も腰を浮かせたようだ。

多門はコーヒーを啜《すす》って、時間を稼いだ。

光岡たち二人が店を出た。沙霧が光岡に手を振り、ポルシェに乗り込んだ。

ポルシェが走り去ると、光岡は暗緑色のジープ・コンパスの運転席に入った。

多門はそこまで見届け、レジに急いだ。勘定を済ませ、ドライブインの階段を駆け降りる。

光岡の運転する四輪駆動車は早くも車道に達していた。

多門はボルボに走り寄り、せっかちに発進させた。ジープ・コンパスは用賀《ようが》から東名《とうめい》高速道路に入った。光岡は、これまで奈良県の実家に身を潜《ひそ》めていたのか。

多門は慎重に光岡の車を尾行しつづけた。

ジープ・コンパスは秦野中井《はだのなかい》IC《インターチェンジ》で降り、二宮町《にのみやまち》方面に向かった。二宮町から西湘《せいしょう》バイパス、真鶴《まなづる》道路と進んだ。

光岡の隠《かく》れ家《が》は、伊豆《いず》あたりにあるようだ。

多門は、そう思った。

ジープ・コンパスは真鶴駅の数キロ手前で左折し、岬の突端に向かった。貴船《きふね》神社の前を通り抜け、お林展望公園の横から脇道に入った。

光岡は尾行されていることに気づいて、自分を人気《ひとけ》のない場所に誘い込もうとしているのかもしれない。

多門は気持ちを引き締めながら、追尾しつづけた。

暗緑色の四輪駆動車は七、八百メートル進むと、別荘風の建物の前に停まった。

白いコテージは湯河原《ゆがわら》側に建っていた。周《まわ》りは雑木林で、民家は一軒も見当たらない。貸別荘なのか。

光岡がジープ・コンパスから降り、コテージのポーチに足を向けた。

ポーチライトは灯《とも》っていた。先夜の二人組は光岡のガードを務めているのかもしれない。

多門はボルボを五十メートルほどバックさせ、ライトを消した。

エンジンも静止させ、煙草を一本吹かす。それから、黒縁眼鏡を外した。

多門は車を降り、白いコテージに向かった。

いくらか風があった。葉擦《はず》れの音がし、かすかな潮騒《しおさい》も聞こえる。

多門は足音を殺しながら、白い建物の裏に回り込んだ。

テラスに上がり、白いレースのカーテン越しに居間を覗き込む。電灯は点いていたが、人の姿はない。

横に移動し、隣室の様子をうかがった。次の瞬間、多門は叫びそうになった。

ウインザー調のベッドの四本の支柱に全裸の杏奈がロープで仰向けに括《くく》りつけられていた。

その近くには、西洋剃刀《かみそり》を手にした光岡が立っている。

「わたしを殺す気なのねっ」

杏奈が大声を張り上げた。

「ああ、この剃刀で喉を掻《か》っ切ってやる!」

「なんでもっと早く殺さなかったのよ?」

「おまえの肉体《ボディー》に執着心があったからさ。しかし、いつまでも生かしておくわけにはいかない。おまえは、おれの秘密を知ってしまったからな。なぜ、おれが犯人だとわかったんだ?」

「盗聴器を仕掛けたのは、あんただと直感したからよ。一カ月ぐらい前に、あんたの上着のポケットに盗聴器のカタログが入ってるのをたまたま見てしまったの」

「そうだったのか」

「あんたが父親の子分たちの手を借りて見沢のパパと奥さんを殺したことは、誰にも言わないわ。だから、殺さないで！」

「まだ死にたくないだろうが、杏奈、諦《あきら》めてくれ。それにしても、おまえは本当にいい体してるな。惜しいよ」

光岡がベッドに浅く腰かけ、寝かせた西洋剃刀を杏奈の乳房に滑らせた。そうしながら、もう一方の手で杏奈の性器を弄《もてあそ》びはじめた。

「やめて、もうやめてちょうだい」

杏奈が弱々しく抗議した。

「最後のセックスを娯《たの》しみながら、おまえの喉を掻っ切ってもいいな」

「変態！　殺《や》るなら、早く殺りなさいよっ」

「開き直ったか」

「あんたは、ばかだわ。見沢のパパのひとり娘と結婚できると思ってるんだろうけど、沙霧さんは知ってるのよ」

「何を知ってるっていうんだ」

「見沢のパパを殺したのがあんただってことをよ。わたし、あんたが犯人だって確信してから、沙霧さんに電話で教えてやったの」

「嘘だろ!?」

光岡が素《す》っ頓狂《とんきょう》な声をあげ、弾かれたように立ち上がった。

「嘘じゃないわ。彼女、最初はわたしの言葉を信じてないようだったけど、そのうち……」

「いい加減なことを言うな。おれは今夜沙霧に会って、彼女の気持ちを確かめたんだ。沙霧は、おれとの結婚を望んでる」

「そう思ってればいいわ」

「おれは、おまえの嘘になんか引っかからないぞ。見沢を殺《や》った翌日には、おまえをここに監禁したんだ。おれが出かけるときは、親父の組の若い奴らにおまえを見張らせてた。おまえが沙霧に電話できるわけないっ」

「見張りの二人と一度ずつ寝てあげたのよ。そしたら、どっちもあんたがいない間、わたしの言いなりだったわ。手足は縛られなかったし、あんたが見沢夫妻を殺したことまで教えてくれた。あんたは沙霧さんと結婚したら、見沢家の財産でお父さんの組を盛り返す気でいるんだってね? わたしにさんざん貢《みつ》がせといて、沙霧さんに乗り換えるなんて虫がよすぎるわ。それに、わたしをパパ殺しの犯人に見せかけようとしたことも赦《ゆる》せなかった。だから、わたし、彼女に匿名《とくめい》電話をかけたのよ」

杏奈が涙声で言い募《つの》った。

光岡が西洋剃刀を握り直し、杏奈に迫った。

多門はテラスにあった鉄製の白いガーデンチェアを掴み上げ、居間のサッシ戸に投げつけた。ガラスが砕けた。

「そこにいるのは誰だっ」

光岡が怒声を放ちながら、居間に走り入った。多門はテラスにうずくまった。

破れたガラス戸が開けられ、光岡がテラスに飛び出してきた。

そのとき、重い銃声が夜気《やき》を震わせた。

顔面に散弾をまともに浴びせられた光岡は、居間のソファまで弾き飛ばされた。仰向けに倒れたまま、石のように動かない。即死だったのだろう。

多門は立ち上がった。

散弾銃《ショットガン》を抱えて逃げていく沙霧の後ろ姿が見えた。ドライブインで見かけたときと同じ服装だった。

沙霧はポルシェで自宅に戻る振りをして、多門と同様に東京からジープ・コンパスを追ってきたにちがいない。

彼女の犯行は見なかったことにしてやろう。多門は土足で居間に入り、寝室に飛び込んだ。

「多門さんがなぜ、ここに!?」

杏奈が目を丸くした。

「もう秋なんだ。そんな恰好《かっこう》してたら、風邪ひくぜ」

「さっきの銃声は？　光岡が撃たれたんでしょ？」

「話は後だ」

多門はベッドに歩み寄り、杏奈の縛《いまし》めを解きはじめた。

ほとんど同時に、杏奈が嗚咽《おえつ》の声を洩らした。

第五話　破滅の連鎖

1

インターフォンが鳴った。

部屋のドアも叩かれた。何かのセールスではなさそうだ。三月上旬のある日の夕方だった。

多門剛は箸《はし》を置いた。

出前のカツ丼を掻《か》き込んでいる途中だった。代官山《だいかんやま》にある自宅マンションだ。間取りは1DKである。

「クマさん、早くドアを開けて！」

ドア越しに、切迫《せっぱく》した叫びが聞こえた。チコの声だった。旧知のニューハーフである。

多門は反射的に椅子から巨身を浮かせた。全身の筋肉は瘤《こぶ》のように盛り上がり、体毛が濃い。羆《ひぐま》のような体型だった。

多門は玄関に走った。

ドアを開けると、カナリアンイエローのミニドレスを着たチコがうずくまっていた。口の周《まわ》りは血塗《まみ》れだった。鼻血だろう。

チコは新宿歌舞伎町《しんじゆくかぶきちよう》のニューハーフクラブ『孔雀《くじやく》』のナンバーワンだ。元暴走族だが、いまは女にしか見えない。闇の性転換手術を受け、胸を大きく膨《ふく》らませている。まだ二十代だった。二十六歳だったか。もう二十七歳になったのかもしれない。

「チコ、何があったんだ？」

多門は訊いた。

「このマンションの前でタクシーを降りたら、いきなり二人組の男が襲いかかってきたのよ」

「どんな奴らだった？」

「ヤー公じゃないと思うけど、二人とも荒っぽい感じだったわね。あたし、お股に蹴りを入れられて、パンチを二発も浴びせられちゃったの。あいつら、まだマンションの前にいるんじゃないかしら？」

チコは不安顔だった。

多門はチコを自分の部屋に引き入れ、すぐさまエレベーターで一階に降りた。エントランスロビーに人影はない。

多門は表に走り出た。

左右を見回す。怪しい二人組の姿は見当たらなかった。どうやら逃げ去ったらしい。

多門は自分の部屋に舞い戻った。チコはダイニングテーブルに向かって化粧中だった。口《くち》許《もと》の血は、きれいに拭《ぬぐ》われていた。

「おめえを襲った奴らは、どこにもいなかったぜ」

「そう。逃げ足の速い奴らね」

「チコ、何か心当たりがあるんじゃねえのか。話してみな」

多門はチコと向かい合う位置に腰かけ、煙草《たばこ》をくわえた。愛煙しているロングピースだ。

「あいつらの正体まではわからないけど、あたしの上客をマークしてることは間違いないわね。二人組は、イーさんの居所《いどころ》を教えろって何度も言ったのよ」

「イーさん?」

「そう。あたしに入れ揚《あ》げてくれてる伊勢洋一《いせよういち》のこと。イーさんはね、『風評《ふうひよう》』ってスキャンダル雑誌の発行人なの」

「要するに、ブラックジャーナリストだな?」

「ま、そんなとこね。だけど、彼、あたしにはとっても優しいの」

「そうかい」

「あっ、誤解しないで。別にあたし、イーさんに惚《ほ》れてるわけじゃないのよ。だけど、お金をたくさん遣《つか》ってくれるから、大事にしないとね。太客《ふときゃく》だもの。あたしが好きなのは、クマさんだけ。それだけは信じてね」

チコがそう言い、流し目をくれた。

「元男《もとおとこ》に好かれたって、ちっとも嬉しかねえよ。それより、その伊勢って野郎は何をやらかしたんだ？」

「何か危《ヤバ》いことをしたみたいね。イーさんに頼まれて、あたし、三日ほど鍵の掛かったアタッシェケースを預かったことがあるの」

「中身は札束か？」

多門は言いながら、短くなった煙草の火を揉み消した。

「ううん、中身は株券だって言ってたわ。イーさんはそのアタッシェケースをあたしのマンションに取りに来た後、行方《ゆくえ》がわからなくなっちゃったの。きょうで、もう十日目よ」

「しばらく潜伏する気なんだろう」

「かもしれないわね。あたし、一時間ぐらい前に赤坂《あかさか》にあるイーさんの事務所兼自宅に行ってみたの。そうしたら、ドアの錠がぶっ壊《こわ》されてて、部屋の中がめちゃくちゃに荒されてた。きっと逃げた二人組が物色《ぶっしょく》したのよ」

「そいつらに、チコは尾行されてたんだろう」

「ええ、そうにちがいないわ。あたし、このままじゃ癪《しゃく》だわ。クマさん、あの二人組の正体を突きとめて、少し痛めつけてくれない？」

チコが言った。

多門は即座に快諾《かいだく》した。事件の真相を探れば、まとまった金が転がり込むと踏んだからだ。

チコが問わず語りに伊勢の経歴を喋《しゃべ》りはじめた。

三十九歳の伊勢は有名私大の商学部を卒業すると、大手証券会社に就職した。五年後に上司ら十数人と投資顧問会社を設立したが、わずか二年足らずで倒産してしまった。

その後、伊勢は大物総会屋から資金援助を受け、スキャンダル雑誌の発行人になったという話だった。まだ独身らしい。

「チコ、伊勢の交友関係や身内のことをできるだけ調べてくれ」

「わかったわ。それはそうと、クマさん、これから同伴出勤してくれない？　最近、お店の売上がよくないんで、早苗《さなえ》ママ、同伴出勤して欲しいなんて言い出したのよ」

「早苗ママじゃなくて、早苗パパだろうが。歌舞伎の元女形《もとおやま》は、まだ袋をぶら下げてんだからな」

「クマさんったら、表現が露骨すぎるわ。あたし、赤くなっちゃう」

チコが両手で頬を軽く押さえた。真紅《しんく》のマニキュアが毒々しい。

「恥ずかしがるタマかよ。おれは同伴出勤にゃつき合えねえぜ。ほかの誰かを誘うんだな」

「冷たいのね」

「まだ飯の途中なんだ。用が済んだら、帰ってくれ」

多門は促《うなが》した。

チコが首を竦《すく》め、椅子から立ち上がった。多門は見送らなかった。チコが出ていくと、食べかけのカツ丼を胃袋に収めた。それから、夕刊に目を通した。

卓上のスマートフォンが着信音を発したのは午後七時過ぎだった。

すぐに多門は、スマートフォンを耳に当てた。すると、一年ほど前に別れた女友達の声が流れてきた。横尾聡美《よこおさとみ》という名で、二十六歳だった。

「聡美ちゃん、新婚生活はどうだい？　そっちが田舎で見合い結婚したときはショックだったが、そのほうがハッピーになれるからな」

「夫とは先月、別れちゃったの」

「ほんとかい!?　また、どうして？」

「姑《しゅうとめ》との折り合いが悪かったの。主人が自分の母親の肩ばかり持つんで、わたし……」

「そんな旦那とは別れたほうがよかったんだよ。それにしても、辛《つら》い思いをしたな」

「早く忘れたいわ。実はわたし、いま東京に来てるの。気晴らしに、こっちの空気を吸いに来たのよ」

「だったら、会いてえな」

「わたしもよ。夕方、西新宿の京陽《けいよう》プラザホテルにチェックインしたの」

「部屋は？」

「二一〇五号室なんだけど」

「わかった。これから、ホテルに行くよ」

多門は電話を切ると、手早く身繕《みづくろ》いをした。

慌《あわ》ただしく部屋を出て、地下駐車場に急ぐ。多門はボルボXC40に乗り込み、エンジンを始動させた。

目的の高層ホテルに着いたのは、およそ三十分後だった。

部屋に入ると、聡美が多門の胸に飛び込んできた。色気のある美女だ。

多門は聡美をきつく抱きしめ、豊かな髪に頬擦《ほおず》りした。懐《なつ》かしい匂いが鼻腔に充《み》ちた。

「キスして」

聡美が爪先《つまさき》立って、軽く瞼《まぶた》を閉じた。多門は背を大きく丸め、顔を傾けた。

二人は互いに唇をついばみ合ってから、舌を深く絡《から》めた。ひとしきりディープキスを交《か》わす。

「結婚なんかするんじゃなかったわ」

顔が離れたとき、聡美が哀しげに呟《つぶや》いた。

「まだ若いんだ。いくらでも、やり直しが利《き》くさ」

「また、クマさんの彼女になりたいな」

「おれは大歓迎だよ。聡美ちゃんに未練たっぷりだったからな」

「それが本当なら、とっても嬉しいわ。クマさん、昔のように情熱的にわたしを抱いて」

「その言葉を待ってたんだ」

多門は両腕で聡美を水平に抱え上げ、そのままベッドに歩み寄った。聡美をベッドに仰向けに寝かせ、穏《おだ》やかに衣服とランジェリーを脱がせた。

白い裸身が眩《まばゆ》い。聡美の体は一年前と少しも変わっていなかった。

多門は大急ぎで素っ裸になり、聡美と胸を重ねた。肌の温《ぬく》もりが優しい。

二人は改めて唇を重ねた。

多門は、聡美の性感帯を熟知していた。唇を貪《むさぼ》りながら、柔肌に指を滑らせる。早くも乳首は硬く張りつめていた。官能を煽《あお》ると、たちまち聡美は反応した。喉の奥でなまめかしく呻《うめ》き、裸身をくねらせた。

多門は口唇を聡美の項《うなじ》に移すと、椀《わん》形の乳房を交互にまさぐった。まるでラバーボールだ。弾みが強い。沈んだ指は、すぐに跳《は》ね返された。

聡美が喘《あえ》ぎはじめた。閉じた瞼の陰影が濃い。歪《ゆが》んだ細い眉が男の欲情を掻き立てる。

多門は愛らしい蕾《つぼみ》を口に含んだ。

その瞬間、聡美が甘やかに呻いた。背も反《そ》らした。

多門は舌の先で乳首を転がしながら、聡美のなだらかな下腹や腰の曲線を指先でなぞった。内腿《うちもも》も撫《な》で、黒い飾り毛を五指で梳《す》く。絹糸のような手触りだった。短冊《たんざく》の形に生えていた。

「クマさんに触れたいわ」

聡美が上擦《うわず》った声でせがんだ。

多門は幾分、腰を浮かせた。聡美が片腕を伸ばしてきた。

握られた。聡美の掌《てのひら》の中で、欲望が息吹《いぶ》いた。股間が熱を孕《はら》んだ。

多門は、聡美の秘めやかな場所に指を進めた。

縦筋は火照《ほて》っていた。小さく笑《え》み割れている合わせ目を下から大きく捌《さば》くと、どっと蜜液があふれた。

夥《おびただ》しい量だった。別れた夫とは、もう何カ月も前からセックスレスだったのだろう。

多門は熱い潤《うる》みを亀裂全体に塗り拡《ひろ》げ、尖《とが》った肉の芽を集中的に慈《いつく》しんだ。

いくらも経たないうちに、聡美は呆気《あっけ》なく最初の極《きわ》みに駆け昇った。

淫《みだ》らな唸《うな》り声は長く尾を曳《ひ》いた。聡美は悦《よろこ》びの声を洩《も》らしながら、断続的に体を硬直させた。

多門は愛撫の手を休めた。

少し経つと、聡美の震えが熄《や》んだ。二人はごく自然に性器を舐め合う姿勢をとり、舌を乱舞させはじめた。

聡美の舌技は巧《たく》みだった。多門は猛々しく昂《たか》まった。負けじと舌を使う。

何分か経過すると、またもや聡美はアクメに達した。内奥《ないおう》に潜らせた舌に緊縮感が伝わってきた。聡美は魚のように腰をくねらせた。

「おれ、体さ、繫ぎたくなっだ。聡美ちゃん、いいべ？」

多門は言いながら、ゆっくりと身を起こした。

聡美が心得顔で背中をシーツに密着させた。上気した顔は桜色だった。

多門は聡美の両膝を割り、肥大したペニスを徐々に沈めた。
六、七度浅く突き、一気に奥まで分け入った。得意なリズムパターンだ。焦《じ》らしのテクニックである。深く埋め込むたびに、聡美は淫蕩《いんとう》な声を撒《ま》き散らした。

多門は突くだけではなかった。腰に捻《ひね》りも加えた。結合部の湿った音が煽情的《せんじようてき》だ。

やがて、聡美は三度目のエクスタシーを味わった。すぐに啜り泣くような声を洩らしはじめた。

多門は聡美の乱れようを眺めながら、一段と律動を速めた。

ほどなく背筋が立ち、痺《しび》れを伴った快感が疾駆《しつく》した。次の瞬間、勢いよく爆《は》ぜた。多門は一瞬、気が遠くなった。

二人は余韻《よいん》を全身で汲《く》み取ってから、静かに結合を解いた。

聡美は生まれたままの姿で、浴室に向かった。

多門は腹這いになって、ロングピースに火を点《つ》けた。いつもながら、情事の後の一服は格別にうまい。煙草を喫い終えると、多門は遠隔操作器《リモート・コントローラー》を使ってテレビのスイッチを入れた。ちょうどニュースの時間だった。

国会関係のニュースが終わると、殺人事件が報じられはじめた。相模湖《さがみこ》畔の林で射殺された被害者は、なんと伊勢洋一だった。

何か手がかりが得られるかもしれない。

多門は画面を凝視《ぎようし》した。

2

約束の午後六時はとうに過ぎていた。

多門は人波を掻き分けながら、歌舞伎町に急いでいた。名古屋《なごや》に帰る聡美を東京駅まで車で送り、新宿に戻ってきたのである。

昨夜は結局、京陽プラザホテルに泊まることになってしまった。きょうは正午過ぎから聡美のショッピングにつき合い、彼女と一緒にハリウッド映画を観《み》た。

慌《あわ》ただしいデートだったが、それなりに愉《たの》しかった。聡美はいったん名古屋の実家に戻り、いずれ東京に出てくると言っていた。

多門は、もちろん賛成した。ベッドを共にしてくれる女友達は十人以上いるが、ひとりでも数は多いほうがいい。

ほどなく待ち合わせの喫茶店に着いた。

多門は店内に駆け込んだ。元刑事の杉浦将太は隅の席で、所在なげに紫煙をくゆらせていた。

多門は今朝早く杉浦に電話で、伊勢の事件に関する情報集めを頼んであった。

「クマ、遅《おせ》えじゃねえか。また、どうせどこかの性悪《しょうわる》女に引っかかってたんだろうが」

杉浦が明るく厭味《いやみ》を言いながら、短くなったハイライトの火を灰皿の底に捩《ねじ》りつけた。

「杉《すぎ》さん、この世に悪女なんていねえんだよ。悪いことをさせてるのは、周囲にいる野郎どもなんだ」

「相変わらず、甘《あめ》えことを言ってやがる。もう数えきれないほど女たちに煮え湯を呑まされてきただろうが」

「まあね。けど、おれは誰も恨んじゃいない。結果的におれを騙《だま》した女たちも、ある意味では揃《そろ》って被害者でもあるわけだからさ」

「懲《こ》りねえ奴だ。話になんねえな。それより突っ立ってねえで、早く坐れや。大男が目の前に立ってやがると、うっとうしいんだよ」

「口が悪いな」

多門は苦笑し、杉浦と向かい合った。

待つほどもなくウェイトレスが水を運んできた。多門はブレンドコーヒーを頼んだ。

ウェイトレスが遠ざかると、杉浦が声を低めた。

「相模中央署に行ってきたぜ。神奈川県警の捜一《そういち》にいる知り合いが捜査本部《チョウバ》のメンバーになってたんで、調査は楽だったよ」

「それじゃ、さっそく報告してもらおうか」

「ああ。司法解剖の結果、被害者《マルガイ》は湖畔の林の中で背後から頭部と背中を撃たれたことがわかった。凶器はコルト・コマンダーと判明した。犯行時刻は昨夜七時前後だ。近所の住民が二発の銃声を聞いてる。しかし、犯行の瞬間は誰も見てない」

「そう。殺された伊勢洋一は、湖畔の林の中で誰かと会うことになってたんじゃねえのかな？」

「おそらく、犯人と落ち合うことになってたんだろう。クマ、伊勢には恐喝の前科《マエ》があったぜ。三年前だが、一年数カ月の実刑を喰《く》らってる」

「やっぱり、伊勢の素顔は恐喝屋だったか」

多門は言って、すぐに口を噤《つぐ》んだ。ウェイトレスがコーヒーを運んできたからだ。

会話が途絶《とだ》えた。ウェイトレスが下がると、杉浦が先に口を開いた。

「伊勢はこの十日間、池袋《いけぶくろ》のリースマンションに泊まってたらしい。誰かを強請《ゆす》ろうとして、命を狙われることになったんだろう」

「ああ、考えられるね。チコの話によると、スキャンダル雑誌のスポンサーは大物総会屋らしいんだが……」

「その大物総会屋は小糸恭太郎《こいときょうたろう》だよ。小糸は伊勢に資金援助をしてたことは認めてるそうだが、事業そのものにはまったくタッチしてないと供述してるらしい」

「そんなわけはねえと思うがな」

多門はコーヒーをひと口飲んだ。

「おれも、そう思うよ。それはそうと、捜査当局は伊勢が半年以上も前から産業廃棄物処分場建設を巡る紛争を熱心に調査してたという事実を摑《つか》んでたぜ」

「そう」

「それから、伊勢は『大地の子クラブ』という自然保護団体の事務局長をやってる細島賢次《ほそじまけんじ》という男とちょくちょく会ってたらしいんだ」

「まさかブラックジャーナリストが急に環境保護の市民運動に加わる気になったとは思えないな。おおかた伊勢は細島という事務局長に接近して、産廃業者の弱みでも探ってたんだろう」

「ああ、多分な。細島の本業は学習塾の経営なんだが、もっぱら『大地の子クラブ』の仕事をしてるって話だった。四十二歳だってさ。一応、細島の自宅と『大地の子クラブ』の所在地をメモっといたよ」

杉浦が上着のポケットから二つ折りにした紙切れを抓《つま》み出した。

多門はメモを受け取り、杉浦に十万円をテーブルの下で渡した。調査の謝礼だった。

「クマ、伊勢を殺った奴《やつ》から口止め料をせしめる気なんだろ？　取り分を折半にしてくれりゃ、助《す》けてやってもいいぜ」

「いま、金にゃ不自由してないんだ。おれはチコをぶっ飛ばした二人組を少し痛めつけてやろうと思ってるだけさ」

「そうかい」

杉浦が妙な笑い方をした。

「おれの言葉を信じてないな、杉さんは」

「まあな。でも、好きなようにやれや」

「おれを強請屋《ゆすりや》扱いする気か。まいったね」

多門は曖昧《あいまい》に笑って、コーヒーを一気に飲み干した。

それから間もなく、二人は喫茶店を出た。杉浦は馴染《なじ》みの居酒屋に足を向けた。多門は裏通りをたどって、西武《せいぶ》新宿駅近くの立体駐車場に急いだ。

ボルボを路上に出してから、代々木《よよぎ》にある『大地の子クラブ』に電話をかけた。事務局長の細島は二日あまり前に市民運動から手を引き、学習塾の経営に専念しているという。

いったい何があったのか。

多門は、細島の自宅を訪ねることにした。車を笹塚《ささづか》に走らせる。細島の自宅と学習塾は、同じ賃貸マンション内にあった。

一階の学習塾は電灯が点いていなかった。多門はエレベーターで七階に上がった。細島の自宅は七〇五号室だった。

部屋のインターフォンを鳴らすと、四十二歳の細身の男が現われた。

多門は伊勢洋一の友人と偽《いつわ》り、相手に確かめた。

「おたく、細島賢次さんだよね？」

「ええ、そうです」

「おたくなら、伊勢が誰に殺《や》られたのか見当がつくんじゃないかと思ってさ」

「伊勢さんが射殺されたことは新聞で知りましたけど、犯人の見当なんかつきませんよ」

「おたく、伊勢とよく会ってたよな。あいつに、どんな情報を流してたんだい？」

「わたし、疚《やま》しいことなんか何もしてませんよ。申し訳ないけど、これから外出するんです。失礼します」

細島が一方的に言って、玄関のドアを閉めてしまった。すぐにシリンダー錠が倒された。

多門はインターフォンを押した。だが、応答はなかった。

少し張り込んでみることにした。多門はマンションを出て、路上に駐《と》めたボルボに乗り込んだ。

十分ほど待つと、マンションの玄関から細島が走り出てきた。背広姿だった。

細島は表通りに向かって、大股で歩きだした。

多門は車を発進させ、低速で細島を追尾しはじめた。細島は表通りに出ると、タクシーを拾った。

多門は一定の車間距離を保ちながら、タクシーを追った。タクシーが停まったのは、六本木《ろっぽん》五丁目《ぎ》にある飲食店ビルの前だった。細島がタクシーを降り、飲食店ビルの中に消えた。

多門はボルボを路肩《ろかた》に駐め、細島の後を追った。

エレベーターホールは、すでに無人だった。多門は階数表示盤を見上げた。ちょうどそのとき、ランプは五階で停止した。

細島の行きつけのバーか、クラブが五階にあるのだろう。

多門はエレベーターで五階に上がった。飲食店が連《つら》なっているが、どこも間口《まぐち》は狭かった。いちいちドアを開けるわけにはいかない。

多門は非常口のそばにたたずみ、細島が姿を見せるのを辛抱《しんぼう》強く待ちつづけた。

白人ホステスばかりを揃えた高級クラブから細島が出てきたのは、十時半ごろだった。ひとりではない。栗毛の白人女性と一緒だった。

お気に入りのホステスなのだろう。二十三、四歳で、瞳はスチールブルーだった。そこそこの美人だ。プロポーションも悪くない。

二人が函《ケージ》に乗り込んだ。

多門は函《ケージ》の扉《とびら》が閉まる寸前に同じエレベーターに飛び乗った。細島が多門に気づき、驚きの声を洩らした。

多門は薄く笑ったきりで、わざと声はかけなかった。エレベーターが一階に停止した。

細島が白人女性と別れの挨拶《あいさつ》を交わすと、急ぎ足で飲食店ビルを出た。多門も足を速めた。

細島は脇道に入ると、急に走りはじめた。

多門は助走をつけ、細島の背に飛び蹴りを見舞った。細島は前のめりに倒れてから、横に転がった。

多門は細島を摑み起こし、暗がりに引きずり込んだ。

「だいぶ羽振《はぶ》りがいいな。伊勢にどんな情報を売りつけたんだい？」

「伊勢君からは一円も貰《もら》ってない」

「おたくがやってる学習塾、あまり流行《はや》ってねえみたいだな。なのに、よく白人ホステスのいるクラブに通えるな」

「貯金を取り崩して、マギーに会いに行ってるんだ」

「さっきの栗毛の女のことか？」

「そう。わたしは、オーストラリア出身のマギーにぞっこんなんだ。彼女に会いたい一心で、かなり無理をして通ってるんだよ」

細島が言いながら、全身でもがいた。

多門は細島の足を払い、三十センチの靴で相手の脇腹を蹴った。細島が手脚を縮め、長く唸った。

「ほんとのことを言わねえと、蹴り殺すぞ」

多門は大声で威《おど》した。

細島が竦《すく》み上がり、伊勢にある情報を五百万円で売ったことを吐いた。その情報は福島《ふくしま》県下で最大の産廃業者が処分場建設予定地の町長たちに多額の裏金を渡し、建設反対運動の切り崩しを図《はか》った事実だった。

多門は詳しい話を聞き終えると、細島に背を向けた。

3

宇都宮《うつのみや》ＩＣ《インター・チェンジ》を通過した。

多門は高速でボルボを走らせていた。東北自動車道の上り車線だ。午後三時を少し回っていた。

福島県の産廃業者を訪ねた帰りだった。きのう細島が話していたことは嘘ではなかった。しかし、伊勢が産廃業者に揺さぶりをかけた事実はなかった。

六十歳過ぎの産廃会社の代表取締役は、すっかり怯《おび》えていた。苦し紛《まぎ》れに言い逃れを口にしたとは思えなかった。

多門は相手が差し出した三百万円の〝お車代〟をレザージャケットのポケットに捩《ねじ》込み、産廃会社を後にした。

徒労感が濃い。

射殺された伊勢は、スポンサーの大物経済マフィアとトラブルを起こしていたのか。杉浦から聞いた話によると、小糸恭太郎は伊勢の事件には関わっていないと供述しているらしい。

大物経済マフィアが嘘をついた可能性もある。小糸は、伊勢が誰かから脅し取ったと思われる株券を横奪《ど》りする気になったのか。

そうだとしたら、伊勢を始末させたのは大物経済マフィアだろう。チコを痛めつけた二人組は、小糸の手下ということになる。

東京に戻ったら、小糸恭太郎をマークしてみるか。

多門はそう考えながら、さらに加速した。

上り車線は空いていた。東京まで百二十キロほどあるが、四時半前後には着くだろう。

スマートフォンが鳴ったのは久喜《くき》ICに差しかかったころだった。発信者はチコだ。

「連絡が遅くなっちゃって、ごめんね。きょうイーさんの葬儀が無事に終わったんだけど、故人の身内や知人に接触するチャンスがなかったのよ」

「そうかい。こっちも収穫は無しだ」

多門は経過を手短に話した。

「クマさん、落ち込まないで。イーさんのアタッシェケースのある場所がわかったの」

「どこにあったんだ？」

「イーさんの妹の真咲《まさき》さんが預かってたのよ。でも、彼女、中身が何か危《ヤバ》い物かもしれないと思ったんで、警察の人には何も言わなかったんだって」

「伊勢の妹は、いま、どこにいるんだ？」

「少し前に赤羽《あかばね》の自宅マンションに戻ったとこよ。あたし、伊勢真咲をセレモニー・ホールから尾行して、彼女の住まいを突きとめたの」

チコがそう言い、マンションの所在地を詳しく告げた。

「伊勢の遺骨は、妹の部屋にあるのか？」

「ううん、骨は横浜《よこはま》の実家にあるそうよ」

「そうか。伊勢の妹は独身なのか？」

「ええ、そうよ。自分で小さなデザイン会社をやってるって言ってたわ。クマさん、イーさんの友達になりすまして、例のアタッシェケースの中身を検《しら》べてみたら？　中身がわかれば、イーさんを殺《や》った奴の見当がつくんじゃない？」

「そうだな」

「あたしもつき合いたいとこだけど、今夜はお店を休むわけにはいかないの。そろそろ美容院に行かなくちゃ」

「後は、おれがうまくやらあ」

多門は通話を切り上げ、さらに車のスピードを上げた。

伊勢真咲の住むマンションを探し当てたのは五時前だった。多門は車をマンションの前に駐め、四〇六号室に向かった。

インターフォンを鳴らすと、スピーカーから女の沈んだ声が響いてきた。

「どちらさまでしょう？」

「伊勢洋一さんの友人です。あなたは、妹の真咲さんですね？」

「そうです」

「わたし、中村一郎《なかむらいちろう》と言います」

多門はありふれた姓名を騙《かた》って、すぐに言い継いだ。

「あなた、お兄さんから黒いアタッシェケースを預かってますよね？」

「は、はい。どうして、そのことをご存じなんです？」

「故人から聞いてたんです。それから伊勢君は、自分に万が一のことがあったら、アタッシエケースを抉《こ》じ開《あ》けてもいいと言ってました」

「そうなんですか。いま、ドアを開けます」

真咲の声が途切れた。相手が多門の作り話を疑っている様子はうかがえなかった。

部屋のドアが開けられた。

伊勢の妹は個性的な美人だった。三十一、二歳だろうか。泣き腫《は》らした目が痛々しい。

「このたびは突然のことで……」

多門は型通りに悔《く》やみの挨拶をした。真咲が深々と頭を下げた。

1LDKの部屋だった。多門はリビングに通された。ソファに腰かけると、真咲が奥の部屋から黒いアタッシェケースを持ち出してきた。

多門は部屋の主《あるじ》からペンチとドライバーを借り、アタッシェケースの錠を壊した。

『豊光《ほうこう》不動産』のデジタル株証書がちょうど一千万円分と額面五千万円の小切手が収まっていた。小切手の振出人は、『豊光不動産』の尾花佳久《おばなよしひさ》社長だった。

『豊光不動産』は準大手のディベロッパーだが、リゾート開発事業でしくじり、赤字経営をつづけているはずだ。それでも五十二歳の尾花社長は強気の姿勢を崩さず、経営誌やテレビで大風呂敷を広げている。

面識はなかったが、多門はマスメディアを通じて尾花の顔を知っていた。いかにも野心家といった風貌である。

「兄は、なぜ『豊光不動産』のデジタル株証書を一千万円も持ってたのかしら？　小切手の分を併《あわ》せると、総額で六千万の大金になりますよね？」

「株価はだいぶ下がってるだろうが、小切手の額面は変わらない。少なく見積もっても、伊勢君は五千四、五百万円の財産をアタッシェケースの中に隠し持ってたわけだ」

「兄は何か悪いことをしてたんでしょ？　だから、撃ち殺されることになったのね」

真咲が涙ぐみ、下を向いた。

「伊勢君から『豊光不動産』に関する話を聞いたことは？」

「一度もありません」

「尾花社長については、どうかな？」

「それもありません」

「そう」

「中村さん、わたし、どうしたらいいんでしょう？　このデジタル株証書と小切手のことを警察の人に話してしまったら、兄の名誉が……」

「わざわざ警察に教えることはないと思うな。それに、まだ伊勢君が非合法な手段で株券と小切手を入手したと決まったわけじゃない」

「それは、そうですけど」

「しばらく真咲さんが預かったら、どうなんです？」

「わけのわからない株券や小切手を預かるのは、わたし、困ります。中村さん、預かっていただけませんか？」

「それはかまわないが、いいのかな？」

「ええ、わたしのほうはかまいません。あなたがデジタル株証書や小切手をどう扱っても、わたし、文句は言いません。ですから、アタッシェケースごと持っていってください」

「欲がないんだなあ」

「トラブルの因《もと》になるようなお金なんか欲しくありません」

「そういうことなら、こっちが預かろう。一応、預かり証を書きましょう」

「いいえ、いりません。保管に困ったら、適当に処分しちゃってください」

「わかりました」

多門はアタッシェケースの蓋《ふた》を閉めた。

「あなたは犯人捜しをされるおつもりなんですね？」

「そのつもりです。といっても、どこまでやれるかわかりませんがね」

「中村さんのお気持ちは嬉しいけど、無茶はしないでください。兄は何かダーティーなビジネスをしてたようですから」

真咲が心配そうに言った。

多門は大きくうなずき、アタッシェケースを抱え上げた。真咲に見送られて、部屋を出る。

多門は車に乗り込むと、芝大門《しばだいもん》に向かった。『豊光不動産』の本社ビルに行ってみる気になったのだ。

目的地に着いたのは、およそ四十分後だった。

多門は本社ビルの近くで張り込みをはじめた。地下駐車場の出入口を見通せる場所だった。

多門は新聞社の経済部記者を装《よそお》って、『豊光不動産』に電話をかけた。社長の尾花が社内にいることを確かめると、すぐさま電話を切った。

それから、長い時間が流れた。

尾花を乗せた黒塗りのレクサスが地下駐車場から走り出てきたのは九時過ぎだった。多門は車を発進させた。

レクサスは芝公園を回り込み、一ノ橋《いちのはし》方面に向かった。多門は慎重に尾行した。

やがて、国産高級車は西麻布《にしあざぶ》四丁目にあるフレンチ・レストランに横づけされた。尾花だけが車を降りた。ほどなくレクサスは走り去った。

尾花はレストランの中に入っていった。

多門は店の斜め前にボルボを停め、フレンチ・レストランに目をやった。嵌《は》め殺しのガラス窓から店内を覗《のぞ》く。

なんと尾花は同じテーブルで、細島賢次と向かい合っていた。親しげな様子だ。

二人は、どんな利害で繋がっているのか。

多門は店内にいる二人から目を離さなかった。小《こ》一時間が過ぎたころ、細島が先にフレンチ・レストランから現われた。外苑西《がいえんにし》通りに向かって歩きだした。

多門は静かに車を降り、細島の背後に迫った。喉元《のどもと》を太い腕で圧迫し、細島の利《き》き腕を肩の近くまで捩《ね》じ上げる。

「く、苦しい！」

細島がくぐもり声で訴えた。

多門は無言で細島を路地裏に連れ込み、低い声で凄んだ。

「おれの質問に正直に答えねえと、てめえの腕の関節を外《はず》しちまうぞ」

「ら、乱暴なことはやめてくれ。知ってることは何でも話すよ」

「てめえは、尾花にも何か情報を売ってやがるな」

「尾花って？」

「とぼけやがって。てめえと一緒にレストランで飯を喰ってた『豊光不動産』の社長のことだよ」

「あんた、そこまで知ってるのか!?」

細島が呻くように言った。多門は椰子《やし》の実大《み》の膝頭で、細島の尾骶骨《びてい》を思うさま蹴り上げた。

「話す、話すよ。わたしは尾花社長に『大地の子クラブ』の世話人や幹部たちの弱みを教えてやったんだ。どいつも正義漢ぶってるが、女や金銭にルーズなんだよ」

「尾花は、なぜ『大地の子クラブ』の世話人たちのスキャンダルを知りたがったんだ？」

「『豊光不動産』は何年か前から、産廃処分場用地の買収を積極的に手がけてるんだよ。マンションの販売なんかより、ずっと儲《もう》かるからね」

「尾花は処分場の建設に反対してる市民運動のリーダーたちや地主の弱みを押さえて、強引に用地の買収をしてるんだな？」

「その通りだよ。わたしは毎晩、マギーの顔を見たかったんだ。だから、伊勢君と尾花社長の両方に情報を売ってたんだよ。しかし、伊勢君の事件には関与してない」

「伊勢が『豊光不動産』を何かで脅してた疑いがあるんだ。『風評』の発行人だった男は、用地買収に絡む脅迫の事実を知ったんじゃねえのか？　で、伊勢は尾花が雇った殺し屋《プロ》に射殺されちまった。そうなんだなっ」

「わたしは、そのあたりのことは知らない。後は尾花さんに直《じか》に訊いてくれよ」

細島が涙混じりに言った。

多門は細島を突き倒し、レストランに駆け戻った。だが、尾花はもう店の中にはいなかった。

多門はボルボに歩み寄った。

チコを使って、尾花に罠を仕掛けてみるか。

4

背中に他人の視線が突き刺さった。

チコを襲った二人組に東京から尾《つ》けられていたのか。多門は桟橋《さんばし》を大股で進みながら、小さく振り返った。

油壺《あぶらつぼ》のヨットハーバーである。

まだ夜は明けきっていない。西麻布のフレンチ・レストランの近くで細島賢次の口を割らせてから、五日が経《た》っていた。

動く人影はない。どうやら気のせいだったようだ。

多門は桟橋の突端に向かった。桟橋の端には、尾花の白いクルーザーが舫《もや》われている。全長二十メートル近い。船室《キャビン》には『豊光不動産』の社長とチコがいるはずだ。

チコは三日前に尾花に色仕掛けで迫り、トローリングに連れていってとせがんだのである。

むろん、罠だった。

また、多門は誰かに見られているような気がした。

立ち止まって、片膝を落とす。ワークブーツの紐《ひも》を結び直す振りをして、首を巡らせた。

ちょうどそのとき、桟橋の向こうで人影が揺れた。体つきから察して、若い女のようだった。何者なのか。

尾行者らしい人物は狼狽《ろうばい》し、岸壁の方に引き返した。そのとき、相手の横顔がちらりと見えた。危うく多門は声をあげそうになった。横尾聡美によく似ていたからだ。しかし、聡美が三浦《みうら》半島にいるわけがない。

聡美に似た女が桟橋で誰かと落ち合うことになっているのだろう。自分を待ち合わせの相手と間違えて、じっと見ていたにちがいない。が、人違いとわかったので、慌てて遠ざかったようだ。

多門はそう考え、のっそりと立ち上がった。だが、すぐに女のことが気になった。彼女が聡美本人とは考えられないだろうか。思い起こしてみると、聡美の誘いは不自然な気もする。誰かに頼まれ、何かを探りにきたのかもしれない。

多門は足音を殺しながら、突端まで歩いた。

尾花の所有艇の舷《ふなばた》を波が洗っていた。艇名はアイリーン号だった。

船室の円窓《まるまど》からトパーズ色の灯《あか》りが洩れている。小さな笑い声も聞こえた。

多門はアイリーン号に乗り込んだ。

クルーザーが小さく揺れたが、尾花には怪しまれなかった。多門は操舵室《コックピット》と船室の間に入り込み、息を殺した。

船室の扉は閉ざされていたが、円《まる》い覗き窓があった。船室の右側に調理台やシンクがあり、左側にL字形のカウンターテーブルが見える。カウンターテーブルの向こうには、トイレとシャワールームがあった。

そこには、二人の姿はない。チコと尾花は奥の寝室で戯《たわむ》れているのだろう。

多門は船室の扉をそっと開け、短い梯子段《はしごだん》を降りた。寝室からベッドの軋《きし》み音が響いてくる。

多門は抜き足で寝室に歩み寄り、勢いよくドアを開けた。

キングサイズのベッドの上で、全裸のチコと尾花が折り重なっていた。尾花が上だった。

といっても、二人はまだ交わっていなかった。尾花は、チコの人工乳房に唇を這《は》わせていた。

「お娯《たの》しみは、そこまでだ」

多門は尾花の片方の足首をむんずと摑んで、ベッドから引きずり落とした。

尾花が腰を打ち、長く唸った。

「クマさん、遅いわよ。あたし、もう少しで姦《や》られるとこだったんだからね」

チコが言いながら、上体を起こした。

「姦られたって、妊娠することはねえんだ。先っぽぐらい入れさせてやってもよかったんじゃねえのか」

「やーよ。あたし、こんなおっさんはタイプじゃないもの。全身舐め回されて、気持ち悪くって。あたし、シャワーを浴びてくるわ」

「そうしな。後は、おれの仕事だ」

多門はチコに言って、尾花に近づいた。

チコがベッドから降り、寝室から出ていった。

「これは美人局《つつもたせ》なんだな。あんたは自分の情婦《おんな》をわたしに宛《あて》がって、金を強請《ゆす》り取る気だったんだろっ」

尾花が床に胡坐《あぐら》をかき、萎《な》えたペニスを両手で覆い隠した。

「あんたが相手にしてたのは、女じゃねえんだ。れっきとした男だよ」

多門は言うなり、尾花の胸板を蹴った。尾花は達磨《だるま》のように引っくり返った。

「細島があんたの商売のやり方を喋ったぜ。あんたは『大地の子クラブ』の幹部たちの弱みを細島から教えてもらって、産廃処分場建設の反対運動を切り崩してる。どうせ買収用地の地主たちも、同じ手で黙らせてたんだろうが！」

「わたしの会社が産廃業者に頼まれて、処分場の用地買収を手がけてることは認める。しかし、真っ当な商取引をしてるだけだ。きみが言ったようなことは絶対にしてない」

「ふざけるな。あんたがまともなビジネスをしてるなら、伊勢洋一につけ込まれることはなかったはずだ」

「伊勢洋一だって？　そんな男は知らんな」

「『風評』の発行人だった伊勢を知らねえだと!?　いい加減にしなっ。てめえは伊勢に何か危《ヤバ》いことを嗅《か》ぎつけられて、自社株を一千万円相当と額面五千万円の小切手を脅し取られた。違うかい？」

多門は問いかけた。尾花は何か言いかけ、急に黙り込んだ。

「デジタル株証書と小切手は、おれが預かってる」

「きみは伊勢の仲間なんだな？」

「くっくく。ついに馬脚《ばきやく》を現わしやがったな。あんたは、さっき伊勢なんて知らねえと言ったはずだぜ」

「くそっ」

「社長にしちゃ、ちょっととろいな。伊勢は、あんたのやくざまがいの用地買収の証拠を突きつけて、総額六千万円の口止め料を要求したんだなっ」

「そ、それは……」

「時間稼ぎはさせねえぞ」

多門は踏み込んで、尾花の顎《あご》を蹴り上げた。骨と肉が鈍《にぶ》く鳴った。

尾花は蛙《かえる》のような恰好《かつこう》で仰向けに倒れ、それから体をくの字に縮めた。不様だった。

「あんた、あまり歯並びがよくねえな。差し歯か入れ歯にしろや」

「蹴って、わたしの前歯を飛ばす気なのか!?」

「そっちの出方によってはな」

多門は奥二重《おくぶたえ》の目を片方だけ眇《すが》めた。

「もう勘弁してくれーっ。きみの言った通りだ。伊勢は、うちの会社が強引な手段で産廃処分場の用地を買収してることや地元の町長を金で抱き込んでることを知って……」

「やっと喋る気になったか。あんたは伊勢の言いなりになったら、身の破滅と考えた。で、二人組を雇って、まず株券と小切手を回収しようとした。しかし、その前に伊勢は自分の身に危険が迫ったことを本能的に察知して、身を隠した。あんたは二人組に伊勢の交友関係を洗わせ、潜伏先や株券と小切手のありかを探らせた」

「待ってくれ。わたしは二人組なんか雇ってないぞ。伊勢のことは腹立たしく思ってたが、脅し取られたデジタル株証書や小切手を取り戻そうなんてしてない。伊勢のバックには小糸恭太郎という大物総会屋が控えてるんで、面倒な騒ぎは起こしたくなかったんだよ」

「もっともらしい言い訳だが、おれはあいにく疑《うたぐ》り深い性格なんでな」

「嘘じゃない。わたしを信じてくれ。きっと誰かがわたしの犯行のように見せかけて、伊勢を相模湖畔の林の中で始末させたんだよ。少なくとも、わたしは伊勢の事件にはタッチしてない」

尾花が懸命に訴えた。

痛めつけ方が足りないようだ。多門は丸太のような脚を宙に浮かせた。横蹴りを放ちかけたとき、背後でチコの声がした。

「クマさん、待って。そのおっさんの言ってることは嘘じゃないと思うわ」

「なぜ、そう思う？」

「そいつが二人組を雇ったんだとしたら、あたしの色仕掛けには引っかからなかったはずよ」

「それもそうだな。チコ、頭いいじゃねえか」

多門は言って、尾花に向き直った。尾花が慌てて目を逸《そ》らす。

「伊勢は何かほかに誰かの弱みを握ってるようなことは言ってなかったか？」

「そういうことは言ってなかったね。ただ、伊勢はあちこちの産廃処分場に足を運んでた様子だったな。ひょっとしたら、あの男は産廃業者にも何か難癖《なんくせ》をつけてたのかもしれん。奴なら、やりそうだ」

「あんたの会社が用地を買収した産廃処分場にも、伊勢は出かけてたのか？」

「確かめてみたわけじゃないが、多分、行ってたんだろう。産廃業者は、必ずしもごみの仕分けをきちんとやってるわけじゃないからな。使用済みの注射器と建設残土を一緒に埋めてる業者もいるんだよ。そういう違法行為も、恐喝材料になるんじゃないのかね？」

「ま、そうだな」

多門は短く応じ、チコに目配せした。チコがうなずき、手早く衣服をまとった。

「あまり汚《きたね》え商売するんじゃねえぞ」

多門は尾花の喉仏のあたりに蹴りを入れ、大股で寝室を出た。すぐにチコが従《つ》いてきた。

二人はクルーザーを降りた。

桟橋の中ほどまで歩いたとき、アイリーン号の船室で銃声が轟《とどろ》いた。二発だった。尾花の短い悲鳴も聞こえた。

「おめえはここにいろ」

多門はチコに言いおき、尾花のクルーザーに駆け戻った。

甲板《デッキ》に跳《と》び移ったとき、すぐ近くで銃口炎《マズル・フラッシュ》が瞬《また》いた。

とっさに多門は身を伏せた。放たれた銃弾は頭上を駆け抜け、アイリーン号の縁板《ブルワーク》にめり込んだ。

多門は顔を上げた。

黒いウエットスーツに身を固めた男が海に身を躍《おど》らせた。派手な水音が上がった。

多門は立ち上がって、反対側の舷《ふなばた》に走った。

墨《すみ》色の海面を覗き込む。白く泡立っていたが、男の姿は見えなかった。潜水したまま、クルーザーから遠ざかったらしい。

多門は船室《キャビン》に駆け込んだ。

カウンターテーブルの横に、トランクス姿の尾花が倒れていた。仰向けだった。顔面と腹部が深く抉《えぐ》れ、血糊《ちのり》が盛り上がっている。身じろぎ一つしない。

尾花が消されたということは、『豊光不動産』に用地の買収を依頼した産廃業者が何らかの形で関与してそうだ。伊勢は、おそらく同一人物に殺《や》られたのだろう。

多門はそう推測しながら、船室の梯子段を昇りはじめた。

5

車体が弾みはじめた。

岐阜《ぎふ》県の山村である。池田山《いけだやま》の北麓《ほくろく》だった。民家は疎《まば》らだ。

多門はボルボのステアリングを操《あやつ》っていた。

夕闇が濃い。道なりに進めば、『旭日興和《きょくじつこうわ》産業』の産廃処分場に行きつくはずだ。同社は名古屋に本社を置く産廃業者で、二年前に岐阜処分場の用地買収を『豊光不動産』に委《ゆだ》ねていた。

『豊光不動産』の尾花社長がクルーザーの中で射殺されたのは、十日前だ。その翌日、多門は刑事に成りすまし、『豊光不動産』と取引のあった産廃業者を探り出した。

次の日から相棒の杉浦と手分けして、リストアップした産廃業者を次々に訪ねた。そのうちの数社の周辺を伊勢が嗅《か》ぎ回っていた事実が判明した。だが、ブラックジャーナリストはどの産廃業者にも脅しはかけていなかった。

すでに調査済みの十七社は、伊勢や尾花の死には関わっていないと考えてもいいだろう。残るは『旭日興和産業』一社だけだ。

多門は先を急いだ。

数百メートル走ったとき、スマートフォンが震えた。発信者は杉浦だった。杉浦は土木会社の社員に化けて、名古屋の『旭日興和産業』本社で取引先を探り出す手筈《てはず》になっていた。

「杉さん、どうだった？」

「『旭日興和産業』の主な取引先は土木会社やプラスチック加工業者だな。ただ、社長の横尾忠夫《ただお》は中京《ちゅうきょう》日本電力の重役たちとよく高級クラブで飲んでるらしいんだ」

「取引先に中京日本電力は入ってるの？」

「いや、入ってねえな。ただな、横尾社長は若いころに二年半ほど中京日本電力の準社員だったことがあるらしいんだ。そんなところで、重役たちとは旧知の間柄なんだろう」

「しかし、それだけで地元の超一流電力会社の重役たちが産廃業者と飲み歩くかい？『旭日興和産業』は、原発の使用済み核燃料をこっそり処分してやってるんじゃねえのかな？」

「なるほど、使用済み核燃料か」

「杉さん、考えられるぜ」

多門は言葉に力を込めた。

国内にある原子力発電所は、どこも使用済み核燃料には頭を抱えている。いずれも原発内のウラン廃棄物貯蔵庫は、ほぼ満杯状態だ。

各社は原発内での再処理を急いでいるが、工場の建設が追いつかない。さらに、原発内の敷地には限りがある。

旧動力炉・核燃料開発事業団（動燃）の再処理工場の爆発事故などのせいで、原発の使用済み核燃料の滞留《たいりゅう》量は激増している。毎年、千トンずつ増えているが、再処理は遅々《ちち》として進んでいない。

動燃が改組された核燃料サイクル開発機構をカバーする目的で日本原燃が青森県六《ろっ》ケ所《しょ》村に約二兆円をかけて大規模な再処理工場を建設したが、それだけでは問題は解決しなかった。二〇一〇年前後には全国の貯蔵施設は完全にパンクすると言われてきたが、いまだ最悪の事態には陥っていない。しかし、どこも限界を迎えつつある。

「イギリスやフランスの再処理業者が面倒見てくれる量はわずかだって話だから、そのうち電力会社が自前の秘密再処理工場を建設する気になっても不思議じゃないだろう」

「そこまでいかなくても、使用済み核燃料の不法投棄や違法貯蔵はありそうだな」

「ああ。クマ、おれもタクシー飛ばして、『旭日興和産業』の岐阜処分場に行こうか？」

杉浦が言った。

「大丈夫だよ、おれひとりで」

「そうかい。なら、おれは新幹線で東京に戻らあ」

「杉さん、悪かったな。きょうの謝礼は会ったときに渡すよ」

多門は先に電話を切って、運転に専念した。

十分近く林道を走ると、前方に産業廃棄物の集積所が見えてきた。多門はボルボを側道の奥に駐め、林道まで戻った。

産廃処分場に向かって歩きだして間もなく、林道の下から車のエンジン音が響いてきた。多門は雑木林の中に身を潜《ひそ》めた。

少し待つと、二台のトレーラートラックがゆっくりと目の前を通り過ぎていった。二台とも荷台は青いビニールシートですっぽりと覆われていた。

建設残土、廃材、鉄屑《てつくず》の類《たぐい》なら、ふつうはダンプで運ぶだろう。トレーラートラックの荷台には、使用済みの核燃料が積まれているのかもしれない。

多門は二台のトレーラートラックを目で追った。

二台とも集積所の間を抜け、奥に向かった。そこには倉庫のような造りの重量鉄骨コンクリートの建物があり、何本か焼却炉の煙突が見える。

多門は中腰で産廃処分場に近づいた。

囲いはなかった。あたりは、すでに暗い。多門は大きく迂回《うかい》し、三階建ての建物の横に回った。

どの窓も明るかった。モーターの音や作業員たちの声が聞こえる。

多門は細心の注意を払いながら、建物の裏に移った。そこには、巨大なプールがあった。屋根付きだった。

大きな貯水槽の中には幾つも炉のような物が沈められ、プールの周りにはクレーンが見える。二台のトレーラートラックは貯水槽の真横に縦列《じゅうれつ》に並んでいた。荷台のビニールシートはすでに剝《は》がされている。

荷台には、細長い金属棒が何本も載《の》っていた。使用済みの核燃料だろうか。

クレーンが作動し、一本ずつ金属棒を貯水槽の炉の中に収めている。クレーンのオペレーターは二人だった。

トレーラートラックの運転手たちは、プールサイドで何か談笑していた。作業は一時間ほどで終了した。

二台のトレーラートラックは、あたふたと走り去った。クレーンのオペレーターたちも、三階建ての建物の中に消えた。

どうやら中京日本電力が使用済みの核燃料をここで違法貯蔵させているらしい。伊勢はそれを知って、『旭日興和産業』に揺さぶりをかけたのだろう。それで、殺されることになったにちがいない。

多門は確信を深めた。

といっても、まだ物的証拠を摑んだわけではない。伊勢がここに来たことを裏づける物品がどこかに落ちているのではないか。

多門は怪しい貯水槽から離れ、焼却炉のある場所に移った。焼却炉に火は入っていない。

建物の内部を覗こうとしたとき、背後で乱れた足音がした。

ひとりではない。複数だった。

「おい、ここで何をしてるんだっ」

「道に迷っちまってね」

多門は言いながら、体の向きを変えた。

二人の男が立っていた。どちらも表情が険《けわ》しい。片方は金属バットを握っている。

この男たちがチコを痛めつけたのかもしれない。

多門は男たちを等分に見た。

二人とも隙《すき》だらけだった。その気になれば、苦もなく殴り倒せるだろう。しかし、多門はわざと暴れなかった。

男たちが顔を見合わせ、相前後して多門の腕を片方ずつ荒っぽく掴んだ。

「なんだってんだよ」

「怪しい奴だ。ちょっと事務室まで来てもらうぞ」

「おれは、ここで働いてる誰かに道を訊こうとしただけじゃねえか」

「いいから、黙って歩くんだっ」

男のひとりが鋭く命じた。

多門は逆《さか》らわなかった。二人の男に引っ立てられ、建物の中に入る。右手の奥に事務室があった。

五十年配の恰幅《かっぷく》のいい男が机の上でパソコンを操っていた。

「社長、外に不審な男がいました」

二人組の片割れが言うと、五十絡みの男が顔を上げた。

多門は男の顔を見て、はっとした。目許《めもと》が女友達の聡美にそっくりだった。

「あんた、聡美ちゃんの父親だな？」

「そうだ。きみは多門とかいう名だったね。油壺で始末しておくべきだったよ。伊勢とつき合いのあるニューハーフをマークしてたら、そっちともつき合いがあることがわかったんだ。だから、娘を……」

「あんたが尾花を撃って、おれにも銃口を向けたんだなっ」

「そうだよ。尾花を殺《や》る前に、ブラックジャーナリストの伊勢も片づけてる。伊勢はわたしに脅しをかけてきただけじゃなく、大事なお得意さんにも迷惑をかけようとしたんだ。だから、死んでもらったのさ」

「大事な得意先ってのは中京日本電力だなっ。あんたは中京日本電力に頼まれて、使用済み核燃料を違法貯蔵している。おれはこの裏にあるプールと二台のトレーラートラックを見てるんだ」

「そうかね」

「あんたは自分の娘をスパイに仕立てて、おれの動きを探らせてたんじゃねえのか？」

「娘にそっちの動きを探らせてたのは確かだが、最初はそれほど気にも留《と》めなかったんだ。しかし、ニューハーフを使って尾花に迫ったんで、娘の男友達も生かしておくわけにはいかないと思いはじめたんだよ。中京日本電力には何かと世話になってるんで、頼みを断るわけにはいかなかったんだ」

横尾がそう言い、背後の二人に目配せした。

多門は素早く振り向き、両腕で男たちの首根っこを抱え込んだ。頭と頭をぶつける。二人は呻いて、その場にうずくまった。

多門は男たちを交互に蹴りまくった。加減はしなかった。二人は顔面を血に染め、床を転げ回った。

「おい、両手を挙《あ》げるんだ」

横尾が怒鳴った。

多門は体を反転させた。横尾はコルト・コマンダーを手にしていた。すでにスライドは引かれている。

「おれも殺《や》る気かっ」

「ここは山の中だ。麓《ふもと》まで銃声が響くことはない。弾倉が空になるまで撃ってやろう」

「いいべ。撃ちたきゃ、撃つべし!」

多門は少し後退し、身構えた。

横尾が椅子から立ち上がり、銃把《グリップ》を両手で保持した。そのとき、小さなシャッター音も聞こえた。

「聡美、なんの真似《まね》なんだっ」

横尾が喚《わめ》いた。デジタルカメラを持った聡美が多門の前に立ち塞《ふさ》がった。

「多門さんを撃ったら、父さんは刑務所行きよ。いま撮った写真を警察に渡すわ」

「正気なのか⁉」

「もちろん、本気よ。父さんの会社が倒産寸前なのは気の毒だけど、もう協力はできないわ。父さんは二人の人間を殺し、使用済みの核燃料まで違法貯蔵してる」

「会社には大勢の社員がいるんだ。どんなことがあっても、『旭日興和産業』を潰《つぶ》すわけにはいかない。そのことは、おまえも理解してくれたはずじゃないか。いまさら何を言いだすんだっ」

「いったんは情《じょう》に負けてしまったけど、父さんがやったことは社会的に赦《ゆる》されることじゃないわ」

「そこをどけ！　早くどくんだっ」

「多門さんを撃つ前に、わたしを殺すといいわ」

「そんなことできるわけないだろうが」

横尾が困惑顔になった。それでも銃口を下げようとしない。

多門は聡美を横にのけ、前に進み出た。

「引き金さ、絞ったらいいべ」

「ああ、殺《や》ってやる」

横尾はそう言いながらも、後ずさりしはじめた。自動拳銃を持つ手がわなわなと震えている。

「クマさん、逃げて！」

聡美がふたたび多門の前に立ちはだかろうとした。多門は聡美を押しのけた。

そのとき、横尾が自分のこめかみに銃口を押し当てた。

多門は大声で制止した。だが、間に合わなかった。

銃声の谺《こだま》が尾を曳《ひ》き、横尾は横にぶっ倒れた。それきり動かない。

「いやーっ」

聡美が悲痛な声をあげ、父親に駆け寄った。

「なんてこった」

多門は体ごと振り返った。痛めつけた二人は茫然《ぼうぜん》としている。

「てめえらがおれの知り合いのチコをぶっ飛ばしたんだなっ」

多門は、どちらにともなく声をかけた。

ややあって、片方の男が口を開いた。

「そうだよ。横尾社長に言われて、おれたちは『豊光不動産』の回し者の振りをしてたんだ」

「これ以上おれを怒らせたくなかったら、早く失《う》せやがれ！」

多門は男たちを睨《にら》みつけた。

二人は顔を見合わせると、われ先に事務室から走り出た。

聡美は変わり果てた父親に抱き縋《すが》って、激しく泣いていた。多門は聡美に近寄り、ごっつい手で軽く背中を叩いた。

「クマさん、ごめんなさい。わたし、出戻り娘になっちゃったんで、父の言いなりになってしまったの」

「もう終わったことさ。親父さんを追い詰めちまって、こっちも後味が悪いよ」

「クマさんを騙すようなことはしたくなかったの。だから、父に逆らったんだけど……」

聡美が嗚咽《おえつ》しながら、懸命に言い訳した。

多門は無言で聡美の肩を抱いた。そのとたん、聡美の泣き声が高くなった。

第六話　導火線

1

分け入る。

正常位だった。百瀬涼子《ももせりようこ》がなまめかしく呻《うめ》き、背を反《そ》らす。裸身は神々《こうごう》しいまでに白い。

多門剛は動きはじめた。

六、七度浅く突き、一気に深く沈む。そのつど、涼子は切なげな声を洩《も》らした。淫《みだ》らで、愛らしい声だった。

六本木《ろっぽんぎ》にあるシティホテルの一室だ。

初秋のある夜だった。まだ九時を回ったばかりだ。

二十五歳の涼子はパーティー・コンパニオンである。多門のセックスフレンドのひとりだ。

「塞《ふさ》がれてる。わたし、いっぱいに塞がれてるわ」

涼子が上擦《うわず》った声で言って、豊かな腰をくねらせはじめた。

すぐに二人のリズムは合った。

涼子の迎え腰は巧《たく》みだった。男の体を識《し》り抜いている。

多門は涼子のほっそりとした首筋に唇を這《は》わせながら、律動を少しずつ速めはじめた。

突くだけではなかった。腰に捻《ひね》りも利《き》かせた。涼子の動きが大胆になった。官能を煽《あお》られたのだろう。

多門は指と口唇で、それぞれ一度ずつ涼子をクライマックスに押し上げていた。体の芯《しん》は、充分過ぎるほど潤《うるお》っていた。

「あふっ、わたし、また……」

「すぐに極楽さ、行かせてやるべ。ほんの少し待っててけろ」

多門は生まれ故郷の岩手弁で言って、腰を躍動させはじめた。

涼子が淫蕩《いんとう》な声を零《こぼ》しはじめた。閉じた瞼《まぶた》の陰影が濃い。眉根《まゆね》は寄せられている。口は半開きだ。なんともセクシーだった。

多門は結合部の湿った音を聞きながら、黙々と動いた。

数分が流れたころ、不意に涼子が極《きわ》みに駆け昇った。その瞬間、悦《よろこ》びの叫びを迸《ほとばし》らせた。甘やかな唸《うな》り声は長く尾を曳《ひ》いた。

多門は搾《しぼ》り上げられはじめた。

無数の襞《ひだ》が吸いついて離れない。内奥《ないおう》は快感のビートを刻んでいる。

涼子は裸身を断続的に硬直させながら、多門の背に爪《つめ》を立てた。かすかな痛みが心地よかった。

「おれも、ゴールさ、突っ込みたぐなった。いいべ？」

多門は言うなり、全力疾走しはじめた。

ほどなく背筋が立ち、痺《しび》れを伴《ともな》った快感が脳天に向かって駆け抜けていった。多門は喉の奥で唸りながら、勢いよく放った。

二人は余韻をたっぷり汲《く》み取ってから、そっと体を離した。

涼子は浴室に向かった。多門は腹這いになって、ロングピースに火を点《つ》けた。

一服し終えたとき、サイドテーブルの上でスマートフォンが鳴った。多門はスマートフォンを手に取った。

「盛田沙和《もりたさわ》です。憶《おぼ》えてらっしゃいます？　一度、兄の友輝《ともてる》と一緒に多門さんにお鮨《すし》をご馳《ち》走《そう》になったことがあるんですが……」

「きみのことは、よく憶えてるよ。兄貴とは違って、出来のいい美人だからな」

「わたしは、ごく平凡な女です」

沙和が控え目に言った。彼女の兄の盛田は、組員時代に最も目をかけていた舎弟《しゃてい》だった。

確か三十四歳のはずだ。

盛田は一年数カ月前に関東義誠会《ぎせい》田上《たがみ》組を抜け、笹塚《ささづか》で便利屋をやっている。自宅マンションは事務所を兼ねていた。

「盛田の身に何か起こったんだな?」

多門は早口で訊《き》いた。

「はい。二時間ほど前に四谷《よつや》の裏通りで無灯火のワンボックスカーに撥《は》ねられて、意識不明の重体なんです」

「車に撥ねられたって!?」

「はい。いま、手術中なんです。東京に親類が誰もいないので、わたし、心細くなってしまって。それで、多門さんに電話をさせてもらったんです。兄のスマホに、あなたのお名前が登録されていたの」

「病院は、どこなの?」

「信濃町《しなのまち》の京陽《けいよう》医大病院です。わたし、病院の駐車場から電話をかけてるんです」

「わかった。三十分以内には、そっちに行けるだろう」

「ご迷惑をおかけします。多門さんが来てくださるなら、心強いわ」

沙和の語尾が涙でくぐもった。

多門は沙和を力づけてから、電話を切った。手早く身繕《みづくろ》いをする。多門はバスルームの扉《とびら》を細く開け、涼子に急用ができたことを手短に告げた。涼子は名残《なごり》惜しげだったが、別に恨みがましいことは言わなかった。

多門は涼子に詫《わ》び、慌《あわ》ただしく部屋を出た。

十二階だった。エレベーターで地下駐車場まで下り、ボルボＸＣ40に乗り込む。

多門は車を発進させた。

二十数分で、目的の大学病院に着いた。多門は外科病棟に急いだ。

手術室は二階にあった。沙和は手術室の前のベンチに腰かけていた。不安げな顔つきだった。

二十七歳の沙和は外資系の商社で働いている。楚々《そそ》とした美人だが、まだ独身《シングル》だった。

沙和が多門の姿に気づき、弾かれたように立ち上がった。砂色のスーツ姿だった。

多門は大股でベンチに近づいた。

「手術は、まだ終わってないようだな」

「ええ。兄は頭を強く打ったんです。脳挫傷《のうざしょう》がかなりひどいんで、開頭手術をすることになったんですよ。まだ一、二時間はかかるという話でした」

「そう。坐って話そう」

「はい」

二人は並んでベンチに腰かけた。

「札幌《さつぽろ》の両親は最終便の飛行機で、こちらに向かってます」

「盛田の奴、親不孝を重ねやがって。それはそうと、四谷署から事件の報《しら》せが入ったんだね？」

「そうです。わたしが病院に駆けつけると、二人の警察官が待ってました」

「事件について、どんな説明を受けたんだい？」

「兄は四谷でお墓掃除の仕事を終えてから居酒屋でビールを飲んだ後、ほろ酔い気分で裏通りを歩いてたらしいんです。目撃証言で、故意に撥ねられたことは間違いないそうです」

「盛田とは五、六カ月会ってなかったんだが、便利屋の仕事で何かトラブルでもあったんだろうか」

「多分、そういうことはなかったと思います。兄は割に真面目《まじめ》にハウスクリーニング、買物の代行、独居老人の話し相手、犬の散歩なんかをやってたようですから」

「報酬のことで何か言ってなかった？」

「特に不満は言ってませんでした」

「最近、会ったのは？」

「一カ月ぐらい前に一緒にコーヒーを飲みました」

「そのとき、盛田の様子に何か変化はなかった？　たとえば、どことなく落ち着きがなかったとか、表情が暗かったとかさ」

「いいえ、いつも通りでした」

沙和が答えた。

「そうか。いったい誰が盛田を撥ねやがったんだっ」

「多門さん、兄の意識がこのまま戻らないようだったら、犯人を捜してもらえないでしょうか」

「ちょっと待ってくれないか。そいつは警察の仕事だよ」

「ええ、わかっています。警察は兄が前科のある元やくざと知ったからか、あまり捜査に熱心じゃないようなんです。事情聴取もなんとなくおざなりな感じでしたし」

「盛田が元組員だからといって、捜査の手を抜くようなことはないと思うがな」

「もしかしたら、わたしの僻《ひが》みなのかもしれませんね。だけど、警察だけに任せておくのは……」

「おれは捜査のプロじゃないんだ。たとえ事件のことを嗅《か》ぎ回っても、たいしたことはできないだろう」

「それでもいいんです。ですので、多門さん、どうか力になってください。お願いです」

「どこまで調べられるかわからないが、一応、やってみるか」

多門は女性に何かを頼まれたら、まず断れないタイプだった。ましてや昔の舎弟の妹の頼みとあっては、なおさら無下《むげ》に断るわけにはいかない。

「ありがとうございます」

「早速だが、盛田の所持品はきみに渡されたんだろう？」

「ええ」

「笹塚のマンションの鍵も受け取ったね？」

「ええ、持っています」

「手術が終わったら、盛田の自宅をちょっと覗《のぞ》かせてほしいんだ。何か手がかりを摑《つか》めるかもしれないからさ」

「わかりました」

沙和がハンドバッグの留金《とめがね》を外《はず》し、兄の自宅マンションの鍵を抓《つま》み出した。多門は鍵を受け取り、上着のポケットに突っ込んだ。

それから二時間が経過したころ、手術室の赤いランプが消えた。手術が終わったのだろう。沙和が勢いよく立ち上がった。多門も腰を浮かせた。ちょうどそのとき、緑色の手術着をまとった執刀医が現われた。

四十七、八歳の上背のある男だった。沙和が執刀医に歩み寄った。

「先生、兄はどうなるのでしょう？」

「できるだけのことはやりましたが、予断を許さない容態です。今夜から明日いっぱいが峠になると思います」

執刀医はドライに告げ、足早に立ち去った。

沙和が頽《くずお》れそうになった。多門は片腕を伸ばし、沙和の体を支えた。

少し経つと、手術室からストレッチャーが運び出された。

横たわった盛田の頭部は、ほぼ繃帯《ほうたい》で覆《おお》われていた。鼻の穴にはチューブが挿《さ》してあった。痛々しい姿だった。

多門は犯人に烈《はげ》しい憤《いきどお》りを覚えた。

ストレッチャーは集中治療室に移された。多門は沙和に断って、車で笹塚に向かった。盛田のマンションには幾度か遊びに行ったことがあった。

マンションに到着したのは午後十一時半過ぎだった。盛田の部屋は四〇五号室だ。

多門は借りた鍵を使って、ドア・ロックを解いた。

間取りは1LDKだった。居間の部屋はオフィスとして使用されていた。

多門は壁の予定表を見てから、事務机の引き出しの中をチェックした。最下段の引き出しに青いスクラップブックが収まっていた。そのスクラップブックには、新聞の切り抜きが幾つも貼ってあった。どれも若い女性の失踪を伝える記事だった。

およそ半年あまり前から、首都圏で十数人の美女が相次いで行方をくらましている。彼女たちの安否は、いまもわかっていない。

どうやら盛田は、謎に満ちた一連の失踪事件のことを探っていたようだ。なぜ、彼は探偵めいたことをやりはじめたのか。

盛田には、数年越しの仲の恋人がいる。小坂《こさか》めぐみという名で、二十五歳だった。めぐみは、母親の美容院で働いている。

明日、めぐみに会ってみるか。

多門はスクラップブックを小脇に抱え、盛田の部屋を出た。すぐ京陽医大病院に舞い戻るつもりだった。

2

窓の外が明るくなった。

多門は沙和と外科病棟の休憩所の長椅子に坐っていた。集中治療室から、それほど離れていない。

盛田の麻酔はとうに切れたはずだが、依然として意識はなかった。北海道から駆けつけた兄妹《きょうだい》の両親は少し前に看護師長の許可を貰い、集中治療室の中に入った。

「多門さん、お疲れになったでしょ。もうご自宅で寝《やす》まれてください」

沙和が言った。

「そっちこそ、少し寝ないとな」

「後で仮眠をとるつもりです。ですので、お先にどうぞ！」

「わかった。それじゃ、おれはひとまず引き揚げさせてもらおう」

多門は立ち上がり、エレベーターホールに向かった。午前五時過ぎだった。

エレベーターで一階に降りると、なんとホールに小坂めぐみがたたずんでいた。

「盛田の見舞いだね？」

「ええ。もっと早く来たかったんですけど、わたし、昨夜《ゆうべ》は静岡にいたんです。友人の結婚式があったものですから」

「それで、静岡からタクシーを飛ばしてきたんだな」

「ええ、そうです。彼の容態はどうなんでしょう？」

「きょういっぱいが峠だそうだ」

多門は術後の経過を話した。めぐみの円《つぶ》らな瞳が涙で盛り上がった。多門は、めぐみをロビーの長椅子に坐らせた。すぐに自分も腰を下ろした。

「盛田さんが轢き逃げに遭ったことは、テレビニュースで知ったんです。犯人は彼を殺す気だったんでしょうか？」

「無灯火だったというから、そう考えていいだろうな。何か心当たりは？」

「もしかしたら、盛田さんはわたしたち母娘《おやこ》のため、何か無理をしたのかもしれません」

めぐみが言った。

「どういうことなんだい？　詳しく話してくれねえか」

「はい。母が借りているテナントビルのオーナーが四カ月前に替わって、店の立ち退《の》きを要求されてるんです。新しい家主は、ビルの一階から三階までイタリアン・レストランにしたいようなんですよ」

「賃借権があるわけだから、一方的な立ち退き要求はできないはずだがな」

「ええ、そうですね。でも、新しいオーナーは台湾《たいわん》の黒社会の大親分なんです。預けてある保証金を倍返しにしてやるから、半年以内に店を明け渡せと言われたんです。母が前のオーナーから安い保証金で店を借りたのは十五年も前のことです。保証金を倍額にしてもらっても、とても新たに店舗を借りることはできません。それで、母は廃業する気になったんですけど、盛田さんが自分が何とかしてやるから、美容院はつづけろと言ってくれたんです」

「盛田は誰かの弱みを摑んで、そいつから金を脅《おど》し取ろうとしたようだな」

「ええ、もしかしたら」

「実は盛田の妹に頼まれて、おれは犯人捜しをすることになったんだ。それで、奴のマンションで気になるスクラップブックを発見したんだよ」

多門はそう前置きして、詳しい話をした。

「彼が一連の失踪事件に興味を持ってたことは知ってます。それから、因幡伸泰《いなばのぶやす》という高校時代の友人とちょくちょく会ってたことも」

「その因幡って奴は何者なんだい？」

「元警官で、現在は『東明《とうめい》警備』という会社に勤めているという話でした。わたしは、その友達とは会ったことがないんですけどね」

「そいつに会えば、何かわかりそうだな」

「あのう、もうよろしいでしょうか？　わたし、早く彼の様子を……」

めぐみが言いながら、腰を浮かせた。多門は引き留めたことを謝り、外科病棟を出た。

ボルボに乗り込み、代官山《だいかんやま》の自宅マンションに向かう。帰宅すると、すぐに特注の巨大ベッドに身を横たえた。猛烈に眠かった。

めざめたのは、午後二時過ぎだった。

多門は出前のAランチ弁当をつつきながら、スマートフォンで検索した。『東明警備』の本社は港《みなと》区《く》東新橋《ひがししんばし》二丁目にあった。所在地と会社の電話番号をメモする。

多門は遅い朝食を摂《と》ると、ほどなく部屋を出た。車を東新橋に走らせる。

『東明警備』の本社ビルは造作なく見つかった。多門はビルの近くの路上にボルボを駐《と》め、目的の会社を訪れた。

「因幡さんにお目にかかりたいんだ」

多門は受付嬢に面会を申し入れた。

「因幡は先月末に退社しています」

「ほんとかい!?」

「はい」

「それはわかりません。お得意さまでしょうか？」

受付嬢が問いかけてきた。

「いや、彼とは飲み友達なんだ。馴染《なじ》みのスナックに急に顔を見せなくなったんで、どうしたかと思ってね」

「そうですか」

「まいったなあ。実は、彼に百万円ほど金を貸してあるんだよ。しかし、因幡さんの自宅の住所は知らないんだ」

多門は、思いついた嘘を澱《よど》みなく喋《しゃべ》った。

「それは困りましたね」

「社員名簿に、まだ彼の自宅の住所も載ってるよね？　人助けだと思って、アドレスを教えてくれないか」

「それはできません。個人情報ですので」

「もう彼は社員じゃないんだから、別に問題はないでしょ？」

「ですけど……」

受付嬢が困惑顔になった。

「退職の理由は？」

多門はチノクロスパンツのポケットから一万円札を抜き取り、受付嬢に握らせた。

「あっ、困ります。わたし、お金なんか受け取れません」

「あまり堅《かた》く考えるなって。香水でも買ってくれよ」

「でも、こういうことはいけません」

受付嬢が金を返す素振《そぶ》りを見せた。多門はグローブのような手で、受付嬢の拳《こぶし》を包み込んだ。

「先日、おれはきみから一万円を借りた。そのときの金を返しにきたってことにしよう」

「そんな嘘は、すぐにバレちゃうわ」

「きみに迷惑はかけない。だから、因幡さんの自宅の住所を教えてほしいんだ。彼に貸した百万円を回収できなかったら、おれは消費者金融の世話にならなければならないんだよ」

「そういうことでしたら、わたし、協力します。でも、お金なんかいりません」

「金はいくらあっても、邪魔になるもんじゃない。万札、早くしまいなよ」

「貰っちゃっていいんですか。ほんと言うと、欲しいブラウスがあるの」

「だったら、遠慮するなって」

「それじゃ、お言葉に甘えます」

受付嬢は制服のポケットに素早く万札を収めると、社員名簿を開いた。すぐに因幡の自宅んでいた。

多門は紙切れを受け取り、受付カウンターから離れた。因幡は北区赤羽《きたあかばね》のマンションに住の所《ところ》番地を走り書きした。

多門は車を赤羽まで走らせた。

因幡の塒《ねぐら》はワンルームマンションだった。三〇一号室だ。建物は三階建てだった。

多門は最上階まで階段を駆け上がり、三〇一号室のインターフォンを鳴らした。だが、応答はなかった。留守なのか。

多門はノブに手を掛けてみた。と、なんの抵抗もなく回った。多門は周りに人の目がないことを確かめてから、因幡の部屋に忍び込んだ。

そのとたん、濃い血の臭いが鼻腔《びこう》を撲《う》った。奥からテレビの音声が聴こえるが、人の動く気配はうかがえない。

多門は靴を脱いで、部屋の奥に進んだ。

シングルベッドの下に、三十一、二歳の男がくの字に横たわっていた。血溜まりの中だった。背中の左側にステンレスの文化庖丁が深々と突き刺さっている。心臓のほぼ真裏だった。

多門は屈《かが》み込んだ。

男は息絶えていた。血糊《ちのり》は凝固《ぎょうこ》している。刺殺されたのは、部屋の主《あるじ》だろう。

多門は立ち上がって、右手にハンカチを巻きつけた。カラーボックスの中に十数冊の文庫本とアルバムが収めてあった。

多門はアルバムを繰《く》った。

被写体は、どれも殺された男だった。テレビの上に財布と運転免許証が載っていた。

多門は運転免許証の顔写真で被害者が因幡伸泰であることを確認した。盛田は友人の因幡と共謀して、誰かを強請《ゆす》っていたと思われる。

だとすれば、脅迫材料の映像か録音音声がここにあるかもしれない。

多門はそう考え、部屋の隅々《すみずみ》まで検《しら》べてみた。

しかし、どちらも見つからなかった。写真データも見当たらない。

部屋には固定電話は設置されていなかった。どこかに因幡が使っていたスマートフォンがあるのではないか。

多門は、ふたたび室内を物色しはじめた。洋服のポケットをすべて検《あらた》め、ベッドマットまで捲《めく》ってみた。しかし、スマートフォンはとうとう見つからなかった。

また、一連の失踪事件に結びつくようなものも目に触れなかった。因幡の預金通帳の残高は二十万円を切っていた。室内には札束も隠されていなかった。

多門はハンカチでノブの指紋と掌紋《しょうもん》を神経質に拭《ぬぐ》い取ってから、三〇一号室を離れた。

ボルボに乗り込もうとしたとき、懐《ふところ》でスマートフォンが打ち震えた。

多門はスマートフォンを摑み出し、すぐに口許に近づけた。

「誰かな？」

「わたしです」

沙和の涙声が流れてきた。

「兄貴の容態が急変したの？」

「あのう、兄は十数分前に息を引き取りました」

「なんてことだ。すぐ病院に行く」

多門は車に乗り込み、エンジンを始動させた。半ば覚悟はしていたが、やはりショックは大きかった。

3

部屋のインターフォンが鳴った。

多門は喫いさしの煙草の火を揉み消し、ダイニングテーブルから離れた。

自宅マンションである。盛田の葬儀があった翌々日の午後三時過ぎだ。

多門は玄関ホールに急ぎ、ドア・スコープに顔を寄せた。

来訪者は、相棒の杉浦将太だった。

「早くドアを開けろや」

「いま開けるよ」

多門はシリンダー錠を外し、玄関のドアを開けた。杉浦が両手をスラックスのポケットに突っ込んだまま、飄然《ひょうぜん》と室内に入ってきた。小柄だが、眼光は鋭い。

「ベッドに裸の女がいるんじゃねえだろうな？」

「誰もいないよ」

多門は杉浦を請《しょう》じ入れ、椅子に腰かけさせた。二人分のコーヒーを淹《い》れて、自分も椅子に坐った。

「杉さん、調査報告を頼む」

「ああ。赤羽署にいる知り合いの刑事から、いろいろ探り出してきたぜ。まず因幡が『東明警備』を辞めた件だが、要するに解雇だな。因幡は架空の経費を経理課に請求して、会社から数百万の金を騙《だま》し取ってたんだ」

「ギャンブル好きだったのかな？」

「いや、池袋《いけぶくろ》のキャバクラの女に入れ揚《あ》げてたんだ。キュートな感じの女子大生で、香奈《かな》って娘《こ》だよ」

「杉さん、その娘に会った？」

「この野郎、おれを素人《しろうと》扱いしやがって。当然、香奈には会ったさ。因幡は、近いうちに大金が入ることになってるから一緒に世界旅行をしようって言ってたらしい」

「因幡は誰を強請る気だったのかな？」

「香奈の話から、ヒントは得られたよ。因幡は会社を馘首《かくしゅ》された晩、いまに『東明警備』をぶっ潰《つぶ》してやると息巻いてたらしいんだ。何か切り札を持ってるような口ぶりだったそうだぜ」

「因幡は会社のどんな不正を摑んだのかな？」

「香奈には具体的なことは何も言わなかったらしいが、勝ち目はあると洩らしてたようだな」

「そう。因幡は、香奈に共犯者《レツ》がいると仄《ほの》めかしてなかったんだろうか」

「そういう話はしてなかったそうだ。けど、盛田が因幡とつるんでたと考えてもいいだろう。そっちの話だと、盛田は一連の失踪事件の新聞記事をスクラップしてたんだったよな？」

杉浦がマグカップを口に運んだ。

「ああ。『東明警備』は連続美女失踪事件に関与してたんじゃねえのかな。杉さん、どう思う？」

「おれも最初はそう推測したんだが、『東明警備』の津吹功《つぶきいさお》って社長をはじめ、八人の役員はすべて警察ＯＢだったんだ。百数十人の社員の約二割もお巡《まわ》り上がりなんだよ」

「経営者が警察ＯＢだからって、悪事に手を染めてないとは言い切れないぜ。現職の警察官僚から下《した》っ端《ぱ》の警官《マッポ》まで袖の下を使われてるし、昔は杉さんだって……」

「厭《いや》な野郎だ」

「杉さんのことはともかくさ、警察ＯＢだらけの会社だからって、きれいなビジネスをしてるとは限らない」

「ま、そうだな」

「杉さん、『東明警備』の業績はどうなの？」

「こういう時代だが、年商の落ち込みはそれほどないみてえだな。少なくとも、社長の津吹は優雅な暮らしをしてらあ。高輪《たかなわ》に邸宅を構え、運転手付きのロールスロイスに乗ってやがるんだ」

「東新橋の本社も自社ビルなのかな？」

多門は畳みかけた。

「そうだ。『東明警備』が銭欲しさに悪事に走るとは考えにくいな。ただ、ある職階まで昇りつめた警察OBには、いろんな義理や柵《しがらみ》ができちまう。そんなこんなで、津吹社長個人が何か悪事の片棒を担《かつ》がされた可能性はあるよな」

「そうだね」

「クマ、ちょっと津吹をマークしてみろや」

杉浦がそう言い、ジャケットの内ポケットから一葉《いちよう》のカラー写真を抓《つま》み出した。

多門は卓上に置かれたプリントに目をやった。津吹は五十五、六歳で、頑固そうな顔つきをしていた。

「写真の裏に、津吹の自宅の住所を書いといた」

「それはありがたい。このプリント、しばらく預かるよ」

「わかった」

「杉さん、四谷署の動きは？」

「盛田を撥ねたワンボックスカーの所有者は判明したよ。現場に遺《のこ》されてた塗膜片や目撃者が記憶してたナンバープレートの二字から、割り出したんだ。ただ、問題の車は半月も前に都内で盗難に遭《あ》ってる。つまり、所有者は盛田の事件には関わってないわけだ」

「よくあるパターンだな。で、犯行に使われたワンボックスカーはまだ発見されてないの？」

「ああ、残念ながらな。車が見つかりゃ、何か犯人の遺留品が出てくるんだろうが」

「そうだね」

「今回の謝礼は片手でいいよ」

杉浦が言った。五万円では安すぎる。

多門は半《なか》ば強引に十万円を手渡した。杉浦はコーヒーを飲み終えると、おもむろに腰を上げた。多門は杉浦を見送り、外出の仕度《したく》に取りかかった。ほどなく部屋を出て、ボルボに乗り込んだ。

『東明警備』の本社ビルに着いたのは五時数分前だった。多門は車を本社ビルの近くに駐め、さりげなく外に出た。本社ビルに歩み寄り、地下駐車場に忍び込んだ。

銀灰色のロールスロイスが見える。まだ津吹はオフィスにいるようだ。

多門はボルボの運転席に戻り、張り込みを開始した。

地下駐車場からロールスロイスが滑り出てきたのは午後八時過ぎだった。後部座席には、津吹が坐っている。運転手は初老の痩《や》せた男だった。

多門は一定の車間距離を保《たも》ちながら、ロールスロイスを追尾《ついび》しはじめた。

ロールスロイスは昭和通りを短く走り、新橋演舞場のある通りに入った。ビルの谷間に、老舗《しにせ》の料亭が点在している。

津吹は料亭で誰かと会食することになっているのか。

多門は少し車間距離を縮めた。ほどなくロールスロイスは、有名な料亭の車寄せに吸い込まれた。多門はボルボを料亭の四、五十メートル手前の暗がりに停めた。ロングピースを一本くゆらせてから、車を降りる。

老舗料亭に向かって歩きだしたとき、前方から髪の長い女がハンドバッグを胸に抱えて駆けてきた。どうやら誰かに追われているらしい。

「どうしたんだ?」

多門は逃げてくる二十四、五歳の美しい女に声をかけた。

「変な男に追われてるんです。救《たす》けてください」

「そいつは、どんな奴なんだ?」

「グレイの背広を着た二十代後半の男です。ほら、後ろから……」

女が走りながら、後方を振り返った。

多門は闇を透《す》かして見た。だが、夜道に怪《あや》しい人影は見当たらない。訝《いぶか》しく思いながらも、女に駆け寄った。

立ち止まった瞬間、女の手許《てもと》から白い噴霧《ふんむ》が迸《ほとばし》った。目潰しだろう。

多門は瞳孔に尖《とが》った痛みを覚えた。反射的に目を閉じた。痴漢撃退用スプレーを吹きかけられたにちがいない。

「相手を間違えてるんじゃねえのか」

多門は上瞼《うわまぶた》を擦《こす》りながら、相手に言った。

女は何も言わずに、急に走りだした。パンプスの音が遠ざかったとき、多門は背後に人の気配を感じた。

振り向く前に、喉に紐《ひも》のようなものが喰《く》い込んだ。

革《かわ》紐の感触ではない。樹脂製の結束バンドだろう。

多門は上体を後ろに傾け、紐の下に指を差し込もうとした。しかし、一瞬遅かった。紐が喉に深くめり込んだ。気道《きどう》を圧迫され、声も出せない。

「おまえ、何を嗅ぎ回ってるんだっ」

後ろで、男の野太《のぶと》い声が響いた。声から察して、三十代と思われる。

多門は後ろ蹴りを放った。靴の踵《かかと》で暴漢の向こう臑《ずね》を蹴るつもりだったが、わずかに的《まと》を外してしまった。

「津吹社長につきまとったりしたら、ろくなことにはならないぞ」

男が威《おど》した。

多門は腰の位置を一気に下げた。自然に襲撃者を背負う形になった。多門は敏捷《びんしょう》に動き、敵を跳《は》ね腰で投げ飛ばした。路面に転がった体格のいい男は三十四、五歳だった。黒っぽい長袖のシャツに、茶系のスラックスという軽装だ。

多門は踏み込んで、相手の胸板を蹴った。男が呻いて、大きくのけ反った。手から結束バンドが跳んだ。

「『東明警備』の者だな?」

多門は確かめた。

男は苦しげに唸るだけで、答えようとしない。多門は男の右腕を踏みつけた。男が獣《けもの》じみた声を発した。

「元社員の因幡は会社の弱みをちらつかせ、津吹から銭をせしめようとしたんだろっ。津吹を直《じか》に揺さぶったのは、因幡の友達《ダチ》の盛田だったんだな? それで、津吹は誰かに盛田を無灯火のワンボックスカーで撥ねさせ、それから因幡を始末させた。どこか間違ってるかい?」

多門は暴漢に訊いた。やはり、返事はなかった。

血反吐《ちへど》を撒《ま》き散らすまで、腹を蹴りまくってやるか。

多門は足を飛ばそうとした。

ちょうどそのとき、男が倒れたままの姿勢で右腕を水平に泳がせた。ほとんど同時に、多門は左の臑《すね》に尖鋭《せんえい》な痛みを感じた。

男の右手には、カッターナイフが握られていた。多門は痛みを堪《こら》えて、相手の右腕を蹴り上げる。

刃物が宙を舞った。

多門は男の顔面にキックを浴びせる気になった。片脚を浮かせたとき、男が自ら転がった。数メートル先で素早く起き上がり、そのまま逃げ去った。

男を追おうとしたとき、料亭内からロールスロイスが走り出てきた。どうやら津吹は料亭を訪れる振りをして、罠《わな》を仕掛けたらしい。

多門はボルボに走り寄った。

傷口の痛みは忘れていた。イグニッションキーを捻ったとき、ロールスロイスの尾灯が闇に呑まれた。

多門は車を急発進させた。すぐさま津吹の車を追ったが、それは徒労《とろう》に終わった。

ロールスロイスにGPS端末を取りつけて、津吹の動きを追ってみよう。今夜は、これで切り上げるか。

多門はボルボを塒《ねぐら》に向けた。

4

光点が静止した。山中湖畔《やまなかこ》の別荘地区の外れだった。

多門は車輛《しやりよう》追跡装置のレーダーを注視しながら、レンタカーのプリウスを低速で走らせつづけた。

津吹の車のリア・バンパーの近くに磁石《じしやく》式のGPS端末をこっそり取り付けたのは、一昨日《おととい》の夕方だった。その夜と次の日、津吹はまっすぐ帰宅した。

だが、きょうは違った。午後四時過ぎにロールスロイスは本社ビルの地下駐車場から出てきて、東名高速道路に入った。

ステアリングを操っているのは、築地《つきじ》の料亭街で多門に襲いかかってきた男だった。後部座席に坐った津吹は、軽く目を閉じていた。

多門は車間距離をたっぷり取りながら、尾行しつづけた。ロールスロイスは御殿場《ごてんば》IC《インターチエンジ》を降りると、国道一三八号線に入った。そのまま道なりに走り、山中湖畔の旭日丘《あさひがおか》の別荘地区に入ったのだった。

多門はプリウスを走らせつづけた。

また光点が瞬《またた》きはじめた。目標のロールスロイスに接近したことを知らせるサインだ。

多門は徐行運転しながら、左右に連《つら》なる山荘のガレージに目をやった。

別荘地区の最も端に、ひときわ大きな建物が見える。その車寄せにはロールスロイスが駐めてあった。車内には、人の姿はなかった。

多門はプリウスを無人の別荘のガレージに入れ、静かに降りた。灯《あか》りの点いている山荘は少ない。多門はロールスロイスの駐まっている山荘まで歩いた。自然石を積み上げた門柱には、「津吹山荘」という表札が埋まっている。

並のペンションよりも大きな別荘だ。二階建てで、アルペン風の造りだった。

多門は津吹山荘の手前にある雑木林の中に足を踏み入れた。綿《めん》ブルゾンのポケットから暗視望遠鏡《ノクト・スコープ》を摑み出し、目に当てる。

津吹山荘の周囲には低い柵《さく》が張り巡らされているだけだった。その気になれば、たやすく敷地内に侵入できる。

多門は山荘の裏に回り込み、反対側の自然林の中に入った。

それから間もなく、津吹山荘に高級外車が次々に乗りつけられた。どの車も外交官ナンバーで、降り立った男たちはいずれも日本人ではなかった。

白人が四人、黒人が二人だった。駐日大使館員と思われる男たちは馴《な》れた足取りで山荘の中に消えた。

警備会社の社長と彼らに仕事上の接点があるとは思えない。各大使館のガードは、それぞれの本国から呼び寄せた屈強な武官たちが担《にな》っているはずだ。

なぜ津吹は、六人の外国人男性を自分の別荘に招いたのか。

多門は柵を乗り越え、津吹山荘の庭の中に入った。樹木が多い。身を隠す場所には困らなかった。

多門は広いテラスの下に潜《もぐ》り込み、十分ほど様子をうかがった。

山荘からは誰も飛び出してこない。多門はテラスの短い階段を昇って、大広間《サロン》に近寄った。

カーテンのわずかな隙間《すきま》から電灯の光が洩《も》れている。

多門はカーテンの隙間から、大広間《サロン》の中を覗き込んだ。

ほぼ中央部に、六人の外国人男性が円の形に立っていた。揃《そろ》って全裸だった。

彼らの足許には、六人の女がうずくまっている。いずれも生まれたままの姿で、両足首には鉄の塊《かたまり》を括《くく》りつけられている。

あの六人は、首都圏で失踪した女たちなのかもしれない。津吹が十数人の美女たちを拉致《らち》して、大使館員たちに性的な奉仕をさせているのか。

多門は大広間に躍《おど》り込みたい衝動を抑《おさ》えて、目を凝《こ》らした。

裸の女たちが一斉《いっせい》にひざまずき、目の前に立った外国人男性の股間に顔を寄せた。

だが、誰も積極的にはペニスをくわえようとしない。男たちが焦《じ》れて、猛《たけ》った性器を次々に女たちの口中に突き入れた。

彼らはパートナーの頭を抱え込むと、競《きそ》い合うように腰を前後に動かしはじめた。

なんとも加虐《かぎゃく》的なイラマチオだった。優しさの欠片《かけら》さえ感じられない。

二分ほど経つと、女たちは時計回りに移動しはじめた。男たちは、六人の裸女の口を穢《けが》した。

それから彼らは六人の美女を床に這《は》わせ、背後から犯しはじめた。もう黙ってはいられない。

多門は少し後ろに退《さ》がった。

サッシ戸のガラスを蹴破ろうとしたとき、カーテンの隙間から例の大柄な男の姿が見えた。銃身を短く切り詰めた散弾銃《ショットガン》を手にしている。下手に大広間に押し入ったら、女たちが撃たれることになりそうだ。

辱《はずかし》められている女たちを一刻も早く救い出してやりたいが、ここは慎重に行動すべきだろう。

多門は自分に言い聞かせて、テラスから降りた。

ちょうどそのとき、山荘の広い車寄せにドルフィンカラーのBMWが停まった。次の瞬間、短くクラクションが鳴らされた。

少し経つと、山荘のポーチから津吹が現われた。

BMWから降りた男は、四十四、五歳だった。知的な面差《おもざ》しで、背が高い。

「お待ちしておりました」

津吹が愛想よく言って、来客に歩み寄った。

「例のパーティーは、はじまってるのかな」

「ええ、少し前にね」

「CCDカメラは招待客に気づかれない場所に設置してくれたね？」

「その点は抜かりありません。レンズは一ミリですから、大使館の連中には見つからないでしょう」

「そうか。連中は自分たちの立場が不利になるとも考えずに、ハプニングパーティーに耽《ふけ》ってくれそうだな」

「ええ。駐日大使館員たちをセックス・スキャンダルの主役に仕立てれば、あなたは各国から機密情報を入手できます。そうなったら、敵もあなたを見直すでしょう」

「そうなってほしいね。わたしが懲戒免職になったら、親父だけじゃなく、一族の者たちの名誉まで傷つけてしまう。それだけは、なんとしてでも避けたいんだ」

「ええ、わかっております。気晴らしに飼ってる女たちのひとりを嬲《なぶ》り殺しにしてもかまいません。あなたのご祖父と父上には、わたしの父親がとても世話になりましたので、できるだけのご恩返しはさせてもらいます」

「元警察官僚が人殺しを勧めてもいいのかな」

「こりゃ、まいったな。殺人はともかく、せっかく来られたんですから、好みの女と遊んでいってください」

「まさか女と戯《たわむ》れてるわたしの姿をCCDカメラで隠し撮りする気じゃないだろうね？」

「冗談でもそんなふうに言われると、悲しくなります。あなたのご祖父やお父上に目をかけていただけなかったら、わたしの父親は貧しい和ろうそく職人で一生を終わったでしょう。しかし、ご祖父のおかげで父は大学まで出してもらえ、お父上の下で働かせてもらえました。ですから、わたしも東京の大学に進めたわけです。子供のころから父は、あなたの一族のためには身を挺《てい》して尽くせと……」

「話が辛気《しんき》臭くなってきたね。せっかくだから、3Pでも娯《たの》しませてもらおうか」

BMWの主が好色そうな笑みを浮かべた。津吹が来客の背に片手を回し、山荘の中に招き入れた。

多門は玄関の扉が閉まると、ＢＭＷに近づいた。特殊万能鍵でドア・ロックを外し、助手席に乗り込んだ。グローブボックスから車検証を引っ張り出し、ライターの炎で文字を読む。

ＢＭＷの所有者は磯村徹也《いそむらてつや》となっていた。現住所は世田谷《せたがや》区赤堤《あかつつみ》だった。

多門は車検証をグローブボックスに戻した。それから彼は懐からスマートフォンを取り出し、杉浦をコールした。

電話は、すぐに繋《つな》がった。多門は経過をかいつまんで話し、杉浦に磯村徹也のことを調べてくれるよう頼んだ。

「磯村って奴のことは、すぐに調べてみらあ。それはそうと、山荘でセックスペットにされてる女たちは首都圏で拉致されたにちがいねえだろう」

「おれも、そう直感したよ。これから、なんとか彼女たちを救い出すつもりなんだ」

「ひとりじゃ無理だろうが？」

「手強《てごわ》いのはショットガンを持ってる大柄な奴だけだ。なんとかなるだろう」

多門は電話を切ると、ＢＭＷを降りた。

特殊万能鍵で給油口の蓋《ふた》を外し、キャップを開ける。怪力で車体を揺さぶると、ガソリンが零《こぼ》れはじめた。

やがて、油溜まりができた。

多門はロングピースをくわえた。深く喫いつけてから、火の点いた煙草を油溜まりの中に投げ落とした。ほとんど同時に、爆発音が響いた。炎は一気に勢いづき、ＢＭＷを舐《な》めはじめた。

多門は山荘の庭を突っ走り、テラスの陰に身を潜《ひそ》めた。

待つほどもなくポーチから数人の男が飛び出してきた。その中に、散弾銃《ショットガン》を持った大男も混じっていた。

いまがチャンスだ。

多門は建物の裏手に回った。台所のドアを特殊万能鍵で解錠し、山荘の中に躍《おど》り込む。土足のままだった。広いキッチンを出ると、すぐそばに地下室に通じている階段があった。

多門は階段を駆け降りた。地下室の扉はロックされていた。

特殊万能鍵で錠を解く。ドアを開けると、ワインの貯蔵棚の下に五人の若い女がひと塊《かたまり》になっていた。五人とも一糸《いっし》もまとっていない。後ろ手に結束バンドで縛られている。

女たちが顔を見合わせ、警戒するような顔つきになった。

「おれは、きみらの味方だ。きみらは全員、首都圏で拉致されたんだな？」

多門は誰にともなく訊いた。ややあって、ボブヘアの女が口を開いた。

「ええ、そうです。わたしを含めて十三人の女の子がここに閉じ込められてます。六人は大広間《サロン》に連れていかれて、二人は少し前に二階に……」

「いま、両手を使えるようにしてやるから、とりあえず五人で先に逃げるんだ」

「でも、わたしたちの服やランジェリーは犯人たちに取り上げられてしまったんです。裸では逃げられません」

「恥ずかしいだろうが、裸のままで逃げるんだ。いいね？」

多門は五人に言い、手早く縛《いまし》めをほどいた。

裸の女たちを台所に導《みちび》くと、そこには散弾銃《ショットガン》を構えた大柄な男が待ち受けていた。とっさに多門は、五人の女を背の後ろに庇《かば》った。

「お客さんのＢＭＷを燃やしたのは、きさまだな」

男が言って、レミントンの水平二連銃の銃口を多門の左胸に押し当てた。

「津吹の命令で、おめえらが十三人の女を引っさらったんだなっ」

多門は声を張った。大柄な男は薄く笑ったきりだった。

「磯村徹也が首謀者らしいな」

「き、きさま、磯村さんのことまで調べ上げてたのか!?」

「まあな。磯村は駐日大使館員たちにセックスペットを与えて、淫らなビデオを盗み撮りさせてる。大使館員たちの弱みを押さえて、各国の機密情報を入手しようと考えてるようだな。おおかた磯村は、外務省の幹部職員なんだろう。そうだなっ」

多門は確かめた。

男は身振りで、多門にひざまずけと命じた。後ろには、五人の人質がいる。抵抗するわけにはいかない。

多門は言われた通りにした。

両膝を床についた瞬間、頭頂部を散弾銃《ショットガン》の銃把《じゅうは》で強打された。頭の芯《しん》が霞《かす》んだ。

多門は前のめりに倒れた。大柄な男が屈《かが》み込み、多門の首に注射針を突き立てた。

「おれを薬殺する気かっ」

「中身は麻酔薬の溶液だよ。しばらく眠ってくれ」

「くそったれども！」

多門は毒づいた。その直後、急に意識が混濁《こんだく》した。

5

高窓から白っぽい月が見えた。

下弦《かげん》の月だった。多門は少し前に麻酔から醒《さ》めていた。体の自由が利《き》かない。後ろ手に両手を結束バンドで縛られ、足枷《あしかせ》も嵌《は》められていた。

転がされているのは、どうやら山荘の納戸《なんど》の床らしい。

近くに埃《ほこり》塗れのソファセットやチェストが見える。笠の破れたフロアスタンドもあった。

十畳ほどのスペースだった。電灯は点いている。

突然、ドアが開けられた。入ってきたのは、料亭街で多門に防犯スプレーを吹きつけた女だった。

「ショットガンを持ってた奴は、どうしたんだ?」

「彼はゲストルームで、盛田沙和をレイプしてるわ」

「なんだと!? 盛田の妹を拉致したっていうのかっ」

「ええ、そうよ。わたしが彼女を麻酔注射で眠らせて、ここに車で運んだの。拉致するのは簡単だったわ。すでに十三人の女を引っさらってたんでね」

「えっ、十三人もそっちひとりで拉致したのか!?」

「十三人のセックスペットは、藤波《ふじなみ》、因幡、わたしの三人が引っさらったのよ」

「藤波?」

「ショットガンを持ってる男よ。わたしたち三人は元警察官なの。それぞれ職場に居づらくなるようなことをして、三人とも津吹社長に拾ってもらったわけ。だから、社長に言われるままに半年ぐらい前から首都圏でセクシーな美女を次々に……」

「まだ若いんだから、もっと自分を大事にしろや。過去に何があったか知らないが、自棄《やけ》を起こすのはよくねえよ」

多門は穏《おだ》やかに諭《さと》した。

「顔に似合わないこと言わないでよ。それより、ちょっと体を貸して」

「何を考えてるんだ!?」

「藤波が盛田沙和をレイプしてるシーンを想像したら、ここが疼《うず》きはじめたの」

女は自分の恥丘《ちきゅう》を撫《な》で、多門の足許に片膝を落とした。

「足枷を外してくれるのか？」

「セックスしてる間だけね。でも、両手は縛ったままよ」

「後ろ手に縛られたままじゃ、ちゃんと仰向《あおむ》けにはなれない。逃げたりしねえから、結束バンドもほどいてくれ」

「ううん、それは駄目！」

「おれも、そっちの体にタッチしてえんだ」

多門は言った。女の気を惹《ひ》いて、反撃のチャンスを摑むつもりだった。

だが、女は引っかからなかった。

無言で足枷を外し、多門のベルトに手を掛けた。すぐにチノクロスパンツとトランクスが膝のあたりまで引き下げられた。

「でっかいピストルね。楽しみだわ」

女が多門を仰向けにさせ、手で陰茎を弄《もてあそ》びはじめた。

多門は顔をしかめた。重ねた両手首に体重がかかり、腕に少し痺《しび》れを感じる。

女は男根《だんこん》を何度か握り込むと、赤くぬめった唇を被《かぶ》せてきた。すぐに多門は、女の顔を内腿《うちもも》できつく締めつけた。

女が喉を軋《きし》ませ、苦しげに唸りはじめた。

多門はそのまま女を捻り倒し、両手首に力を込めた。少しすると、縛めが緩《ゆる》んだ。多門は両手首を結束バンドから抜き、上体を起こした。

片手で女の肩口を摑み、素早く起き上がった。チノクロスパンツとトランクスを引っ張り上げてから、女の利き腕を捩《ね》じ上げた。

そうしながら、相手の体を探る。女はブローニングの超小型拳銃を隠し持っていた。

多門は婦人用ポケットピストルを奪い、銃口を女の脇腹に押し当てた。

「津吹はどこにいる?」

「もう山荘にはいないわ。数十分前に磯村さんをロールスロイスの後部座席に乗せて、東京に……」

「大広間《サロン》にいた外国人たちは？」

「彼ら六人も引き揚げたわ。連中の相手をしてた六人の女は地下室に閉じ込めてあるわ、残りの七人と一緒にね」

「藤波って野郎は、どこで盛田沙和を犯してるんだ？」

「二階の奥のゲストルームよ」

「案内してもらおうか」

「藤波とわたしを人質に取って、東京に向かってる津吹社長と磯村さんをここに呼び戻すつもりなのね？」

「ま、そんなとこだ。とりあえず、ゲストルームに案内してくれ」

「逆《さか》らわないほうがよさそうね」

女が観念し、歩きはじめた。多門は女をポケットピストルで威嚇《いかく》しながら、納戸を出た。

納戸は階下の奥まった場所にあった。

二人は階段を昇った。女が廊下の左側の端にある部屋の前で立ち止まった。

「ドアを開けるんだ」

多門は女に小声で命令した。

女が黙ってドア・ノブを引いた。多門は女の背を押した。

藤波がベッドの上で沙和の両脚を肩に担《かつ》ぎ上げ、腰を動かしていた。乱暴な抽送《ちゅうそう》だった。

沙和の両手首は腹の上で縛られていた。結束バンドではなく、細い針金だった。口の中には、黄色いスカッシュボールが突っ込まれている。

沙和は泣きながら、首を横に振りつづけていた。多門は憤《いきどお》りを覚えた。

藤波が気配で振り向いた。ぎょっとして、沙和の両脚を肩から振り落とした。

多門は右腕をいっぱいに伸ばすと、ポケットピストルの引き金を絞った。銃声は小さかった。二十二口径だからだ。

放った銃弾は、藤波の左肩に命中した。藤波が呻いて、シーツの上に倒れた。

「盛田の妹の両手を自由にしてやれ！」

多門は弾除《たまよ》けにしていた女に言った。

女は従順だった。多門はベッドに近寄り、二弾目で藤波の左の太腿を撃った。散弾銃《ショットガン》を奪う。藤波が身を縮《ちぢ》めて、長く呻いた。沙和がベッドを降り、後ろ向きで衣服をまとった。

「地下室に十三人の女が閉じ込められてる。きみは彼女たちと一緒に先に逃げてくれ」

多門は沙和に言い、女に左手を差し出した。

「その手は何なの?」

「結束バンドを切るときのニッパーを隠し持ってるだろうがっ」

「持ってないわ」

「命令に背《そむ》く気なら、そっちも撃《ハジ》くぜ。女に手荒な真似はしたくないが、場合によるからな」

「わかったわ」

女はジャケットのポケットからニッパーを取り出し、仏頂面《ぶっちょうづら》で沙和に手渡した。

「多門さん、兄はあいつに車で撥ねられたんですか?」

沙和が藤波に憎悪の籠った目を向けながら、そう問いかけてきた。多門が口を開く前に、藤波が言った。

「そうだよ。おれが、おまえの兄貴を車でわざと轢《ひ》いたのさ」

「なぜ、そんなことをしたんです?」

「おまえの兄貴は友人の因幡と共謀して、うちの津吹社長から二億円の口止め料を脅し取ろうとしたんだ。因幡は、そこにいる門脇幸枝《かどわきゆきえ》やおれと一緒に社長の命令で十三人の女を拉致したんだよ。因幡の奴は金欲しさに、おれたち仲間や恩人の社長を裏切ったんだ。社長が怒るのは当然さ」

「因幡さんも、あんたが殺したの？」

「ああ、そうだ。なんか文句あるかっ」

藤波が喚《わめ》いた。多門は無言で三弾目を藤波の下腹部に浴びせた。

沙和が驚きの声をあげた。

「きみは早く十三人の人質と逃げろ」

「でも、多門さんのことが心配です」

「おれは殺されても死ぬような男じゃない。早く行くんだ」

多門は急《せ》かした。

沙和が意を決し、ゲストルームから飛び出していった。多門は門脇幸枝をベッドに腰かけさせてから、懐《ふところ》からスマートフォンを取り出した。

「津吹のスマホのナンバーは？」

「それは言えないわ」

「まだ弾《たま》は残ってるんだ。それに、散弾銃《ショットガン》も奪った。藤波みたいになってもいいのか？」

「いやよ、そんなの」

幸枝が津吹のスマートフォンの番号を明かした。

多門は数字ボタンをタップした。ツーコールで電話が繋がった。

「藤波と門脇幸枝を押さえた。藤波はあんたに命じられて、盛田と因幡を始末したことを吐いたぜ」

「ええっ」

「おれは藤波の自白を録音しておいた。もうあんたも磯村徹也も逃げられねえぜ」

多門は、もっともらしく言った。

「なんてことなんだ」

「いま、どのへんを走ってる？」

「御殿場ＩＣの少し手前だよ」

「車をＵターンさせて、磯村と一緒に別荘に戻ってきな」

「磯村さんは事件には無関係なんだ。だから、わたしだけ山荘に戻るよ」

「親子二代にわたって磯村一族に恩義があるようだが、そこまで黒幕を庇《かば》うことはねえだろうが」

「しかし……」

「ま、いいさ。磯村徹也は外務省の幹部だな？　おおかた磯村は点数を稼ぎたくて、駐日大使館員たちをセックス・スキャンダルの主人公に仕立てて、それぞれの国から機密情報を引き出そうとしてたんだろう」

「そうじゃないんだ。磯村さんは一族の名誉を守り抜くため、各国の大使館員たちを罠に嵌めたんだよ」

「どういうことなんだ?」

「磯村さんは以前、アフリカの某国で大使をしてたんだが、部下の書記官たちが結託《けったく》して公費を大幅に水増し請求してたんだ。そのことが現大臣に知られて、磯村さんは詰め腹を切らされそうになってる。若くして事務次官まで昇りつめた磯村さんは、一族の誇りなんだよ。ご祖父とお父上は商才に恵まれ、たったの二代で北陸地方でナンバーワンの財閥を築き上げた。おふた方は磯村さんが政界に打って出ることを強く望まれてたんだ。ここで経歴に疵《きず》がついてしまったら、一族の夢は潰《つい》えることになる。そこで、わたしは磯村さんにわが国の外交にプラスになる材料を駐日大使館員たちから引き出させ、外務大臣に提供してはどうかと申し上げたんだ」

津吹が長々と喋った。

「磯村徹也は、その提案に乗ったわけだ?」

「うん、まあ」

「それじゃ、あんたと同罪だ。ところで、何人の大使館員を罠に嵌めた?」

「およそ六十人だよ。国の数でいうと、四十カ国近いね」

「てめえらは、なんの罪もない十三人の女を拉致して、別荘で性の奴隷《どれい》にした。その上、邪魔者の盛田と因幡を葬《ほうむ》らせた。それから、盛田の妹までレイプさせた。やってることが相当あくどいぜ」

「そっちの要求は何なんだね？」

「とりあえず、大急ぎでこっちに戻って来い。来なかったら、おめえら二人は破滅だぜ」

多門はスマートフォンをすぐに懐に戻した。

「社長と磯村さんから、どのくらい毟《むし》り取る気なの？」

幸枝が訊いた。

「十三人の人質にひとり五千万の慰謝料を払わせるか。盛田の遺族には、二億ほど払わせてやろう。藤波に辱められた盛田沙和にも一億の補償金は渡さねえとな。それに、おれの口止め料を五千万ばかり乗っけると、総額でいくらになる？　電卓がねえと、すぐには数字が出てこねえな」

「悪党ね、あんた。でも、ちょっと魅力があるわ。なんだったら、わたし、あんたと手を組んでもいいわよ」

「ノーサンキューだ。女性に生まれたことを感謝しな」

「それ、どういう意味なの？」

「おれは、どんな女も愛《いと》しいと思ってるんだ。だから、あんたは見逃してやる。どこか知らない土地に行って、いい恋愛をしな。そうすりゃ、きっと別の女性に生まれ変われるさ」

「ほんとに見逃してくれるの？」

「ああ。おれの気が変わらねえうちに、とっとと消えてくれ」

多門は言った。幸枝が立ち上がり、急ぎ足でゲストルームを出ていった。

「おれも、おたくに個人的な恨みはなかったんだ。だから、もう勘弁してくれないか」

藤波が唸りながら、縋《すが》るような眼差《まなざ》しを向けてきた。

「てめえはおれの昔の舎弟を轢き殺し、そいつの妹までレイプした。赦《ゆる》せねえな」

「お、おれを殺すのか!?」

「そうだ。くたばれ！」

多門は藤波の頭を撃ち砕いた。

血がしぶき、脳漿《のうしょう》が飛び散った。藤波は声もあげずに縡切《こと》れた。

多門はゲストルームを出て、地下室に急いだ。

無人だった。沙和は十三人の女たちと無事に脱出したようだ。

多門はひと安心し、大広間《サロン》に入った。ちょうどそのとき、杉浦から電話がかかってきた。

「連絡が遅くなって済まねえ。磯村徹也は外務省の事務次官で、北陸の財閥の御曹司《おんぞうし》だったぜ」

「杉さん、もういいんだ。そろそろ幕引きなんだよ。詳しい話は、東京で……」

多門は通話を切り上げ、深々としたソファに腰かけた。

大広間《サロン》には精液の臭いが充満していた。ハプニングパーティーの名残《なごり》だ。

十数分待つと、車寄せに一台の車が停まった。

多門はポケットピストルを構えながら、そっとテラスに出た。

眼下にロールスロイスが見えた。津吹と磯村が相前後して車を降りた。

二人とも観念した表情だった。多門はほくそ笑《え》んで、大広間《サロン》に戻った。商談は、ほんの五、六分で終わるだろう。

多門はソファにどっかりと坐った。

第七話　奈落《ならく》の底

1

前方に人だかりが見えた。

帝都《ていと》銀行渋谷《しぶや》支店の前だった。十数人の野次馬は、一様に屋上を仰いでいる。

三月中旬のある日の夕方だ。

多門剛は好奇心に駆られ、ボルボXC40を路肩《ろかた》に寄せた。明治《めいじ》通りである。

車を降り、銀行の屋上を見上げた。

手摺《てすり》の際《きわ》に立った五十二、三歳の男が二十代前半と思われる女性の片腕を摑《つか》み、何か大声で喚《わめ》いている。

言葉はよく聞き取れない。男は帝都銀行に何か恨みがあって、立て籠《こも》ったのだろうか。

そうだとしたら、横にいる女は行員なのだろう。女が困っているのに、見て見ぬ振りはできない。

多門は人垣を掻《か》き分け、銀行の通用口に向かった。

通用口の前には、二人の男性行員が立ち塞《ふさ》がっていた。片方は四十年配で、もうひとりは三十歳前後だった。

警察官の姿は見当たらない。

銀行は、まだ警察に事件の通報をしていないのか。あるいは何か事情があって、わざと一一〇番しなかったのだろうか。

とっさに多門は、刑事になりすました。

「警視庁の者です。なんの騒ぎなのかな」

「失礼ですが、本当に警察の方なんでしょうか？」

若いほうの行員が疑わしそうな眼差《まなざ》しを向けてきた。

多門は焦茶《こげちゃ》のレザージャケットの内ポケットから模造警察手帳を取り出し、二人の行員に短く呈示した。いつも彼は十数種の偽造身分証を持ち歩き、必要に応じて使い分けていた。

「どうも失礼しました」

四十絡《がら》みの行員が詫《わ》びた。顔色がすぐれない。唇は紫色に近かった。心臓が悪いのだろうか。

「いったい何があったんです？」

多門は年嵩《としかさ》の男に訊《き》いた。

「追加融資を打ち切られた昔の顧客が当行を逆恨《さかうら》みして、数十分前から籠城《ろうじょう》してるんですよ。最初は支店長室に立て籠っていたのですが、あいにく支店長は外出中でしたので」

「立て籠ってる男の名前は？」

「美濃部圭吾《みのべけいご》という男です。五十二歳だったと思います。彼は金型《かながた》加工の工場を経営してたんですが、半年ほど前に会社が倒産してしまったんですよ」

「そう。人質に取られてるのは、女性行員なんですね？」

「いいえ、違います。実は、彼女がどこの誰なのかわからないんです」

「たまたま犯人と通り合わせ、運悪く拉致《らち》されたのかな。それはそうと、もう一一〇番通報はしたんでしょ？」

「それがまだ……」

「なぜ通報しなかったんです？」

「出先の支店長に電話で指示を仰ぎましたところ、『急いで職場に戻るから、それまで一一〇番しないように』と言われたものですから」

「なるほど、そういうことだったのか。それじゃ、こっちが犯人を説得してみよう」

「お願いします」

二人の行員が声を揃《そろ》え、すぐに左右に散った。

多門は男たちの間を通り抜け、エレベーターホールに急いだ。ホールには、四人の男性行員が立っていた。いずれも表情が硬い。

「警察の者だ」

多門は誰にともなく言い、函《ケージ》に乗り込んだ。

ビルは六階建てだった。ほどなく屋上に着いた。

灰色のスチール・ドアはロックされていなかった。多門はドアを押し開けた。気配で、立て籠っている男が振り向いた。

「だ、誰なんだ!?」

「通りすがりの者だよ。あんた、美濃部圭吾さんだね？」

「どうして、わたしの名を知ってるんだ!? おたく、刑事らしいな」

「そうじゃないって。おれは民間人だよ」

「嘘つくな。警察の人間だから、わたしの名を知ってたんだろうが？」

「おれは調査員みたいな仕事をしてるんだ」

「ごまかすな！」

「そう興奮するなよ」

多門は美濃部をなだめながら、ゆっくりと近づいた。

よく見ると、二人の頭髪と衣服はぐっしょりと濡れていた。油臭い。

多門は視線を巡《めぐ》らせた。

給水塔のそばに、空《から》の赤いポリタンクが転がっている。美濃部は人質の娘に灯油をぶっかけ、自分も頭から被《かぶ》ったらしい。

かたわらの女性は、目鼻立ちの整った個性的な美人だ。肢体《したい》もセクシーだった。二十四、五歳だろう。

なぜだか、彼女はそれほど怯《おび》えていない。どういうことなのか。

「こっちに来るな。そこで止まれ！　それ以上、われわれに近づいたら、火を点《つ》けるからな」

美濃部が黒っぽい綿パーカのポケットからライターを抓《つま》み出し、手早く点火した。炎の勢いが強い。ターボライターだろう。

「わかったよ」

多門は美濃部に言って、コンクリートの上に胡坐《あぐら》をかいた。ひんやりと冷たい。

「支店長の目時武直《めときたけなお》は、まだ出先から戻ってないのかっ。わたしは奴に恨みがあるんだ」

「どんな恨みがあるんだい？」

「わたしは貸し剝《は》がしに遭《あ》って、自分の会社を潰《つぶ》さざるを得なくなってしまったんだ。目時とは十五年以上のつき合いだったんだがね。奴が本店の融資部に戻った二年間も、交遊は重ねてた。それなのに、目時は日経平均株価が二万三千円台を割り込んで銀行の含み損が大きくなったからという理由で、一億七千万の借金の一括返済を迫ったんだ」

「銀行も生き残るために必死なんだろう」

「それにしても、話が一方的じゃないか。一括返済に応じなければ、担保物件の工場と自宅をすぐに競売にかけると威《おど》しをかけてきた。それで仕方なく、わたしは自宅の競売には同意したんだよ。ただし、返済期限は最初の契約通りにしてほしいと頼んだんだ」

「支店長の反応は？」

「目時は、わたしの申し出を受け入れると言ってくれた。しかし、誓約書の類《たぐい》は認《したた》められないと言った」

「誓約書を取らなかったのか。それはまずかったな」

「迂闊《うかつ》だったよ。結果的には、まずいことになったんだ。支店長は自宅の買い手が見つかったら、ふたたび一括返済を求めてきた」

「その通りだ。目時は、最初っからわたしを騙《だま》すつもりだったのさ。あくどい奴だよ、まったく！」

「やり方が汚《きたね》えな」

美濃部が憤《いきどお》りを露《あらわ》にした。

「銀行は所詮《しょせん》、金貸しだからな。貸した金が焦《こ》げついたら、大損することになる。だから、強引な手を使ってでも金を回収しようとするわけだ」

「帝都銀行は、れっきとしたメガバンクなんだ。怪しげな消費者金融じゃない。高利貸しみたいな取り立てをやるなんて、断じて赦《ゆる》せんよ。そうは思わないか？」

「確かにスマートなやり方じゃないね。で、あんたは一括返済に応じたの？」

「そんな金なんかなかった。十二人の従業員には何とか給料を払ってきたが、社長のわたしは二年以上も無給で働いてきたんだよ。どうしても一括返済は無理だと言ったら、目時は五千万円だけ調達すれば、工場は競売にかけないと約束してくれたんだ」

「それも口約束だったわけか？」

多門は確かめた。

「ああ。工場が競売にかけられたら、わたしの会社はもうおしまいだ。それだから、渋々、目時支店長の提案を受け入れることにしたんだよ」

「しかし、まともな金融機関から五千万円の借り入れは難しいはずだ」

「その通りだよ。それでわたしは切羽詰《せっぱ》まって、目時が教えてくれた街金《まちきん》に泣きついたんだ。そうしたら、あっさり無担保で五千万も融資してくれた。もちろん、連帯保証人を二名付けるという条件はあったがね」

「兄弟か誰かに保証人になってもらったわけか？」

「弟は地方公務員だから、保証人になってもらうのは無理だった。それで同業の工場主二人に頼み込んで、連帯保証人になってもらったんだ。しかし、表向きの年利は二十パーセントだったが、実質年利が四十パーセント以上だったんだよ。利払いだけでも大変だった。元請《もとう》けの会社が中国に合弁の工場をこしらえたんで、わたしの会社の受注量はガタ減りになってたんだよ」

美濃部がそう言い、溜息《ためいき》をついた。

「そんなことで、結局、工場は畳《たた》まざるを得なくなったわけだ？」

「そうなんだよ。街金は二人の連帯保証人のとこにも連日のように取り立て屋を通わせ、十万、二十万と回収していった。連帯保証人のひとりは厳しい取り立てに精神をやられてしまって、去年の暮れに発作的に駅のホームから……」

「鉄道自殺したのか」

多門は遣《や》り切れない気持ちになった。毎年、二万数千人の日本人が自らの命を絶《た》っている。その多くは中高年の男性だ。

「申し訳ないことをしてしまったよ。もうひとりの保証人は一家で蒸発した。彼らを不幸にしてしまったのは、このわたしだ。しかしね、強引な返済を迫った目時支店長にも責任の一端はあると思う。わたしの考えは間違ってるかね？」

「帝都銀行のやり方はフェアじゃないな。けど、あんたも潔《いさぎよ》くない。同業者の二人に迷惑をかけることは予測できたはずだ。だったら、その時点で会社を潰すべきだったんじゃないのか？」

「わたしには、十二人の工員の生活を支える義務があったんだ。彼らを路頭《ろとう》に迷わせるわけにはいかなかったんだよ」

「その気持ちはわかるが、連帯保証人の二人にもそれぞれ守るべき家族がいたわけだろう？」

「そう言われると、返す言葉がないな」

美濃部がうなだれた。

「目時とかいう支店長が戻ってきたら、どうする気なんだ？」

「支店長に恨みをぶつけたら、奴の目の前で娘と一緒に焼身自殺する！」

「横にいる彼女は、あんたの実の娘だったのか!?」

「そうだよ。ひとり娘の夏実《なつみ》だ。娘は東証プライム上場企業のＯＬをやっていたんだが、街金の取り立てが厳しくなってからは会社を辞めて、いかがわしいアルバイトを……」

「風俗店か、ソープランドで働いてたのか？」

多門は夏実に優しく問いかけた。

「いいえ、デリバリーヘルスの仕事をしていました」

「客の待つホテルや自宅に出向いて、性的なサービスをしてたんだな？」

「ええ、そうです。でも、わたしが稼いだお金は金利分にもなりませんでした」

「わたしは駄目な父親だ」

美濃部が夏実の言葉を遮《さえぎ》って、呻《うめ》くように言った。多門は美濃部に声をかけた。

「奥さんは？」

「家内は三年前に病死した。わたしは夏実に辛《つら》い思いをさせるだけで、嫁入り道具も用意してやれなかった。娘は好きだった男と別れて、デリヘル嬢になったんだ」

「父さん、そのことはもういいの。彼よりも家族を選んだことは、別に後悔していないから。父さんと一緒に死ぬことだって、ちっとも怖くないわ」

「夏実！」

美濃部は娘と抱き合い、ひとしきり涙にむせた。

痛ましかった。思わず多門は、貰《もら》い泣きしそうになった。だが、涙をぐっと堪《こら》えた。

すべての女性を観音《かんのん》さまのように崇《あが》めている自分としては、なんとか夏実を救ってやりたかった。しかし、いま巨額の負債を肩代わりしてやるだけの余裕はない。

「おたくは、もう消えてくれ。世渡りの下手な男が娘を道連れにして、人生に終止符《ピリオド》を打つ。それだけのことさ。世間にはよくある話じゃないか」

美濃部が言った。自嘲的な口調だった。

「自殺はよくない。どんなに辛いことがあっても生き抜く。それが、この世に生を享《う》けた者の務めだ」

「もう生きることに疲れたんだよ、われわれは」

「生きてりゃ、きっといいこともあるって」

多門はそう言いながら、ゆっくりと立ち上がった。

そのとき、美濃部の顔に驚きと焦《あせ》りの色が交錯《こうさく》した。多門は振り返った。警棒を握った二人の制服警官が屋上に躍《おど》り込んできた。野次馬の誰かが一一〇番したのだろう。

突然、美濃部が自分の娘を思い切り突き飛ばした。夏実は虚《きょ》を衝《つ》かれ、コンクリートの上に横倒しに転がった。

「わたしに近寄るな！」

美濃部が叫んで、屋上の端まで一気に駆けた。鬼気迫る形相《ぎょうそう》だった。

立ち止まったとき、ターボライターの着火音が響いた。

「おい、ばかな真似《まね》はやめろ」

「火を点けるんじゃない」

警官たちが大声で制止した。

だが、美濃部はライターの炎を灯油の染《し》みた綿パーカに近づけた。次の瞬間、彼の全身を火が走った。一瞬の出来事だった。炎にくるまれた美濃部は意味不明な言葉を発しながら、手摺《てすり》を跨《また》ぎ越え、そのまま大きくダイビングした。

「お父さん！」

夏実が立ち上がり、父が身を躍《おど》らせた場所まで走った。眼下を見下ろすと、彼女はその場に頽《くずお》れた。

多門は夏実に駆け寄り、素早く抱き起こした。夏実は気を失っていた。

「身を投げた男は、まだ生きてるかもしれない。早く救急車を呼んでくれ！」

多門は警官たちに怒鳴《どな》った。

2

線香を立てた。

立ち昇った煙が遺影の前で拡散《かくさん》した。多門は生前の美濃部の写真に手を合わせた。美濃部が死んだのは、ちょうど一週間前である。

火達磨《ひだるま》の状態で銀行の屋上から飛び降りた彼は落下時に首の骨を折り、即死に近い状態だった。

事件後、多門は自分が故人の自殺の引き金になったような気がして、なんとなく気が咎《とが》めていた。そんなことで、弔問《ちょうもん》に訪れたのである。

美濃部父娘《おやこ》の住まいは、大田区《おおたく》糀谷《こうじや》にあった。古ぼけた賃貸マンションだった。間取りは2DKだ。

多門は合掌を解くと、かたわらに正坐した夏実に深々と頭を下げた。

「勘弁してくれ。おれが余計なお節介をしなきゃ、おそらく親父さんは死なずに済んだだろう」

「何をおっしゃるんです。あなたには、なんの責任もありません。父は目時支店長に恨みを言ったら、自殺する気でいたんです」

「そうだったとしても、おれがしゃしゃり出なければ、きっと親父さんは思い留《とど》まったにちがいない」

「わたしは、そうは思いません。父はいったん決めたことは絶対にやり通すタイプだったんです。ですから、どうかご自分を責めたりしないでください」

夏実が諭《さと》すように言った。

多門は曖昧《あいまい》にうなずき、黒いカシミヤジャケットの内ポケットから帯封の掛かった百万円の束《たば》を二つ取り出した。

「剝《む》き出しで失礼だが、こいつはおれからの香典だ。黙って受け取ってくれ」

「そんな大金、いただけません」

夏実が顔の前で右手を大きく横に振った。多門は、重ねた札束を夏実の前に置いた。

「厭味《いやみ》に聞こえるだろうが、おれにとって、二百万はたいした金じゃない。気軽に受け取ってくれないか」

「いいえ、そういうわけにはいきません」

「何かと物要《い》りなはずだ。貰うことに抵抗があるんだったら、出世払いで貸すってことでもいいよ」

「でも……」

「遠慮すんなって」

「それではお言葉に甘えて、父の生命保険金が下《お》りるまで、この二百万円を拝借させてもらいます」

「親父さん、生命保険に入ってたのか？」

「ええ、十年ほど前から掛け捨ての保険に入ってたんです。保険金は三千万円なんですが、下りたら、すぐ借金の返済に回さなければならないんです」

「何かと大変だな」

「ええ、まあ。父と一緒に死んでしまえば楽だったんでしょうけど、それではやっぱり無責任すぎますもんね。だから、わたし、一生かかっても父の借金をきれいにしなければと考え直したんです」

「若いのに、偉いな」

「景気がよかったときは、父は、わたしたち家族に好きなことをさせてくれたんです。だから、少しは親孝行の真似事《まねごと》ぐらいしませんと」

夏実は面映《おもは》ゆそうだった。

「何か困ったことがあったら、いつでも相談に乗るよ」

「ええ、ありがとうございます。多門さんのお気持ちだけ頂戴《ちょうだい》しておきます」

「そう言わないで、おれに甘えてくれよ。おれ、何かしたいんだ。それはそうと、支店長の目時は通夜か告別式には顔を出したのかい？」

「いいえ、どちらにもお見えになりませんでした」

「情のない野郎だ」

「わたしも、そう感じました。死んだ父は目時さんのことを一時、友人のように思ってたようですけど、彼のほうは父のことは単なる客だと考えてたんでしょうね」

「ああ、おそらくな。それだから、自宅を競売にかけて、街金から五千万円を借りさせたんだろう。その上、工場まで競売で処分させ、自分のところの不良債権額を小さくしたわけだからな」

「ええ、そうですね」

「ひょっとしたら、目時は街金から口利き料《コミッション》を貰ってたんじゃねえかな」

「それ、考えられるかもしれません。父が五千万円を借りた『協進《きょうしん》ファイナンス』の社員たちは目時支店長のことをとても大事にしてるような感じでしたから」

「そう。もしかすると、目時は帝都銀行の客たちを『協進ファイナンス』に何人も紹介して、それをサイドビジネスにしてたのかもしれないな」

「そうなんでしょうか。そうだとしたら、なんか赦《ゆる》せないわ」

「ちょっと目時のことを調べてみるよ。おれはトラブルシューターのようなことをやってるんだ」

「ええ、ぜひ調べてみてください。すぐに謝礼は差し上げられませんけど、父の保険金が下りたら、必ず払いますので」

「きみから銭を貰う気はないよ」

「多門さん、なぜそんなにわたしに優しくしてくれるんですか?」

「途方に暮れてる女を見ると、何かしてやりたくなる性質《たち》なんだ。根っからの女好きなんだろうな」

多門は答えた。すると、夏実がためらいがちに問いかけてきた。

「それって、わたしが欲しいってことなんでしょうか?」

「えっ」

「多門さんにはいろいろお世話になりましたんで、わたしでよければ……」

「おい、おい! 誤解しないでくれ。おれは、きみの体が欲しくて接近したわけじゃないんだ。そりゃ、きみはチャーミングだよ。けど、妙な下心があったわけじゃない」

「ごめんなさい。わたしったら、失礼なことを言ってしまって」

「気にしてないよ」

多門は言った。

「いま、借用証を書きますね」

「いいんだよ、借用証なんて」

「でも、きちんとしておきたいんです」

夏実が腰を上げ、隣の部屋に消えた。

多門は座卓に向かい、ロングピースに火を点けた。紫煙をくゆらせながら、左手首のオーデマ・ピゲに目を落とす。あと数分で、午後五時になる。

独身女性の部屋にいつまでもいるわけにはいかない。借用証を預かったら、引き揚げるか。

多門は、短くなった煙草の火をクリスタルの灰皿の中で揉《も》み消した。

それから間もなく、夏実が戻ってきた。

「略式の借用証ですけど、どうぞこれをお受け取りください」

「律儀《りちぎ》なんだな」

多門は微苦笑《びくしょう》して、白い便箋《びんせん》を受け取った。

記された文字は流麗《りゅうれい》だった。金額と日付が明記され、署名捺印《なついん》されている。

「さっきも言いましたけど、父の保険金が下りましたら、真っ先にお借りした二百万円はお返します」

「出世払いでいいって」

「そこまで甘えるわけにはいきません」

「真面目《まじめ》なんだな。ところで、これからどうするつもりなんだい？」

「昔の上司が独立して、小さな商事会社をやっているんです。昼間は、そこで働かせてもらうことになりました。デリバリーヘルスの仕事はお金にはなるけど、心が汚れてしまうようで……」

「そうだろうな」

「新しい仕事に馴《な》れたら、夜はレストランの皿洗いでもやろうと思っています」

「そう。十二人の元従業員たちは再就職口が見つかったの？」

「いいえ、まだ誰も見つかってません」

「失業率が五パーセント近いから、そう簡単には新しい職場は見つからないんだろうな」

「ええ、だいぶ厳しいみたいですね。お金があれば、貸工場にして十二人の元従業員に同じ仕事をしてもらいたいんだけど、それは夢のまた夢です」

「どのくらいの金があれば、親父さんの仕事を引き継ぐことができるんだい？」

「ちゃんと計算したわけじゃありませんけど、機械のリース代なんかもありますから、最低

五、六千万のお金は必要でしょうね」
「少し時間を貰えれば、おれが用立ててやってもいいよ」

「多門さん、いま話したことは聞き流してください。このお金、仕舞《しま》ってきますね」

夏実が二つの札束を手に取り、ふたたび隣室に引っ込んだ。

そのすぐ後、インターフォンが荒々しく鳴らされた。部屋のドアも乱暴に叩かれた。

「きっと『協進ファイナンス』の人だわ」

隣室から出てきた夏実が戦《おのの》きはじめた。

「きみは出ないほうがいいな」

「だけど、多少はお金を渡さないと、いつまでも帰ってくれないんです」

「おれに任せてくれ。きみは隣の部屋から出ないほうがいい」

多門は巨身を浮かせ、ダイニングキッチンに移った。玄関のドアを開けると、柄《がら》の悪い二人の男が立っていた。どちらも二十代の後半だろう。

「『協進ファイナンス』の人間だな？」

多門は先に口を開いた。と、薄紫色のサングラスをかけた男が問いかけてきた。

「おたく、誰？」

「美濃部圭吾の代理人と思ってくれ」

「堅気《かたぎ》じゃなさそうだな。ま、いいや。もう美濃部の生命保険金、下りたんじゃないの？」

『協進ファイナンス』は、ろくな会社じゃねえな。大切な客を呼び捨てにさせてんだからさ」

「おたく、おれたちに喧嘩売ってんの!?」

「いいから、借用証を見せてくれ。場合によっては、きょう、一千万返してやってもいいぜ」

多門は言った。むろん、でまかせだ。

サングラスの男が急に表情を和《やわ》らげ、連れの口髭《くちひげ》を生《は》やした男に目配せした。口髭の男がうなずき、黒いブリーフケースの中から美濃部の借用証を取り出した。

「ここじゃ暗くて字がよく見えねえな。ちょっと見せてくれよ」

多門は借用証を引ったくると、流し台に歩み寄った。それから彼は、ライターの炎を借用証に近づけた。借用証は、めらめらと燃えはじめた。

「てめえ、何しやがるんだっ」

サングラスの男が気色《けしき》ばみ、土足で部屋に上がり込んできた。口髭をたくわえた男もダイニングキッチンに上がった。

「これで美濃部の借金はチャラだ。二人とも失《う》せな」

多門は、ほぼ燃え切った借用証の端をシンクに落とした。じきに借用証は燃え尽きた。

「ふざけやがって」

サングラスの男が腰の後ろから、サバイバルナイフを引き抜いた。

多門は前に踏み出し、相手に足払いを掛けた。サングラスの男が横転する。多門は相手の顔面を蹴った。サングラスの男が仰向けに引っくり返った。

「て、てめーっ」

口髭の男が仲間の手からサバイバルナイフを捥《も》ぎ取り、上段から斜めに振り下ろした。

刃風《はかぜ》は重かったが、切っ先は多門から四十センチも離れていた。多門は前に跳《と》び、相手の利《き》き腕を摑んだ。

ほとんど同時に、口髭の男の睾丸《こうがん》を膝頭で蹴り上げた。男が長く唸《うな》りながら、床にうずくまった。

多門は刃物を奪い取り、口髭の男の頰を浅く斬りつけた。男は女のような悲鳴をあげ、頰に手を当てた。指の間から鮮血があふれはじめた。

「やめろ、やめてくれーっ」

サングラスの男が這《は》って逃げようとした。

多門は左目を眇《すが》め、男を追った。相手の尻《けつ》を蹴り、頭髪を鷲摑《わしづか》みにした。サングラスの男は反《そ》り身になった。

「おまえにも箔《はく》をつけてやろう」

多門は言うなり、刃先を相手の顔面に滑らせた。サングラスの男が高い声を放った。

「早く失《う》せねえと、てめえらの腸《はらわた》を抉《えぐ》っちまうぞ」

多門は凄《すご》んだ。

相手は、若い半グレだ。岩手弁が出るほど感情は荒ぶってはいなかった。

「このままじゃ済まねえからな」

サングラスの男が捨《す》て台詞《ぜりふ》を吐きながら、部屋から飛び出していった。口髭の男も逃げ去った。

「多門さん、大丈夫ですか?」

奥から夏実が走ってきた。

「どうってことないさ。親父さんの借用証は、おれが燃やしてやった。もう金は返す必要ない。もちろん、奴らはまた取り立てに来るだろうがね」

「『協進ファイナンス』の人たちがこのまま黙ってるとは思えないわ」

「だろうな。だから、しばらく身を隠すんだ。ウィークリーマンションに移ろう」

「これからすぐですか?」

「そのほうがいいね。さっきの二人は荒っぽい奴らを引き連れて、じきに戻ってくるだろう。着替えを大急ぎでバッグに詰めてくれ」

多門は言った。夏実が奥の部屋に引き返していった。

3

割りに部屋は広かった。

十二畳ほどのスペースだ。ベッド、チェスト、テレビ、二人用のダイニングテーブルなどが備わっていた。JR目黒《めぐろ》駅のそばにあるウィークリーマンションだ。

多門は食卓を挟んで夏実と向かい合っていた。

「後で、立て替えていただいた一週間分の保証金をお支払いしますね」

「そいつはいいんだ。たいした額じゃないから、気にしないでくれ」

「いいえ、それは困ります」

夏実が言った。ちょうどそのとき、彼女のバッグの中でスマートフォンが着信音を奏《かな》ではじめた。

「『協進ファイナンス』からの電話だったら、おれに替わってくれ」

多門は言った。夏実がバッグの中からスマートフォンを取り出し、恐る恐るディスプレイに目をやった。次の瞬間、彼女は顔を強張《こわば》らせた。

「おれが出よう」

多門は手を差し出した。グローブのような掌《てのひら》にシャンパンゴールドのスマートフォンが載せられた。

「『協進ファイナンス』だな?」

多門は先に口を開いた。

「わし、取り立てを任されてる名和元春《なわもとはる》いう者《もん》や」

「関西の極道か」

「それは昔の話や。いまは堅気やねん」

「用件は?」

「われ、美濃部夏実をどこに隠した?」

「てめえで捜すんだな」

「言うてくれるやないけ。われ、どこの組の者や?」

名和と名乗った中年男が語気を強めた。

「おれも、そっちと同じ堅気だよ」

「ま、ええわ。われ、美濃部圭吾の借用証を燃やしたそうやけど、なんの意味もないで。こっちには、ちゃんと写しが残っとるんや」

「だから、なんだってんだっ」

「美濃部の生命保険金が下りたら、そっくり『協進ファイナンス』に渡すんや、ええな。そうせんかったら、夏実を大阪のソープに売っ飛ばすで」

「そんなことはさせねえ」

「突っ張るんやない」

「おい、帝都銀行渋谷支店の目時は美濃部圭吾のほかに何人、『協進ファイナンス』に紹介したんだ？　奴は紹介料を貰ってるんだろ？」

「目時やて？　そないな男は知らんわ。とにかく、早《はよ》う金を返済することや。誠意を見せんと、夏実をほんまにお風呂に嵌《は》めるで。それを忘れんこっちゃ」

「できるものなら、やってみろ！」

多門は言い放って、電話を切った。

「『協進ファイナンス』の人たちは、わたしの行方を追ってるんですね？」

夏実の声は震《ふる》えを帯びていた。

「そんなに怯えることはないさ。そう簡単にここは突きとめられないはずだ」

「でも……」

「そっちが迷惑じゃなければ、おれがずっとそばにいてやるよ」

「そうしてもらえたら安心だけど、そこまで甘えるのは悪いわ」

「いいんだよ、特に急ぎの仕事があるわけじゃないんだから。それより、少し腹が減ったな。こいつを喰おうや」

多門は途中で買ってきたミックスピザとサンドイッチの包みを開いた。

夏実が立ち上がり、冷蔵庫から缶コーラを二本取り出した。二人は差し向かいで簡単な夕食を摂《と》った。それから、ぼんやりとテレビを観《み》た。

十時になると、多門は夏実に入浴を勧めた。夏実は素直に浴室に足を向けた。

やがて、湯の弾《はじ》ける音が響いてきた。多門はスマートフォンを使って、相棒の杉浦将太に連絡を取った。元刑事の調査員である。

「よう、クマ！　いま、そっちに電話しようと思ってたんだ。最近、内職が回ってこねえんで、どうしたかと思ってさ」

「杉さん、ちょいと調べてもらいたい奴がいるんだ。帝都銀行渋谷支店の目時武直支店長の交友関係を洗ってほしいんだよ」

「今度は、どんな事件《ヤマ》なんでえ？」

杉浦が訊いた。多門は事の経過を詳しく語った。

「クマが推測したように、おそらく目時は『協進ファイナンス』に客を回して、紹介料を貰ってるんだろう。汚いサイドビジネスをやってるのは、愛人を囲ってて銭がかかるからにちがいねえ」

「多分、そうなんだろうな」

「目時の弱みを押さえたら、美濃部の債務を帳消しにさせるつもりなんだろう？」

「うん、まあ」

「クマは、相変わらず女に甘《あめ》えな。何度も苦い思いをさせられてるのに、懲《こ》りねえ男だ。損な性分《しょうぶん》だな」

「窮地《きゅうち》に追い込まれた女を放っておけないじゃないか。それに、夏実の親父さんも救ってやれなかったからな」

「どこまでお人好《ひとよ》しなんだ。呆《あき》れちまうよ。それはそうと、謝礼は？」

「二十万でどう？」

「オーケー、それで手を打とう。一両日中に調べはつくだろう」

杉浦が通話を打ち切った。

多門はダイニングテーブルから離れ、冷蔵庫に歩み寄った。冷えた缶ビールを取り出し、すぐに食卓に戻った。

　缶ビールを飲み終えたころ、夏実が浴室から出てきた。化粧は落とされていたが、その美しさは変わらなかった。

「早目に寝《やす》むといいよ。きみが眠ったら、おれはそっと部屋を出ていく」

「ずっとそばにいてくれるんじゃないんですか？」

「そうしてほしいんだったら、朝まで一緒にいてやろう。けど、おれは眠らない。ここにずっと坐ってるよ」

「それじゃ、悪いわ。多門さんがベッドを使ってください。わたしは床に寝て、コートを寝具代わりにしますから」

「そんなことをしたら、風邪をひいちまう。いっそ二人でベッドに潜《もぐ》り込むか？」

　多門は言った。冗談のつもりだったが、夏実は真顔でうなずいた。

「それじゃ、兄妹《きょうだい》みたいに寝るか。おれも、ひとっ風呂浴びてくるよ」

　多門は椅子から立ち上がって、浴室に向かった。

　ユニットバスだった。浴槽には湯が張られている。多門は掛け湯をしてから、湯船に沈んだ。湯が勢いよく零《こぼ》れた。

　多門は数分浸《つ》かり、洗い場で手早く体を洗った。バスタオルで体を拭《ぬぐ》い、Tシャツとトランクスを身に着けた。

ジャケット、タートルネック・セーター、チノクロスパンツをひとまとめに抱え、居室《きょしつ》に戻る。室内は仄暗《ほのぐら》かった。スモールランプしか灯《とも》っていない。

夏実はベッドの中にいた。背を向ける恰好《かっこう》だった。

多門は一服してから、ベッドに近づいた。

掛け蒲団《ぶとん》と毛布を一緒に捲《めく》ると、白い裸身が目を射た。夏実は一糸もまとっていなかった。

熟《う》れた肉体を目にしたとたん、生唾《なまつば》が湧いた。下腹部も熱くなりそうだった。

夏実は自分に恩義を感じて、体を開く気になったのだろう。だからって、その気になったら、男が廃《すた》る。手は出すまい。

多門は自分に誓って、狭いベッドに身を横たえた。当然のことながら、体と体が触れ合った。柔肌は心地よかった。

「わたしを女として扱ってください」

夏実が恥じらいを含んだ声で言い、裸身を反転させた。

「無理するなって」

「このままじゃ、わたし、眠れそうもないんです。なんだか不安なの。何かに熱中して、不安を取り払いたいんです」

「そうまで言われたら、断れねえな」

多門は横向きになり、夏実の唇をついばみはじめた。すぐに夏実は多門の唇を軽く吸い返した。

ほどなく二人の舌は一つになった。多門は濃厚なくちづけを交わすと、Tシャツとトランクスを脱いだ。

「毛深いんですね」

「ああ。だから、熊なんてニックネームをつけられちまったんだ」

「優しく抱いて……」

夏実が瞼《まぶた》を閉じた。

多門は胸を重ね、改めて夏実の唇を貪《むさぼ》った。頃合を計《はか》って、唇をさまよわせはじめる。項《うなじ》に口唇を滑らせ、尖《とが》らせた舌の先で耳の奥をくすぐった。

夏実は身を揉《も》んで甘やかな呻きを洩《も》らした。男の欲情をそそる声だった。

多門は耳朶《みみたぶ》を甘咬《が》みすると、体の位置を下げた。

痼《しこ》った乳首を吸いつけ、もう片方の乳房をまさぐる。弾みが強い。夏実が切なげに喘《あえ》ぎはじめた。多門は乳房を愛撫しつづけた。いつしか夏実の喘ぎは、淫《みだ》らな呻きに変わっていた。

多門は乳頭を交互に口の中で転がしながら、柔肌に指を這《は》わせた。くびれたウエストをなぞると、夏実は身をくねらせた。多門は手を夏実の下腹に移した。和毛《にこげ》を優しく撫《な》でつけ、むっちりとした内腿《うちもも》を掌《てのひら》で慈《いつく》しむ。

少し経つと、夏実が控え目に腰を迫《せ》り上げた。次の愛撫を促《うなが》したのだろう。

多門は恥丘全体に掌を当て、小さく揉んだ。掌に突起が触れた。それは張り詰めていた。合わせ目は火照《ほて》っていた。

「女《おなご》のここは、なしてこげに柔らかいんだべか」

多門はわれ知らずに故郷の岩手弁を使っていた。いつの間にか、分身は力を漲《みなぎ》らせていた。

「多門さんは東北の出身なのね？」

「んだ。興奮すっど、なじょか岩手弁になっつまう」

「方言は温《あたた》かみが感じられて、わたしは好きです」

「ほんとけ？」

「ええ。わたし、あなたのこと、好きになりかけてるのかもしれないわ」

夏実がそう言い、多門の猛《たけ》った陰茎《いんけい》に手を伸ばしてきた。すぐに彼女は手を引っ込めた。

「サイズがでけえんで、びっくりしたんだべ？」

多門は言いながら、夏実の縦筋《たてすじ》をバナナのような指で捌《さば》いた。

指先は熱い潤《うる》みに塗《まみ》れた。

夏実が意を決したように、多門を握り込んだ。一本調子な扱《しご》き方だったが、情感は込められていた。

多門はフィンガーテクニックを駆使《くし》しはじめた。クリトリスを集中的に愛撫すると、夏実は呆気《あっけ》なく最初の極《きわ》みに駆け昇った。

彼女は裸身を硬直させながら、愉悦《ゆえつ》の声を轟《とどろ》かせた。多門は襞《ひだ》の奥に指を潜《くぐ》らせた。いくらも経たないうちに、夏実は二度目の絶頂に達した。

そのとたん、啜《すす》り泣くような声をあげはじめた。内腿《うちもも》は小さく震えていた。

多門は夏実の脚を押し開き、穏《おだ》やかに体を繋いだ。分身に襞《ひだ》の群れがまとわりついてきた。内奥《ないおう》の脈打ちも、はっきりと伝わってきた。

多門は律動《りつどう》を加えはじめた。

4

脳裏には情事の場面《シーン》がこびりついていた。

多門は煙草を吹かしながら、ウィークリーマンションで夏実と過ごした二日間を思い起こしていた。宮益坂《みやますざか》にあるコーヒーショップだ。

午後六時数分前だった。多門は杉浦を待っていた。二時間ほど前に杉浦から電話があり、この店で落ち合うことになったのである。

それにしても、濃密な二日間だった。

多門は喫いさしのロングピースの火を揉み消した。二人は新婚カップルのように、ほとんどベッドから離れなかった。激しく求め合い、まどろんではまた抱き合った。

その間、多門はずっとスマートフォンの電源を切っていた。

女友達の誰かが、いつも電話をかけてくる。多門は彼女たち全員を愛《いと》おしく感じていたが、夏実と分かち合う歓《よろこ》びをとことん味わいたかったのだ。

肌を重ねるごとに、夏実は少しずつ羞恥心《しゅうちしん》を棄《す》てた。口唇愛撫にも応じ、裸身を大胆に晒《さら》した。憚《はばか》りのない声をあげ、迎え腰も使った。

多門は煽《あお》られ、夏実の両足の指をしゃぶり、愛らしい肛門《アヌス》にも舌を這《は》わせた。愛《いと》しさが極《きわ》まって、茹《ゆ》で卵のようなヒップには軽く歯を立てた。

あんなに体の合う女は初めてだ。夏実とは長くつき合いたいと思う。

多門はコーヒーカップに手を伸ばした。

だが、もう空だった。やむなくコップの水で喉を潤《うるお》した。コップを卓上に戻したとき、杉浦が飄然《ひょうぜん》と店に入ってきた。

小柄だが、ある種の凄《すご》みがある。逆三角に近い顔で、細い目はナイフのように鋭い。時代遅れのツイードジャケットを羽織《はお》っている。妻の入院費の支払いに追われ、なかなか上着も新調できないのだろう。

「クマ、目の下が黒いぜ。夏実って娘《こ》とウィークリーマンションで、ずっとベッド体操に励んでやがったな」

杉浦がそう言いながら、多門の前に坐った。そして、レモンティーを注文した。ウェイトレスが下がると、多門は調査報告を促《うなが》した。

「目時支店長は、けっこう悪党《ワル》だったぜ。中小企業三十七社に貸し付けた運転資金を強引に回収して、『協進ファイナンス』を紹介してやがった」

「やっぱり、そうだったか。目時と『協進ファイナンス』との結びつきは？」

「『協進ファイナンス』の社長の福永光《ふくながみつる》とは、まったく接点がなかったな」

「杉さん、どういうことなんだい？　もしかしたら、福永はダミーの社長なのかな？」

「当たりだ。『協進ファイナンス』の真のオーナーは、悪名高い貴島拓馬《きじまたくま》だったよ」

杉浦がそう言い、ハイライトに火を点けた。

五十三歳の貴島は、悪徳弁護士として知られた男だ。経済マフィアたちと共謀し、さまざまな悪行《あくぎょう》を重ねている。多門は一年半ほど前、別の事件で貴島の身辺を探《さぐ》ったことがあった。

子供のころに極貧生活を送った貴島は、金銭欲がきわめて強い。裏事件師たちを巧《たく》みに使い、多くの不動産を安値で買い叩き、六、七社の経営権を手中に収めた。白金《しろかね》にある自宅は豪壮そのものだ。古美術品のコレクターでもあった。

ウェイトレスがレモンティーを運んできた。杉浦がウェイトレスに礼を言って、前屈《まえかが》みになった。

「貴島はベンチャー企業を買収したとき、帝都銀行渋谷支店から五億ほど融資を受けてる。そのときから、目時と貴島のつき合いはつづいてたんだろう」

「ああ、多分ね。おそらく目時は五億円の融資の際、貴島の審査を甘くしてやったんだろう。貴島はそういう借りがあるんで、目時が『協進ファイナンス』に客を回してくれるたびに、それ相当の紹介料を払ってやってたんじゃねえのかな？」

「クマの推測は間違ってないと思うよ。貴島から目時に金が流れてる証拠は押さえられなかったがな。そうそう、目時はやっぱり愛人《レコ》を囲ってたぜ」

「どんな女なんだい？」

多門は訊いた。

「千本木《せんぼんぎ》ちはる、二十七歳。二年前まで帝都銀行の本店で働いてた女だよ。目時は愛人宅に週に一、二度通ってる」

「ちはるの自宅は？」

「大崎《おおさき》だ。『城南スカイコーポ』ってマンションの三〇三号室だよ。これは、目時と千本木ちはるがマンションの近くのレストランで夕飯を喰ってるときの写真だ」

杉浦が上着のポケットから数葉《よう》のカラー写真を取り出した。多門は写真を受け取り、目を通した。

目時はパエリアを食べていた。四十九歳のはずだが、まだ若々しい。ちはるは平凡な顔立ちだが、どことなく色っぽかった。ハンバーグをつついている。

「ちはるは働いてないようだから、目時から月々五、六十万の手当は貰ってるんだろう」

杉浦が言って、レモンティーを口に運んだ。

「目時は決まった曜日に愛人のマンションを訪ねてるの？」

「マンションの入居者の話によると、特に曜日は決まってないみたいだな。多い月は、一日置きに部屋を訪ねることもあるらしい。その写真を盗み撮りしたのは、一昨日《おととい》の夕方なんだ」

「それじゃ、今夜あたり目時は愛人《レコ》のマンションに行くかもしれねえな」

「クマ、大崎に行ってみろや」

「ああ、そうするよ。杉さん、ご苦労さんだったね」

多門はテーブルの下で、謝礼の二十万円を相棒に手渡した。杉浦が謝意を表し、札束を上着のポケットに入れた。

「杉さん、名和元春のことは？」

「その野郎は、去年の夏に解散した大阪の一誠会《いっせいかい》の舎弟頭《しゃていがしら》をやってた。その後、名和は上京して、闇金融の取り立て《キリトリ》を請け負《お》ってるみてえだな。誰かの口利きで、『協進ファイナンス』の債権回収をやってるんだろう。ビジネスホテルを転々と泊まり歩いてるようだ。残念ながら、いま泊まってるホテルまではわからなかった」

「そう。杉さん、そのうちゆっくり飲もうや」

多門は伝票を抓《つま》み、先にコーヒーショップを出た。裏通りに駐《と》めてあるボルボに乗り込み、大崎に向かう。

目的のマンションを探し当てたのは、およそ三十分後だった。

多門は車を路上に駐め、『城南スカイコーポ』に足を踏み入れた。オートロック・システムにはなっていなかった。

多門はエレベーターで三階に上がった。

ちはるの部屋は真っ暗だった。ドアに耳を押し当ててみたが、人のいる気配はうかがえない。どうやら目時の愛人は外出しているらしい。少し張り込んでみるか。

多門は三〇三号室から離れ、自分の車の中に戻った。

ウィークリーマンションにいる夏実に電話をかけ、安否《あんぴ》を確かめる。取り立て屋の影は迫っていないらしい。

多門は安堵《あんど》し、電話を切った。

すると、待っていたように着信音が鳴りはじめた。電話をかけてきたのは、ニューハーフのチコだった。

「クマさん、あたしと同伴出勤してくれない？　約束してたお客さん、急に都合が悪くなっちゃったのよ」

「おめえと遊んでる暇はねえな」

「冷たいのね」

「そもそも元男《もとおとこ》にゃ興味ねえんだよ」

多門は素《そ》っ気《け》なく電話を切り、ロングピースをくわえた。

時間が虚《むな》しく流れた。マンションの前に一台のタクシーが横づけされたのは、九時過ぎだった。

多門はタクシーの客を見た。

目時と千本木ちはるだった。ちはるは、シャネルの名の入った紙袋を胸に抱えていた。パトロンに何かねだったのだろう。

目時たち二人はタクシーを降りると、じきにエントランスロビーに吸い込まれた。

少し時間を遣《や》り過ごしてから、三〇三号室に押し入ることにした。

多門は、また煙草に火を点けた。

三十分ほど待ってから、グローブボックスから布手袋、デジタルカメラ、ICレコーダーを取り出した。特殊万能鍵は、すでに上着のポケットの中に入っている。

多門はごく自然に車を降り、『城南スカイコーポ』に足を踏み入れた。

エレベーターで三階まで上がる。人の姿はない。

多門は布手袋を両手に嵌《は》め、特殊万能鍵で三〇三号室のドア・ロックを解いた。静かにドアを開け、室内に忍び込む。

間取りは1LDKだった。リビングには誰もいなかった。

多門は寝室のドアをそっと押し開けた。

ダブルベッドの上には、目時が仰向けになっていた。素肌に涎《よだれ》かけを掛け、紙おむつをしている。

全裸のちはるは目時に覆《おお》い被《かぶ》さり、乳首を吸わせていた。その手には、哺乳壜《ほにゅうびん》が握られている。中身はミルクではなく、赤ワインだろう。

「ママのおっぱい一杯飲んだから、そろそろシーシーしたくなったかしらね？」

ちはるが言って、紙おむつの上から目時の性器をまさぐりだした。目時が気持ちよさそうに呻いた。

支店長の趣味は幼児プレイだったのか。

多門は薄く笑い、デジタルカメラで痴戯《ちぎ》を撮った。それから、大きな咳払《せき》いをした。

ちはるが振り向いた。目時は跳《は》ね起きた。

「幼児プレイを撮らせてもらったぜ」

多門はデジタルカメラを掌《てのひら》の上で弾ませた。ちはるがベッドを降り、慌ててナイトウェアをまとう。

「きさまは何者なんだ!?」

目時が掠《かす》れ声で言った。

多門はにっと笑い、怪力でダブルベッドを持ち上げた。ベッドが傾き、目時が床に転げ落ちた。

多門はベッドを回り込み、目時の腰を蹴った。目時の体が独楽《こま》のように回った。

「あんたは悪徳弁護士の貴島拓馬が経営してる『協進ファイナンス』に帝都銀行の顧客たちを紹介して、謝礼を貰ってたなっ」

多門はポケットの中でICレコーダーの録音スイッチを入れてから、目時に言った。

「なんの話だか、わたしにはさっぱりわからんな」

「空《そら》とぼけやがって。あんたは中小企業の貸し剝がしをやって、高利の『協進ファイナンス』に紹介したはずだ。死んだ美濃部圭吾も、そのひとりだった」

「………」

「変態プレイをインターネットで流してもらいたいらしいな」

「そ、そんなことはやめてくれ。わたしは貴島に弱みを握られて、貸し剝がしを強《し》いられたんだ。そして、協進に客を回せと脅されたんだよ」

「愛人を囲ってることを知られちまったんだな？」

「それだけじゃないんだ。横浜の暴力団の企業舎弟《フロント》に十八億円の不正融資した事実まで知られてしまったんで、貴島の言いなりになるほかなかったんだよ。自殺した美濃部さんには申し訳ないことをしたと思ってる」

「『協進ファイナンス』から、いくら紹介料を貰ったんだ？」

「七、八千万だよ。いろいろ遣《つか》ってしまったんで、もう二千万円ぐらいしか残ってない」

「その金を美濃部の遺族に香典として吐き出すんだな。それから、美濃部のローンの返済は終わったことにしろ。支店長なら、その程度の裏操作はできるだろうが」

「無茶を言うな。そんなことは不可能だ」

目時が半身を起こし、涎かけを首から外した。

「おれの要求を拒《こば》んだら、あんたは大恥をかいて、職を失うことになるぜ。それでもいいのかっ」

「それは困るよ。しかし、美濃部さんがローンを完済したように操作することはできない」

「なら、裏取引は白紙に戻そう。これから、あんたのみっともない姿をネットで流す」

多門は目時に背を向けた。と、目時が早口で言った。

「わかった。あんたの要求を呑むよ」

「やっとその気になったか。明日中に、二千万円の香典を用意しとけ」

「もう少し時間をくれないか」

「駄目だ。明日、連絡する」

多門は目時に言い、身を竦《すく》ませている千本木ちはるに目をやった。

「わたしには乱暴しないで。わたしを抱きたいんだったら、後日、ホテルで会ってもいいわ」

「もっと自分を大事にしなって。それから、ついでに言っておこう。いつまでも目時の愛人をやってたら、魂《たましい》が汚れちまうぜ。邪魔したな」

多門は言いおき、寝室を出た。後ろで、目時が大声で愛人を詰《なじ》りはじめた。

5

ドアが開いた。

六本木プリンセスホテルの二〇六号室だ。続き部屋《スイート》だった。

多門はクローゼットの中に隠れていた。目時から二千万円の香典とローン完済証明書をせしめた翌日の午後七時過ぎだ。

「さ、どうぞお入りになって」

チコが貴島を部屋に招き入れる気配が伝わってきた。多門はチコを陶磁器の蒐集家《しゅうしゅうか》に化けさせ、貴島を罠《わな》に嵌《は》めたのである。

チコと貴島がリビングソファに腰かけた。

「あなたのようにお若い女性が南宋《なんそう》の天目《てんもく》茶碗や明《みん》の万暦赤絵《ばんれきあかえ》をお持ちになってるとは意外でした」

「死んだ父が中国の古い陶磁器をコレクトしてたんですよ。宋代の青磁多嘴壺《せいじたしこ》も持ってました」

「ほう、それはたいしたもんだ」

「父の形見の名品を手放すのは親不孝ですよね。でも、経営してるカフェとブティックが赤字つづきで資金繰りが苦しいんです」

「譲っていただける天目茶碗と万暦赤絵は、決して転売しませんよ。ずっとわたしの手許《てもと》に置いておきます」

「そうしていただきたいわ。事業がうまくいったら、売り値の倍額で買い戻すという条件も呑《の》んでいただけますね？」

「ええ、ちゃんと誓約書を用意してきました。それから、一千万円の小切手もね」

「そうですか」

「急《せ》かすわけではありませんが、早く天目茶碗と万暦赤絵を見せていただきたいな」

「いま、お持ちします」

「よろしく！」

貴島が弾んだ声で言った。

チコがソファから立ち上がり、奥のベッドルームに移る気配が伝わってきた。

多門はクローゼットから出て、ソファセットに近づいた。葉巻《はまき》をくゆらせていた貴島が目を剝《む》いた。

「始末屋の多門剛じゃないか!?」

「その通りだ。昔、あんたの悪事を暴《あば》いてやろうと思ったが、ついに尻尾《しっぽ》は摑《つか》めなかった。あのときは忌々《いまいま》しかったぜ」

「なぜ、おまえがこの部屋にいるんだ!? いったい何のために、わたしに罠を仕掛けたんだ?」

「すぐにわかるさ」

多門はダークグリーンのレザージャケットのポケットからICレコーダーを摑み出し、再生ボタンを押した。目時と多門の遣《や》り取りが流れはじめた。

貴島は葉巻をくわえたまま、凍りついた。

やがて、録音音声が熄《や》んだ。多門はICレコーダーをレザージャケットのポケットに戻した。

「目時が喋《しゃべ》ってることは、でたらめだ。すべて作り話だよ」

貴島が葉巻を指に挟み、早口で弁明した。

多門は左目を眇《すが》め、貴島の手から火の点いた葉巻を奪い取った。そのまま貴島の首を太い腕でホールドし、額に葉巻の火を押しつける。

貴島が短く呻いた。肉の焦《こ》げる臭《にお》いがし、火の粉が貴島の腿《もも》の上に散った。

「いい加減に観念しろや」

多門は言って、葉巻を強く捩《ね》じりつけた。

貴島が凄《すさ》まじい声を放った。火は消えていた。多門はソファの後ろに回り込み、貴島の右腕を捩じ上げた。

「肩の関節が外れるまで粘《ねば》ってみるかい？　あんたは目時の弱みを押さえて、三十七社の貸し剝がしをさせた。それで、てめえが経営権を握ってる『協進ファイナンス』に帝都銀行の客を回させたんだよなっ。高利で二進《にっち》も三進《さっち》もいかなくなった美濃部圭吾は、自死せざるを得なくなっちまった。そうまでして銭儲けをしてえのかっ」

「…………」

「何か言いやがれ！」

「わたしは『協進ファイナンス』の実質的なオーナーだが、実務は社長の福永君に任せてあるんだ。年利も法定の二十パーセントしか取ってないはずだよ。目時に貸し剝がしをさせて、客を回してもらったなんてことは絶対にないっ」

貴島が白々《しらじら》しく言い、鼻先で笑った。多門は頭に血が昇った。

「おめ、このおれさ、なめてんのけ?」

「なんだよ、急に訛《なま》ったりして」

「どこが悪いんだっ。言ってみれ」

「わたしは神田《かんだ》で生まれ育ったんだ」

貴島が小ばかにした。

多門は激昂《げっこう》し、貴島の利き腕を一気に押し上げた。関節の外れる音が響いた。貴島は高く叫び、ソファから転げ落ちた。

「おめは屑《くず》だ。最低の男と言ってもいいんでねえべか。おれは本気で怒ってるんだ。くたばるべし!」

多門は貴島を蹴りまくりはじめた。場所は選ばなかった。急所も容赦《ようしゃ》なく蹴った。

貴島はボールのように転がり、ぐったりとした。

「クマさん、そのくらいにしておきなさいよ」

チコがそう言いながら、寝室から現われた。純白のスーツを着ていた。多門は無言でうなずき、ソファにどっかと坐った。

「弁護士先生、死にたくなかったら、素直になったほうがいいわよ」

チコが貴島のそばに屈《かが》み込み、説得しはじめた。

貴島はしばらく唸《うな》っていたが、やがて一連の悪事を認めた。そして、録音音声データを一億円で買い取りたいと申し出た。

「小切手帳は持ってるのか？」

多門は貴島に問いかけた。

「ああ、ビジネスバッグの中に入ってる。実印もあるよ」

「それじゃ、すぐに小切手を切りな」

「わかったよ。しかし、この腕じゃ……」

貴島が言った。多門は椅子から立ち上がり、貴島の関節を元に戻してやった。

貴島はのろのろと起き上がり、椅子にへたり込んだ。それから彼は、ビジネスバッグから小切手帳と実印を取り出した。

多門は額面一億円の小切手を受け取ると、録音音声データを貴島に渡した。それは複製だった。

「おれに仕返ししたら、あんたを殺すぜ」

「わかってるよ」

貴島はビジネスバッグを手にすると、病《や》み上がりの老人のような足取りで部屋を出ていった。

その直後、廊下で貴島の悲鳴と呻き声がした。

多門は部屋を飛び出した。胸に被弾した貴島が仰向けに倒れていた。

そのそばには、四十歳前後の筋者《すじもの》らしい男が立っていた。両手保持で、マカロフPbを構えている。ロシア製のサイレンサー・ピストルだ。

「名和、なんでわたしを撃ったんだ⁉」

貴島が肘《ひじ》を使って、上体を起こした。

「目時さんにあんたを始末してくれと頼まれたんや。彼は、あんたに弱みを握られたままやと枕を高《たこ》うして寝られん言うとったわ」

「きさまは、わたしを裏切る気なんだなっ」

「もう裏切っとるわ。目時さんは、殺しの報酬を五千万くれる言うたんや。そやさかい、悪いけど、死んでもらうで」

名和が貴島の顔面に銃弾を浴びせた。

貴島は鮮血と肉片を撒《ま》き散らしながら、仰向けに倒れた。虚空《こくう》を睨《にら》みながら、息絶えていた。

「われも死ねや！」

名和が多門に銃口を向けてきた。

多門は跳躍《ちょうやく》し、名和を組み伏せた。マカロフPbを奪い取り、名和を二一〇六号室に引きずり込んだ。

「クマさん、どうしたの？」

チコが走り寄ってきた。

「こいつが廊下で貴島を射殺しやがった」

「極道みたいね」

「この野郎は『協進ファイナンス』の取り立て《キリトリ》をやってたんだが、目時に寝返ったんだよ」

多門はチコに言って、名和の心臓部にサイレンサー・ピストルの先端を突きつけた。

「わしを撃《ハジ》くんか!?」

「てめえにそれだけの価値はないよ。殺しの報酬は、おれがそっくりいただく。目時から五千万いただくまで、てめえは人質だ」

「金はくれてやるさかい、わしを撃たんといてえな。わし、まだ死にとうないねん。頼むわ」

名和が涙声で哀願した。

「クマさん、まごまごしてると、お巡りが駆けつけるわよ。とりあえず、逃げた《フケ》ほうがいいんじゃない？」

「そうだな」

多門は名和の胸倉を摑んで、強く引き起こした。

三人は部屋を出て、すぐさまエレベーターに乗り込んだ。名和をボルボのトランクに閉じ込め、六本木プリンセスホテルから遠ざかった。

二キロほど車を走らせてから、多門は目時に電話をかけた。

「名和は貴島を片づけたぜ。奴はおれにも銃口を向けてきやがったんで、逆にやっつけてやった」

「なんてことなんだ」

「名和は、殺しの依頼人があんたであることを自供《ゲロ》した。奴が受け取ることになってる五千万の報酬は、おれがそっくりいただく。拒んだら、てめえは殺人教唆《きようさ》容疑で逮捕《パク》られることになるぜ」

「わたしの負けだ。金はすぐに用意する。三十分後にもう一度電話をくれないか。そのときに受け渡し場所を決めよう」

目時が電話を切った。

貴島から脅し取った一億円の小切手は、夏実に渡すつもりだ。そうすれば、貸工場で父親の仕事を引き継げるだろう。

多門はスマートフォンを懐に突っ込み、ステアリングを握り直した。

二〇〇六年十月　祥伝社文庫刊

光文社文庫

毒《どく》蜜《みつ》 七《しち》人《にん》の女《おんな》 決定版

著 者 南《みなみ》 英《ひで》 男《お》

2023年2月20日 初版1刷発行

発行者 三 宅 貴 久
印 刷 堀 内 印 刷
製 本 榎 本 製 本

発行所 株式会社 光 文 社
〒112-8011 東京都文京区音羽1-16-6
電話 (03)5395-8149 編 集 部
8116 書籍販売部
8125 業 務 部

ISBN978-4-334-79496-5 Printed in Japan

組版 堀内印刷

光文社文庫　好評既刊

フェルメールの憂鬱　望月諒子
ミーコの宝箱　森沢明夫
蜜と唾　盛田隆二
美女と竹林　森見登美彦
奇想と微笑　太宰治傑作選　森見登美彦編
美女と竹林のアンソロジー　森見登美彦 リクエスト！
棟居刑事の代行人　森村誠一
棟居刑事の砂漠の喫茶店　森村誠一
春や春　森谷明子
南風吹く　森谷明子
遠野物語　森山大道
神の子（上・下）　薬丸岳
ぶたぶた日記　矢崎存美
ぶたぶたの食卓　矢崎存美
ぶたぶたのいる場所　矢崎存美
ぶたぶたと秘密のアップルパイ　矢崎存美
訪問者ぶたぶた　矢崎存美

再びのぶたぶた　矢崎存美
キッチンぶたぶた　矢崎存美
ぶたぶたさん　矢崎存美
ぶたぶたは見た　矢崎存美
ぶたぶたカフェ　矢崎存美
ぶたぶた図書館　矢崎存美
ぶたぶた洋菓子店　矢崎存美
ぶたぶたのお医者さん　矢崎存美
ぶたぶたの本屋さん　矢崎存美
ぶたぶたのおかわり！　矢崎存美
学校のぶたぶた　矢崎存美
ぶたぶたの甘いもの　矢崎存美
ドクターぶたぶた　矢崎存美
居酒屋ぶたぶた　矢崎存美
海の家のぶたぶた　矢崎存美
ぶたぶたラジオ　矢崎存美
森のシェフぶたぶた　矢崎存美

光文社文庫　好評既刊